HAYMON verlag

Edith Kneifl

Endstation Donau

Ein Wien-Krimi

Gedruckt mit freundlicher Unterstützung
durch die Kulturabteilung der Stadt Wien.

MIX
Papier aus verantwortungsvollen Quellen
FSC® C017859

Auflage:
4 3 2 1
2017 2016 2015 2014

HAYMON verlag
Innsbruck-Wien
www.haymonverlag.at

ISBN 978-3-7099-7157-4

Umschlag- und Buchgestaltung, Satz:
hœretzeder grafische gestaltung, Scheffau/Tirol
Coverfoto: www.shutterstock.com / Müller Josef

Gedruckt auf umweltfreundlichem,
chlor- und säurefrei gebleichtem Papier.

für Stefan

1. Wien

Wien. Mexikoplatz. Kurz vor vier Uhr morgens. Kein Mond, keine Sterne. Selbst die Straßenbeleuchtung im zweiten Wiener Gemeindebezirk ließ zu wünschen übrig.

Zwei dunkel gekleidete Gestalten schleppten einen prall gefüllten Leinensack durch den verwahrlosten Park am Donauufer.

Ein eisiger Wind pfiff durch die Bäume. Es war viel zu kalt für diese Jahreszeit. Der Sommer hatte sich gerade erst verabschiedet. Trotz der niedrigen Temperaturen standen den Männern Schweißperlen auf der Stirn. Fluchend setzten sie den Sack auf dem Rasen ab.

„Scheiße! Mach nicht solchen Krach, Toni", flüsterte der Kleinere der beiden. Ein stämmiger Mann Anfang dreißig. Er hatte pechschwarzes Haar und ein auffallend unproportioniertes Gesicht: niedrige Stirn, schiefer Mund und fliehendes Kinn.

„Beruhig dich, Marko. Hier ist kein Mensch."

„Bist du blind, Mann?" Marko deutete auf eine Parkbank.

Unter einem Berg von Zeitungen sah man ein bärtiges Gesicht.

„Der ist so betrunken, dass er nichts mehr mitkriegt." Toni nahm ein Zigarettenpäckchen aus seiner Hosentasche. Steckte sich eine an. Reichte das Päckchen dann seinem Freund. „Warum müssen wir bloß immer die Drecksarbeit machen?"

„Weil wir noch auf Probe sind."

„Du meinst, die trauen uns nicht?"

„Endlich geschnallt, Mann?"

Das monotone Rauschen des Flusses war um diese frühe Stunde das einzig vernehmbare Geräusch. Nur ab und an drang Motorenlärm von der sechsspurigen Auffahrt zur Reichsbrücke zu ihnen hinunter. Pendler auf dem

Weg zur Arbeit? Oder Nachtschwärmer auf dem Nachhauseweg?

Die Glocke der Franz-von-Assisi-Kirche schlug viermal.

Marko zuckte zusammen.

„Die Stunde des Todes“, flüsterte er.

„Sag bloß, du bist abergläubisch?“

„Meine Großmutter hat behauptet, dass der Tod die meisten Menschen um diese Stunde holt.“

„Und meine hat behauptet, dass die Donau blau sei. Schau dir das Wasser an. Dabei haben die überall Kanalisation. Trotzdem könnte man glauben, dass der ganze Dreck der Stadt hier vorbeischwimmt.“

„Wieso? Ich sehe nur schwarz.“

„Das weiß ich.“

Marko, völlig unempfänglich für Ironie, wollte weiter über die Farbe der Donau diskutieren Toni brachte ihn mit einer energischen Handbewegung zum Schweigen.

„Sei still. Da ist jemand.“

„Ratten! Wenn ich eine Scheiß-Knarre dabei hätte, würde ich diese Scheiß-Viecher sofort abknallen.“

„Musst du dauernd solche Kraftausdrücke verwenden?“

Marko antwortete nicht, sondern gab komische Geräusche von sich, die entfernt nach dem Knattern eines Maschinengewehrs klangen.

Er war ein Fan von amerikanischen Kriminalfilmen. Sein Wortschatz in Deutsch stammte von synchronisierten B-Movies der achtziger und neunziger Jahre.

„Ich krieg bald eine Knarre, hat Vladimir gesagt.“

„Keine Schusswaffen, habe ich gesagt!“

„Bleib cool, Mann. Du brauchst ja keine. Es genügt, wenn ich eine hab.“

Toni hatte seinem Freund schon mehrmals zu verstehen gegeben, dass er Waffen prinzipiell ablehnte. Dieser schießwütige kleine Kerl wollte das einfach nicht kapieren.

Mittlerweile waren sie unter der Reichsbrücke angekommen.

Dieses Mal legten sie den Sack behutsam auf den Boden. Ein leises Klirren war trotzdem zu hören.

„Wir sind zu früh“, sagte Marko.

„Nein, vier Uhr war abgemacht. Sie sind zu spät.“

2. Tulcea, Rumänien

Es war zu spät, um umzukehren. Ich bereute längst, mich auf dieses Abenteuer eingelassen zu haben. Was für ein reizloser, schmuddeliger Hafen, dachte ich beim Anblick der heruntergekommenen Lagerhäuser und verrosteten Kräne, die in den strahlend blauen Himmel ragten.

Ich saß mit meinem Freund Orlando in einem Gastgarten in der rumänischen Stadt Tulcea. Unser Tisch stand nahe am Donauufer, eine alte Linde spendete dürftigen Schatten. Es war Mitte September und hatte um die dreißig Grad.

„Tulcea ist sozusagen das Nadelöhr zum Donaudelta“, sagte ich zu Orlando. „Du wirst sehen, das Delta wird dir gefallen.“

Seit wir in Bukarest den Flieger verlassen hatten, schmollte er. Es war sein erster Besuch in einem ehemals sozialistischen Land.

Ich hatte ihm von der grandiosen Landschaft und der beeindruckenden Weite Rumäniens vorgeschwärmt. Er interessierte sich jedoch nur für Graf Dracula. Seit er kapiert hatte, dass Transsylvanien von der Donau weit entfernt ist und sich ein Abstecher dorthin nicht ausgehen würde, ließ er mich seine Enttäuschung spüren.

Ich war an seine Launen gewöhnt. Orlando war eben eine Zicke. Dennoch versuchte ich ihn aufzuheitern, indem ich den tollen Kaviar erwähnte, den wir hier kriegen würden. Mein Freund gebärdete sich gern als Gourmet, obwohl Pizza Margherita seine Lieblingsspeise war.

„Kaviar?“

„Ja, den unbefruchteten Rogen von Stören.“

„Hier gibt’s bald keinen Kaviar mehr. Hab gerade erst gelesen, dass die Störe vom Aussterben bedroht sind. Durch den Bau der Wasserkraftwerke und Staudämme haben sie ihre Laichgründe verloren. Außerdem werden sie wegen ihrer Eier schlicht und einfach abgeschlachtet ...“

„Quatsch! Der Stör ist *der* Fisch der Donau! Er wird sogar ‚der König der Donau‘ genannt.“

„Du bist wieder mal nicht am Laufenden, Kafka. In dem Artikel stand, dass durch die hemmungslose Wildfischerei und den illegalen Kaviarhandel die Störe beinahe ausgerottet wurden. Obwohl die bulgarischen und rumänischen Behörden ein vierjähriges Fangverbot für Störe in der Donau und im Schwarzen Meer verhängt haben, werden diese armen Fische wegen ihrer heißbegehrten Eier zu tausenden umgebracht.“

„Störe gab es schon vor zweihundertfünfzig Millionen Jahren und wird es immer geben. Mag sein, dass einige Arten wegen der Überfischung bedroht sind, aber sicher nicht alle.“

„Ich habe noch nie einen Stör gesehen.“

„Kein Wunder. Sie schwimmen ja auch am Grund des Flusses. Angeblich sind sie genauso alt wie Dinosaurier. Haben aber im Gegensatz zu denen überlebt.“

„Sie sehen den Dinos wirklich ähnlich.“ Orlando zeigte mir ein Foto, das er im Internet gefunden hatte.

„Du weißt, dass die Roaming-Gebühren irrsinnig hoch sind? An deiner Stelle würde ich nicht ständig im Internet surfen.“

„Ich schalte es gleich aus.“

Missmutig starrten wir beide auf den langen, alten Kahn, der direkt vor dem Lokal angelegt hatte.

Die „MS Kaiserin Sisi" war nicht gerade das neueste Schiff der rumänischen Kreuzfahrt-Flotte. Obwohl es vor ein paar Jahren generalsaniert worden war, mangelte es ihm an Schick und vor allem an Komfort. Die Kabinen, selbst die Doppelkabinen auf Deck 1, waren sehr klein. In den Toiletten und Duschen konnte man sich kaum umdrehen. Die Klimaanlage funktionierte nur hin und wieder und bei über dreißig Grad Außentemperatur gab sie vollends den Geist auf.

Als ich Orlando erzählt hatte, dass das Schiff, auf dem wir die nächsten fünf Wochen verbringen würden, nach seiner geliebten österreichischen Kaiserin benannt war, konnte er sich vor Begeisterung kaum einkriegen.

Orlando hatte einen Sisi-Tick. Als wir uns kennenlernten, machte er des Nachts in langen Sisi-Roben die Straßen Wiens unsicher. All meine Überredungskünste waren vonnöten gewesen, ja ich hatte ihn sogar regelrecht erpressen müssen, hatte gedroht, ihm die Freundschaft zu kündigen, wenn er diese idiotische Verkleidung nicht ablegte. Ich habe kein Problem damit, dass er Transvestit ist, aber dieser Sisi-Wahn überstieg meine Toleranzgrenze.

„Kreuzfahrt – dass ich nicht lache! Sieh dir dieses Prachtstück an. Alles verrostet und schnell überstrichen", meckerte er.

„Das sieht dein Malerauge sofort."

Orlando war ein begabter Maler, aber leider ein faules Aas. Vom Verkauf seiner Bilder konnte er ebenso wenig leben wie ich von den zeitgeschichtlichen Projekten über Roma und Sinti, an denen ich hin und wieder mitarbeitete.

„Spotte ruhig. Du wirst noch beten, dass wir heil nachhause kommen."

„Was soll uns auf einem Schiff passieren? Noch dazu auf einem Fluss? Wenn es untergehen sollte, schwimmt man halt an Land."

„Da spuckt mal wieder jemand große Töne. Gestern hast du fast geflennt, als es ein paar harmlose Turbulenzen gegeben hat."

„Ich habe Flugangst. Das ist ganz was anderes."

„Und ich habe Angst vorm Wasser. Ertrinken ist bestimmt ein sehr qualvoller Tod."

„Quatsch, im Gegenteil, ich stelle mir vor, dass das eine sehr angenehme Todesart sein könnte."

„Du bist morbid, Kafka!"

„Und du bist ein Angsthase."

„Jeder hat eben seine Ängste."

Ich hatte keine Lust auf eine Fortführung dieses idiotischen Gesprächs und zündete mir eine Zigarette an.

Orlando setzte an, mich zum hundertsten Mal zu ermahnen, dass mich die Zigaretten noch eines Tages ins Grab bringen würden. Mit einem heftigen „Halt den Mund" gebot ich ihm zu schweigen. Als ich seinen verletzten Blick bemerkte, bereute ich es sogleich, ihn derart angefahren zu haben.

„Glaubst du nicht auch, dass diese rumänische Airline TAROM bis heute die alten, längst schrottreifen, sowjetischen Tupolews einsetzt?"

„Wir sind mit einer stinknormalen McDonnell Douglas geflogen, meine Liebe."

„Sind die nicht ebenfalls steinalt?"

„Mag sein. Wir sind heil angekommen und nur das zählt, oder?"

Vor nunmehr etwa zehn Tagen rief mich überraschender Weise mein Onkel Sandor an. Letztes Frühjahr hatte ich mit Orlandos Hilfe den zweiten Mörder meiner Eltern in den USA überführt. Daraufhin hatte ich meinen Patenonkel, den Bruder meiner Mutter, per Internet gesucht. Wir Roma haben überall auf der Welt Verwandte. Schließlich hat einer meiner Cousins Sandor wirklich in einer Bar in Marseille entdeckt. Die Bar gehörte seiner aktuellen Lebensgefährtin, und er geigte dort an den Wochenenden auf.

In Wien hatte er den Ruf gehabt, ein Teufelsgeiger zu sein. Seine Fans hatten ihn für fast so begnadet gehalten wie Paganini. Ich war damals sehr stolz auf meinen berühmten Onkel.

Nachdem ich die Telefonnummer der Bar herausgefunden hatte, telefonierten wir ein paar Mal miteinander. Es hatte ihn schwer beeindruckt, dass ich den Mörder seiner geliebten Schwester zur Strecke gebracht hatte. Nach ein paar Wochen war der Kontakt aber wieder eingeschlafen. Sandor war kein großer Telefonierer. Deshalb freute ich mich letztens auch sehr über seinen Anruf.

Er fragte mich, ob ich nicht Lust auf eine kostenlose Kreuzfahrt hätte. Und meinen kleinen, tapferen Freund sollte ich gleich mitbringen.

Ich bin studierte Historikerin, verdiene mir jedoch meinen Lebensunterhalt seit Jahren als Barkeeperin. Da ich gerade ohne Job war und Orlando sowieso seine Arbeitsplätze wechselte wie seine Unterwäsche, fragte ich, welche Gegenleistung ich dafür bringen müsste.

„Die Bar übernehmen“, sagte Sandor. „Du wärst *Chef de Bar.*“

Als er mir vorrechnete, wie viel ich auf drei Donaukreuzfahrten in fünf Wochen verdienen würde, sagte ich, ohne Orlando zu fragen, für uns beide zu.

Ich hätte mir denken können, dass diese Geschichte einen Haken hatte.

Sandor hatte, was den angeblich so tollen Lohn betraf, das durchschnittliche Trinkgeld miteingerechnet und auch verschwiegen, dass wir einen 16-Stunden-Tag haben würden. Gestern bei meinem Vorstellungsgespräch mit dem rumänischen Kapitän begriff ich zudem, dass auf dem Schiff ein permanenter Personalwechsel herrschte. Kein gutes Zeichen, das wusste ich aus Erfahrung.

Der Kapitän war nicht unsympathisch und sah auch nicht übel aus. War groß, breitschultrig und hatte dunkelblondes, dichtes Haar. Aber seine hohe Stimme, die so gar nicht zu seinem kräftigen Körper passte, missfiel mir ebenso wie die ersten Worte, die er an mich richtete. „Ah, du bist die kleine Zigeunerin."

„Mein Name ist Katharina Kafka. Magistra Kafka."

Normalerweise erwähne ich meinen akademischen Titel nie. Es ärgerte mich nur, dass er mich duzte. Ich bin vierzig Jahre alt und einen Meter fünfundsiebzig groß – von wegen kleine Zigeunerin!

„Einen studierten Chef de Bar hatten wir meines Wissens noch nie." Falls er beeindruckt war, ließ er es sich nicht anmerken.

„Wenigstens wird sie rechnen können", sagte er zum Ersten Offizier, der uns keinerlei Beachtung geschenkt hatte und auch jetzt nicht vom Bildschirm seines Laptops aufblickte.

„Das ist korrekt", hörte ich ihn nach ein paar Sekunden leise sagen.

„Uniformen habt ihr euch besorgt?" Der Kapitän musterte Orlando, der ein schickes, rosafarbenes Etuikleid trug, abschätzig von Kopf bis Fuß.

Ich hatte uns in Wien blaue Uniformen gekauft. Orlando hatte beteuert, dass er so eine Scheußlichkeit nicht anziehen würde, während ich es eher als Zumutung empfand, dass wir unsere Arbeitskleidung selbst bezahlen mussten.

„Ja, haben wir", sagte ich, da Orlando es vorzog zu schweigen.

In diesem Augenblick schneite der Kreuzfahrtdirektor herein. Er begrüßte uns freundlich lächelnd und wandte sich dann mit einer Frage an den Kapitän.

Ich betrachtete unser Vorstellungsgespräch als beendet, wünschte allen einen guten Tag und verließ mit Orlando im Schlepptau die Kommandobrücke.

Der Kreuzfahrtdirektor schien okay zu sein. Er war Deutscher und hieß Bernhard.

Gestern Abend an der Bar, als noch keine Gäste an Bord waren, hatte er mir unter dem Siegel der Verschwiegenheit anvertraut, dass die MS Kaiserin Sisi vor kurzem in einer Werft in Belgrad technisch überholt werden hatte müssen. Sie hatten auf der Fahrt von Wien ins Donaudelta kurz nach Belgrad einen Maschinenschaden gehabt. Die Passagiere hatten von Belgrad aus den Heimflug antreten müssen und die Hälfte der Mannschaft hatte das Schiff mit ihnen verlassen. Deshalb hätten sie so rasch neues Personal für Bar, Küche und Service gebraucht.

Er deutete an, dass mein Onkel, der vom rumänischen Reiseveranstalter als Alleinunterhalter engagiert worden war, eine anständige Provision kassiert hätte, weil er ihnen so schnell Ersatz verschafft hatte.

Das konnte ich mir gut vorstellen. Obwohl ich meinen Patenonkel liebe, halte ich ihn für einen Gauner. Von meinen nahen Verwandten sind mir aber nur Sandor und mein Großvater väterlicherseits geblieben. Wahrscheinlich hatte ich hunderte Verwandte in aller Welt. Doch die kannte ich nicht näher.

Leider war Orlando dabei gewesen, als Bernhard von den technischen Problemen gesprochen hatte. Seither nervte er mich mit seinen Untergangsphantasien.

„Diese alte Fregatte ist total marod“, fing Orlando wieder zu meckern an als wir zurück aufs Schiff gingen.

„Mit ‚alte Fregatte‘ meinst du wohl die Kaiserin Elisabeth?“

„Hör auf, Kafka! Mir schwant Übles. Diese Reise steht unter keinem guten Stern! Spürst du das denn nicht? Was ist bloß los mit dir?“

Früher hatte Orlando oft behauptet, ich würde wegen meiner Roma-Vorfahren über den sechsten Sinn verfügen und hellsehen können. Mittlerweile bildete er sich ein, selbst diese Fähigkeit zu besitzen.

„Du weißt, ich halte nicht viel von Intuitionen.“

„Ich schon. Vor allem von deinen und meinen eigenen.“

„Nun gut. Wir werden es mindestens mit zwei oder sogar drei mysteriösen Todesfällen zu tun kriegen. Darauf wette ich, wenn ich an das Alter unserer Passagiere denke.“ Lachend legte ich den Arm um Orlandos Taille und schubste ihn mehr oder weniger über die Gangway an Bord.

Unser Dienst begann um achtzehn Uhr.

„Du fällst in deiner Heimat ganz schön auf mit deinen roten Haaren“, sagte Orlando, als er in einem eleganten, weißen Sommerkleid und perfekt geschminkt die Bar betrat.

„Rumänien ist nicht meine Heimat. Ich bin genauso Wienerin wie du.“

Orlando kicherte.

„Was gibt es da zu lachen?“

„Anscheinend hast du endlich kapiert, dass ich auch eine ‚in‘ bin.

„Idiot.“

„Warum wirst du immer gleich ausfallend? Im Ernst, die Leute in Tulcea haben uns beide angestarrt, als hätten sie noch nie Rothaarige gesehen.“

Zu meinem Leidwesen hatte sich Orlando am Tag vor unserer Abreise in Wien eine rote Mèche in seine kinnlangen, dunkelblonden Haare machen lassen. Man hielt uns nun tatsächlich für Schwestern. Seit ich ihm abgewöhnt hatte, in langen, wallenden Kleidern herumzulaufen, hatte er sich auf Vintage-Klamotten verlegt und bemühte sich, wie die berühmte, leider viel zu früh verstorbene Sisi-Darstellerin Romy Schneider auszusehen.

„Außerdem habe ich die roten Haare von meinem österreichischen Vater geerbt. Meine Mutter war dunkelhaarig, wie oft soll ich dir das noch erzählen? Und sie stammte weder aus Rumänien noch aus Ungarn, sondern war eine österreichische Romni."

„Aber du sprichst ungarisch."

„Ja, weil meine Großmutter eine ungarische Romni war. Könnten wir das Thema bitte beenden? Ich denke, du solltest dich schleunigst umziehen."

„Muss ich wirklich diese grauenhafte blaue Uniform anziehen? Blau steht mir überhaupt nicht. Vor allem dieses langweilige Marineblau ..."

„Orlando, du kannst sofort wieder heimfliegen ..."

„Ich bin schon unterwegs. Mach mir inzwischen einen Capuccino, Baby", zwitscherte er und eilte nach unten.

Wir bewohnten zu zweit eine Viererkabine. Nachdem ich mir die Unterkunft der Matrosen kurz angesehen hatte, versuchte ich erst gar nicht, mich zu beschweren. Trotzdem fand ich unsere enge Kabine ebenso grässlich wie Orlando.

Sie hatte kein Fenster, sondern ein winziges Bullauge, das sich zu einem Drittel unter Wasser befand. Bei stärkerem Wellengang verschwand es gänzlich.

Ich kam mir vor wie in einem Aquarium. Nur, dass Fische jetzt uns begafften.

Das Wiedersehen mit meinem Onkel Sandor an diesem Abend verlief relativ unsentimental.

Ich war erstaunt, dass er sich in all den Jahren, in denen wir uns nicht gesehen hatten, kaum verändert hatte. Er sah blendend aus, hatte weder einen Wohlstandsbauch noch Haarausfall. Im Gegenteil, er trug sein graues, dichtes Haar nach wie vor schulterlang. Seine kantigen, sonnengegerbten Züge und vor allem seine großen, grünen Augen brachten bestimmt auch heute noch einige Frauen um ihren Verstand.

Ich rechnete in Gedanken kurz nach, wie alt er war. Sandor war der jüngste Bruder meiner Mutter. Sie hatte ihn praktisch aufgezogen. Meine Mutter wäre heuer siebzig geworden, wenn diese Psychopathen sie nicht umgebracht hätten. Also musste mein Onkel ungefähr Sechzig sein.

Orlando und ich plauderten eine Weile mit ihm. Ich schilderte ihm noch einmal in Kurzfassung unseren abenteuerlichen USA-Trip. Als ich beschrieb, wie der Mörder meiner Mutter zu Tode gekommen war, wirkte er sehr befriedigt und gab eine Runde aus. Danach zog er sich bald in seine Kabine zurück. Ein alter Mann wie er brauche seinen Schlaf, behauptete er. Ich verdächtigte den alten Womanizer noch ein Rendezvous zu haben.

Orlando schaute nach der Arbeit auf einen Sprung ins örtliche Casino. Ich war zu kaputt, um ihn zu begleiten. Machte mir jedoch ernsthaft Sorgen um ihn.

Orlando war ein leidenschaftlicher Spieler. Letztes Frühjahr in Las Vegas war es mir nur mit Müh und Not gelungen, ihn von den Roulettetischen fernzuhalten. Doch an diesem Abend in Tulcea konnte ich ihn nicht davon abbringen, wenigstens einen Blick in das örtliche Casino zu werfen. Da er zwei Stunden später in unserer Kabine aufkreuzte und beteuerte, umgerechnet etwa hundert

Euro beim Pokern an einem Automaten gewonnen zu haben, verzichtete ich auf jeden Kommentar.

„Unser Käpt'n war auch dort. Aber er hat mich nicht gesehen. War zu sehr in seine Karten vertieft. Er hat übrigens Black Jack gespielt."

Es war zwei Uhr früh, als ich endlich einschlief.

3. Wien

Fünf Uhr morgens. Motorengeräusche hallten unter der Reichsbrücke wider. Sie kamen nicht von der Straße. Ein schnittiges weißes Motorboot tauchte aus der Dunkelheit auf. Näherte sich langsam dem Ufer.

Toni und Marko hoben den Leinensack hoch. Warteten, bis das Boot auf einen Meter herangekommen war. Warfen den Sack dann an Bord.

Der Mann am Heck reichte ihnen ein dickes Kuvert.

Der Mann am Steuer gab Gas.

Rasch entfernte sich das Boot wieder.

Toni und Marko machten sich auf den Weg zu ihrem Wagen. Im Schein einer Straßenlaterne öffnete Toni das Kuvert.

Fotos von Häusern, ein Straßenplan, diverse Adressen ... Das Übliche eben.

„Hast du es nicht auch satt, die Wohnungen von irgendwelchen Leuten auszuräumen? Da ist nicht wirklich was zu holen. Das ist Kinderarbeit. Meine Stiefsöhne könnten diese Jobs ebenso gut erledigen wie wir. Ich will endlich mal für einen größeren Coup eingeteilt werden."

„Du bist ein Neuer, Mann."

„Aber du bist schon eine Weile dabei. Warum muten sie dir solchen Kleinkram zu?"

Marko zuckte mit den Achseln.

Weil du ein gutmütiger Trottel bist, dachte Toni. „Hast du die Handynummer vom Boss?"

„Hab nur die vom Vladimir."

„Der hat nichts zu reden. Außerdem ist er ein gefährlicher Psychopath."

„Das bin ich auch."

„Wer hat das behauptet?"

„Der Erzieher in dem Scheiß-Heim, wo ich war. Er hat mich gehasst ..."

„Lass es gut sein. Hauen wir ab. Es wird gleich hell."

Sie fuhren mit Markos altem VW Passat Richtung Praterstern. Vor einem Café am Anfang der Heinestraße fanden sie einen Parkplatz.

Sie bestellten zwei Gulaschsuppen bei der übernächtig aussehenden Wirtin.

Marko wollte ein Bier. Toni Kaffee und Mineralwasser.

„Du wirst Läuse im Bauch kriegen, wenn du soviel Wasser säufst."

„Und du wirst richtig fett werden, wenn du weiterhin soviel Weißbrot in dich hineinstopfst."

Marko hatte bereits ein ofenwarmes Salzstangerl verdrückt. Er wollte gerade nach dem nächsten greifen, zögerte aber nach Tonis Bemerkung.

„Im Ernst, du bist in letzter Zeit ganz schön aus dem Leim gegangen." Toni klopfte seinem Freund auf den Bierbauch.

„Du hast leicht reden, Mann. Kannst fressen und saufen, soviel du willst, und bleibst trotzdem zaundürr. Vielleicht hast ja einen Wurm?"

„Einen Wurm? Wieso?"

„Meine Oma hat gesagt, dass die Dünnen einen Bandlwurm im Magen haben, der ihnen alles wegfrisst."

„Prost! Auf deine Oma und meine Läuse und Würmer!"

Toni wusste, dass Marko bei seiner rumänischen Großmutter aufgewachsen war. Als sie ein Jahr nach dem Zusammenbruch des Ceauşescu-Regimes starb, kam er als Siebenjähriger gemeinsam mit anderen Straßenkindern von Bukarest nach Wien. Er wuchs in einem Flüchtlingsheim auf. Mit dreizehn schloss er sich einer kriminellen Bande an. Arbeitete eine Zeitlang als Taschendieb in den Einkaufsstraßen von Wien. Als er erwischt wurde, war er noch minderjährig. Statt in den Knast wurde er wieder in ein Heim gesteckt und einem Resozialisierungsprogramm unterzogen. Dort lernte er Boxen. Der Trainer konzedierte ihm großes Talent. Im Mittelschwergewicht hätte er es weit bringen können. Sein Chef brauchte ihn jedoch bald wieder für weniger sportliche Kämpfe.

Marko hatte seine Mutter kaum gekannt. Sie war in den dunklen Gassen der Bukarester Altstadt dem horizontalen Gewerbe nachgegangen. Seinen Vater hatte er nie zu Gesicht bekommen. Er behauptete, sein Alter wäre ein wichtiger Capo bei der rumänischen Mafia gewesen.

Toni bestellte einen zweiten Kaffee und starrte beim Fenster hinaus.

Auf dem Praterstern staute sich der Verkehr. Fußgänger waren an diesem trüben Morgen kaum unterwegs.

„Der Boss hält große Stücke auf dich, Mann."

„Davon hab ich bisher nichts bemerkt. Der kennt mich doch gar nicht."

„Der hat seine Augen überall."

„Man könnte fast glauben, du sprichst vom lieben Gott."

„Vladimir hat's mir gesteckt. Er ist eifersüchtig. Du solltest dich vor ihm in Acht nehmen."

„Ruf ihn an. Sag ihm, dass ich keine Lust mehr auf diese Brüche habe. Entweder bietet er mir einen lukrativeren Job an oder ich steige aus."

„Du bist nicht ganz dicht, Mann. Den Boss kann man nicht einfach anrufen. Der redet nicht mit unsereins. Außerdem hab ich seine Nummer nicht. Das Geschäftliche läuft alles über Vladimir."

„Dann ruf den an."

„Um diese Zeit? Es ist erst halb acht."

„Na und? Meinst, die schlafen noch?"

Zögernd griff Marko zu seinem Handy und wählte Vladimirs Nummer.

Er stammelte ein paar Entschuldigungen. „Ja, tut mir leid. Ich weiß ..., wollt nur sagen, dass alles gut gelaufen ist. ... Ja, Ware unterwegs ..."

„Gib ihn mir, ich sage es ihm selbst." Toni riss seinem Kumpel das Handy aus der Hand.

„Ich will den Boss sprechen! – Bist du taub? – Halt den Mund! Mit dir rede ich nicht. – Ja, droh mir ruhig. Ich habe schreckliche Angst vor dir." Plötzlich änderte sich sein Tonfall. Freundlich aber bestimmt erzählte er seinem Gesprächspartner von seinem Plan.

„Einen Moment bitte. Habe fast keinen Empfang." Toni stand auf und ging mit dem Handy am Ohr vor die Tür: „Nein, ohne Marko mache ich es nicht ... Ja, ich habe mich dort gründlich umgesehen ... Wir brauchen keinen Aufpasser ... Wie Sie meinen ... Ja, von mir aus ... Ja, ich habe verstanden. Vladimir hat das Sagen. Okay."

Als er in das Lokal zurückkehrte, sagte er zu Marko: „Auf ins Goldene Quartier!"

„Scheiße Mann! Du hast echt mit dem Boss telefoniert?"

„Ja, und er hat uns grünes Licht gegeben. Leider hat er darauf bestanden, dass Vladimir mit von der Partie ist."

„Ist das abgefahren! Echt krass, Mann! Darauf brauche ich gleich noch ein Krügerl." Er boxte Toni spaßhalber in die Rippen.

„Aua! Spinnst du?"

„Weichei“, kicherte Marko.

Als er sich wieder beruhigt hatte, sagte er kleinlaut: „Diese Luxusschuppen im Ersten haben nie Bargeld in der Kasse. Dort zahlen alle mit Kreditkarten.“

„Glaubst du das im Ernst? Die Russen rennen immer mit Packen von Geldscheinen im Hosensack herum. Und bei Prada, Versace und Co. kaufen fast nur mehr die Weiber von diesen Oligarchen ein. Selbst die Verkäuferinnen sprechen russisch, hat mir mal jemand erzählt. Außerdem sage ich nur: Frühstück bei Tiffany!“

„Was redest du da, Mann? Prader, Versatsche, Tifni?“

„Der New Yorker Schmuckladen am Kohlmarkt. Kennst du nicht diesen berühmten Film mit Audrey Hepburn?“

Marko tippte sich auf die Stirn.

„Was soll der Scheiß, Mann?“

„Der Film ist wirklich nett.“

„Du weißt, ich steh auf Jackie Brown. Hab ich mindestens zwanzig Mal gesehen. Die Alte ist echt cool. Auch Pulp Fiction war super. Paff, paff, paff.“

„Und das Blut spritzte ...“

„Echt krass, oder?“

„Ja, ja ..., aber wir werden kein Blutbad veranstalten. Hast du das kapiert?“

„In diesen feinen Läden wimmelt es von Scheiß-Security-Leuten.“

„Redest du von den Bodybuildern am Eingang? Die schickst du mit einem Schlag auf die Bretter. Schrecklich unbeweglich, diese Herren. Die sollten lieber mal Joggen gehen, als dauernd an den Kraft-Maschinen zu hängen. Außerdem muss es ja nicht ausgerechnet Tiffany sein. Im Goldenen Quartier gibt es noch mehr Juwelierläden.“

Marko klopfte seinem Freund auf die Schulter. Sein schiefer Mund verzog sich zu einem makabren Grinsen. „Okay Mann, wird gemacht!“, sagte er auf Rumänisch.

Obwohl Toni Ungar war und auch leidlich Rumänisch sprach, unterhielten er und sein Kumpel sich meistens auf Deutsch. Marko verfiel nur, wenn er sehr aufgeregt war, ins Rumänische.

4. Donau: Rumänien

Ein junger Matrose steht am Bug des Schiffes und versorgt die Seile.

In den sanften Wellen des Flusses spiegelt sich der Halbmond.

Was für eine klare Nacht! Morgen wird das Wetter schön sein, denkt er. Kein Regen mehr, kein Nebel.

Am Abend, nachdem er gesehen hat, was er nicht hätte sehen sollen, hat er darauf vergessen, die Seile ordentlich aufzurollen.

Er konnte nicht schlafen, hat hin und her überlegt, was er tun soll. Zur Polizei kann er nicht gehen. Er hat unter falschem Namen und mit einem falschen Pass auf der MS Kaiserin Sisi angeheuert.

Ihm ist klar, dass hinter der Geschichte eine Menge Geld steckt. Wenigstens ein kleines Bisschen davon würde er gern abbekommen.

Er muss unbedingt mit jemandem reden, jemandem von dieser Entdeckung erzählen. Nur wem kann er auf diesem Schiff vertrauen? Seiner Liebsten? Ja. Aber sie kann genauso wenig unternehmen wie er. Sie wird ihm raten, den Mund zu halten und schleunigst alles zu vergessen. Was bestimmt das Klügste wäre. Sie ist sehr clever und viel erfahrener als er. Deshalb bewundert er sie auch.

Er traut sich nicht, sie mitten in der Nacht aufzuwecken. Sie teilt ihre Kabine mit drei anderen Mädchen.

Er raucht eine Zigarette. Nach einer Weile kommt ihm eine Idee. Er schreibt seiner Liebsten eine SMS.

Mittlerweile ist es fünf Uhr vorbei. Es wird bald hell werden.

Er hockt sich wieder auf den Boden und müht sich mit den Seilen ab.

Die Donau erwacht zum Leben. Leichter Wind ist aufgekommen. Die Wellen klatschen an die Bordwände.

Er hört ihn nicht kommen. Lautlos wie eine Katze nähert sich ein Mann dem Bug des Schiffes.

Erst als er knapp hinter ihm steht, nimmt der Bursche ihn wahr.

Erschrocken dreht er sich um. Springt auf, als er sieht, wer es ist.

Der erste Schlag trifft ihn mitten ins Gesicht.

Er kippt um.

Ein Tritt in die Eier. Stöhnend greift er sich zwischen die Beine.

Ein Seil schlingt sich um seinen Hals.

Er wehrt sich nach Kräften, fuchtelt wild herum. Versucht seine Hände zwischen das Seil und seine Kehle zu bekommen.

Als er schreien will, zieht der andere die Schlinge enger zu.

Er kriegt kaum mehr Luft. Beginnt zu röcheln.

Sein Blick verengt sich, während sein Bewusstsein allmählich schwindet. Er sinkt zu Boden.

Der Mann packt das Ende des Seils und zieht den zuckenden Körper hinter sich her zur Reling. Dort entfernt er die Schlinge vom Hals des Toten und wälzt ihn über Bord.

5. Donaumündung, Schwarzes Meer

An Bord der MS Kaiserin Sisi ging es bereits vor Sonnenaufgang sehr laut und hektisch zu. Das über hundert Meter lange Kreuzfahrtschiff legte in der Hafenstadt Tulcea ab.

Das Rumoren im Bauch des Schiffes weckte mich kurz vor sechs Uhr früh. Ich drehte den Kopf zum Bullauge, um zu schauen, ob schon Tag war.

Ein breites Fischmaul schien nach mir zu schnappen.

Bleiche Wangen und ein von Schlangen bekränztes Haar drückten sich an das Glas. Riesige dunkle Augen starrten mich vorwurfsvoll an.

„Eine Lei... Leiche!", schrie ich.

Orlando fiel beinahe aus dem Bett. „Um Himmels willen, was ist los?"

„Da draußen, ein toter Mann ..." Meine Stimme zitterte, als ich auf das Bullauge deutete.

„Du hast schlecht geträumt. Solltest abends weniger essen."

„Mein Gott, bist du blind?"

Ich hatte nicht geträumt. Ich hatte einem Toten in die Augen gesehen.

Das gespenstische Gesicht war inzwischen verschwunden. Unser Schiff fuhr mit etwa 15 km/h oder mehr stromaufwärts. Die Wasserleiche hatte es bestimmt längst abgetrieben.

Orlando legte sich wieder hin. „Gib endlich Ruhe!", murmelte er verschlafen.

Er glaubte mir nicht. Und ich begann selbst zu zweifeln. Hatte ich mir die riesigen Augen und das algengeschmückte Haar doch nur eingebildet?

Als ich wieder einnickte, vernahm ich eine leise Stimme an meinem Ohr. Ich konnte nicht verstehen, was sie mir sagen wollte. Laute, gurgelnde Geräusche übertönten das Flüstern. Ich schreckte auf.

Orlando stand am Waschbecken und putzte sich die Zähne.

Ich ging, ohne mir die Zähne zu putzen, in die Bar. Machte mir einen Espresso und wankte damit hinauf aufs Sonnendeck.

In der Steuerkabine saß mit dem Rücken zu mir der Erste Offizier. Ich erkannte ihn an seinem dichten, dunklen Haarschopf und seinem schmalen Oberkörper. Er war ein großer, schlanker, etwas steif wirkender Typ in meinem Alter.

Das Schiff lenkte ein älterer Mann mit grauem Vollbart, den ich noch nie gesehen hatte. Vermutlich handelte es sich um den Steuermann.

Ich hoffte, dass mich keiner der beiden entdeckte und wählte eine Liege, die sich außerhalb ihres Blickfeldes befand.

Während ich mir meine erste Zigarette anzündete, stellte ich mir vor, wie ich halbtot auf dem trägen Fluss dahintrieb, bis mich einer der gefährlichen Strudel erfassen und in die Tiefe hinabziehen würde. Meine Augen wurden feucht, als ich mir meinen eigenen Tod ausmalte.

Ich trank meinen ersten Kaffee und rauchte meine erste Zigarette und konnte an nichts anderes denken als an die Leiche vor unserem Bullauge. Ich war mir sicher, dass ich weder eine Vision noch einen Traum gehabt hatte. Trotz seines verzerrten Aussehens hatte ich den Toten erkannt. Er war mir gestern Abend bei der Vorstellung der Crew aufgefallen, weil er mit der jungen Kellnerin, die in der Bar aushalf, herumgemacht hatte. Er schien sehr verliebt in die Kleine zu sein.

Was war passiert? Ein Unfall nach einer durchzechten Nacht? Diese Osteuropäer tranken mindestens soviel wie wir Österreicher. War der arme Bursche am frühen Morgen besoffen über Bord gefallen? Sein Gesicht hatte unverletzt ausgesehen. Hatte mit dem offenen Mund und der plattgedrückten Nase fast komisch gewirkt.

Ich fröstelte. Die feuchte Kälte am frühen Morgen kroch unter meinen dünnen Schlafanzug, den ich mir extra für diese Reise im Abverkauf zugelegt hatte. Eigentlich war es ein seidener, dunkelgrüner Hausanzug. Ein hübsches, weit ausgeschnittenes Oberteil und eine unten weit ausgestellte Hose, so wie man sie in den Siebzigerjahren trug. In diesem Anzug könne ich durchaus auch tagsüber herumlaufen, hatte Orlando gemeint.

Ein heller, rosa Streifen zeigte sich am Horizont. Versprach einen freundlichen Tag.

Als ich mir die zweite Zigarette in den Mund steckte, klickte ein Feuerzeug. Eine kleine Flamme erschien vor meinem Gesicht.

„Danke."

„Frühaufsteherin?", fragte mich der Erste Offizier.

„Eigentlich nicht. Bin eher eine Nachteule."

Die aufgehende Sonne tauchte die Ufer in rosafarbenes Licht.

„Fantastische Sonnenuntergänge habe ich oft gesehen. Aber so ein Sonnenaufgang über dem Fluss ist einzigartig. Ich mag es, der Sonne endlich mal zusehen zu können, wie sie an Kraft und Stärke gewinnt. Ist ja fast noch eindrucksvoller."

„Das ist korrekt."

„Die Farben sind ein Traum. So weich und warm."

Er sagte nichts.

Ich sah ihm in die Augen.

Was für schöne, schwermütige Augen! – Er ist ein Spinner, Kafka, ermahnte ich mich sogleich.

„Möchten Sie auch eine?“ Ich hielt ihm mein Zigarettenpäckchen hin.

Er schüttelte den Kopf. Nahm ein silbernes Zigarettenetui aus der Tasche seiner Uniformjacke und steckte sich einen Zigarillo an.

Schweigend sahen wir beide dem Rauch zu, der meiner Zigarette und seinem Zigarillo entwich.

Er machte keine Anstalten, auf der Nachbarliege Platz zu nehmen. Ich hatte keine Lust, weiterhin zu ihm aufzuschauen. Wandte meinen Blick wieder der aufgehenden Sonne zu.

Plötzlich wurde ich richtig wütend. Wütend auf mich selbst. Wie konnte ich nur seelenruhig über Sonnenaufgänge quatschen, während gerade ein junger Matrose gestorben war?

Vielleicht sollte ich lieber diesem eigenartigen Ersten Offizier von dem Toten erzählen?

So ein Zigarillo brennt lange. Ich empfand das Schweigen zwischen uns unerträglich, wollte es gerade brechen, als er sagte: „Sie sind sehr schön.“

Oh Gott! Wie antwortete man bloß auf so ein Kompliment? Sollte ich boshaft sein und sagen ‚Das ist korrekt‘?

Ich zog es vor zu schweigen. Mal sehen, ob er einen weiteren Satz zusammenbrachte.

Aber das war's schon. Er dämpfte seinen Zigarillo in meinem Aschenbecher aus und kehrte, ohne sich zu verabschieden, in die Steuerkabine, auch Kommandobrücke, wie ich bei der Rettungsübung gelernt hatte, zurück.

Ein paar Minuten später begab auch ich mich hinunter, zog meine Uniform an und ging in den Speisesaal.

Die Kollegen richteten gerade das Frühstücksbuffet her.

Angeblich die beste Mahlzeit des Tages. Beim Frühstück ließe sich die Küche nicht lumpen, hatte der Kreuzfahrtdirektor gestern gesagt.

Außer Orlando und meinem Patenonkel schienen alle schon auf zu sein.

Bernhard begrüßte mich mit zwei Küsschen links und rechts auf die Wangen.

Die Besatzungsmitglieder nahmen das Frühstück in der Küche ein. Die meisten tranken nur Kaffee und aßen ein Croissant oder ein Stück Kuchen.

Hannes, der österreichische Küchenchef, bereitete Ham and Eggs für die Passagiere zu.

Er sah mich fragend an.

„Ja bitte. Ich leide unter Eiweißmangel“, sagte ich.

Wortlos schaufelte er eine Riesenportion auf meinen Teller.

Da Orlando mich für verrückt erklärt hatte und fest davon überzeugt war, dass ich heute Morgen nur eine Vision gehabt hatte, wollte ich weder unserem Kreuzfahrtdirektor noch sonst einem Kollegen von der Wasserleiche erzählen. Den Kapitän sollte ich jedoch bald informieren, der war aber nirgends zu sehen.

Nach dem Frühstück machte ich mich auf die Suche nach dem Matrosen, der gestern Abend mit der jungen Kellnerin Händchen gehalten und geschmust hatte. Vielleicht war er ja doch noch am Leben. Es bestand immerhin die winzige Möglichkeit, dass der Tote nicht von unserem, sondern von einem anderen Kreuzfahrtschiff ins Wasser gefallen oder gestoßen worden war. Im Hafen von Tulcea waren mehrere Schiffe gelegen.

Die Matrosen standen am Heck und diskutierten heftig gestikulierend miteinander. Als ich mich ihnen näherte, verstummten sie.

„Zigarette?“

Sie bedienten sich alle fünf aus meiner Schachtel.

„Seid ihr nicht gestern zu sechst gewesen?“, fragte ich.

Schweigen. Ich bildete mir ein, dass sie mich misstrauisch ansahen.

„Da war doch noch so ein großer Schlanker mit einem Mädchen."

Einer der Burschen zuckte mit den Schultern. Ein anderer schüttelte den Kopf.

„Du irrst dich", sagte ein Kleinerer, der sehr kindlich aussah, auf Deutsch.

Ich beschloss, ihn mir demnächst allein vorzuknöpfen.

„Bis später", sagte ich und ging hinunter in den Bauch des Schiffes.

Klopfte an die Tür von Onkel Sandors Kabine.

Keine Reaktion.

Ich drückte auf die Klinke.

Abgesperrt.

„Ich bin's, Sandor", rief ich.

Kurz darauf öffnete sich die Tür einen Spalt.

Ich trat ein.

Seine Kabine sah genauso aus wie unsere. Ein Stockbett links und rechts und dazwischen kaum fünfzig Zentimeter Raum.

Sandor lag im Bett, wirkte aber hellwach. Auf dem Bett gegenüber lag seine Geige.

Ich wollte mich gerade setzen als er mich anfuhr: „Setz dich ja nicht drauf."

„Keine Angst." Ich schob den Geigenkasten beiseite und begann, ihm von der Wasserleiche zu erzählen.

„Ich habe normalerweise keine Visionen", endete ich.

„Deine Mutter hatte oft welche."

„Deswegen muss ich noch lange keine haben."

„Reg dich wieder ab, Kleines. Ich behaupte ja nicht, dass du dir das alles nur eingebildet hast."

Erst jetzt fiel mir auf, dass Sandor die Vierbettkabine für sich allein hatte. Die anderen drei Betten waren nicht bezogen. Er hatte sein Zeug darauf verstreut. Auf den beiden oberen Betten lagen seine Hemden und Hosen, sowie Bücher und Waschbeutel. Und was ein Mann halt sonst so braucht, befand sich auf dem Bett, auf dem ich saß. Ich musste mich sehr beherrschen, nicht zu kichern, als ich die Pornohefte erblickte, die unter seinem Geigenkasten, den ich gerade verschoben hatte, hervorlugten.

Sandor zündete sich eine Zigarette an.

„Ich werde mich schlau machen", sagte er.

Ich war nahe daran, ihm zu glauben. Ein Blick in seine grünen Augen, die meinen so ähnlich waren, überzeugte mich, dass ich besser misstrauisch bleiben sollte.

„Was willst du tun?", fragte ich.

„Mich umhören?"

„Das kann ich selbst. Hab ich sogar schon getan."

„Das habe ich mir gedacht."

Sein Lächeln gefiel mir nicht.

„Mach dich nicht lustig über mich."

„Tu ich nicht. Magst du einen Tschik?"

Natürlich mochte ich einen.

Er gab mir Feuer.

„Hörst du mir bitte mal zu, Kleines."

Warum sagten bloß neuerdings alle Kleines zu mir? Ich war vierzig und wie gesagt nicht gerade klein gewachsen.

„Glaubst du im Ernst, ich habe dich nur an Bord geholt, damit du dir ein paar lächerliche Kröten verdienen kannst? Ich weiß seit meiner ersten Tour, dass hier etwas faul ist. Bin aber bisher nicht dahinter gekommen, was nicht stimmt. Es sind immer wieder Besatzungsmitglieder verschwunden. Meistens weibliche. Und seit sie mein Misstrauen spüren, wollen sie mich loswerden."

„Wer will dich loswerden?"

„Das wüsste ich selbst gern. Entweder der Herr Kreuzfahrtdirektor oder gar einer von ganz oben, jemand von der Agentur? Jedenfalls habe ich Unterstützung gebraucht. Du und dein kleiner Freund, ihr habt doch schon mehrere Verbrechen aufgeklärt und sogar den Mörder deiner Eltern zur Strecke gebracht ..."

„Du hast uns also sozusagen als Privatdetektive engagiert?", unterbrach ich ihn.

„Ich habe echt Schiss, Prinzessin."

Unwillkürlich musste ich grinsen. Als ich klein war, hatte er mich oft Prinzessin genannt. Und ich hatte es gern gehört. Weder meine Mutter noch mein Vater hatten mir so einen hübschen Kosenamen verliehen. Im Gegenteil, mein heißgeliebter Vater bezeichnete mich oft als Trampelinchen, weil ich nicht so sportlich war, wie er es sich gewünscht hatte, und meine Mutter rief mich sowieso meist bei meinem mir verhassten Vornamen Katharina. Nur wenn sie gut gelaunt war, nannte sie mich Katharina die Große. Auch das empfand ich nicht unbedingt als Kompliment.

„Warum hast du deinen Job nicht einfach gekündigt?", fragte ich Sandor.

„Weil ich einen Jahresvertrag habe, du kleine Schlaumeierin. Und wenn ich den nicht einhalte, brenne ich wie ein Lüster."

„Und warum hast du mir das nicht gleich gesagt? Warum das ganze Theater mit tollem Verdienst für einen kinderleichten Job ..."

„Weil ich befürchtete, du würdest Nein sagen."

„Hätte ich auch gesagt. Ich habe die Nase voll von Mord und Totschlag."

„Siehst du. Genau deswegen musste ich dir diese kleine Notlüge auftischen."

„Du bist und bleibst ein altes Schlitzohr, Sandor!"

„Deswegen bin ich ja dein Lieblingsonkel, oder?"

Nicht einmal ich schaffte es, seinem Charme zu widerstehen.

„Na gut. Und was sollen wir jetzt machen?"

„Vor allem müssen wir sehr vorsichtig sein. Ich kenne die meisten Besatzungsmitglieder. Wenn einer fehlt, sollte ich es bemerken. Seinen Namen weißt du nicht, hast du gesagt, oder?"

„Nein, leider nicht. Er hatte schwarze Haare und dunkle Augen."

„Sehr hilfreich, das haben fast alle Burschen an Bord."

„Ich weiß."

„Die Kellnerin, die mit uns in der Bar arbeitet, habe ich gestern mit ihm gesehen."

„Du meinst Daniela?"

„Ja, so heißt sie, glaube ich."

„Dann werde ich sie mir mal vorknöpfen."

„Ich kann auch mit ihr reden."

„Nein, lass mich das machen. Ich kenne sie länger als du."

Wir steckten uns beide noch eine Zigarette an. Die Luft in der kleinen Kabine war zum Schneiden. Der Rauch nebelte uns ein. Durch die kleine Luke starrten wir auf das graue Donauwasser. Auch der winzige Ausschnitt des Himmels, den wir sehen konnten, war grau. Die Sonne hatte sich wieder verabschiedet.

„Was für ein gemütlicher, regnerischer Tag", sagte Sandor. „An solchen Tagen würde ich am liebsten im Bett bleiben."

„Kannst du ja. Aber erzähl mir mehr von dieser Daniela."

„Du solltest gut auf sie oder besser gesagt auf die Kasse aufpassen. Sie klaut wie eine Elster und wirtschaftet in die eigene Tasche."

„Wer macht das nicht bei so einem doofen Job?"

„Da hast du auch wieder recht. Sie hat einen ziemlich jähzornigen Freund. Mit dem ist nicht gut Kirschen essen. Er hat schon einige Schlägereien an Bord angezettelt. Sieh dich vor und mach dir Daniela nicht zur Feindin."

„Ist ihr Freund Matrose?"

„Ja."

„Dann ist höchstwahrscheinlich er der Tote. Ich habe sie gestern bei der Rettungsübung mit dem Matrosen, den ich für tot halte, schmusen sehen."

„Zieh lieber keine voreiligen Schlüsse."

„Wo schlafen die Jungs?"

„Unten, neben dem Maschinenraum. Aber lass das, Katharina. Ich kümmere mich um die Burschen."

Ich blickte auf meine Armbanduhr und hatte es plötzlich sehr eilig.

Die Kabine der Matrosen hatte nicht einmal ein Bullauge. Drei Stockbetten nebeneinander, dazwischen kaum Platz, um sich umzudrehen. Ich ließ die Tür offen, damit ich es hören konnte, falls jemand kam.

Alle sechs Betten schienen belegt zu sein. Es gab keine Bettwäsche, aber grobe braune Decken und zerwühlte Kissen. Rasch durchsuchte ich die wenigen Sachen, die auf und unter den Betten herumlagen. In einem der Rucksäcke fand ich ein durchsichtiges Säckchen, in dem sich weißlich schimmernde Splitter befanden. Ich hatte so etwas noch nie gesehen.

Als ich Stimmen auf dem Gang vernahm, steckte ich das verdächtige Säckchen in die Tasche meiner Uniformjacke.

Ich schaffte es nicht mehr, die Kabine rechtzeitig zu verlassen.

„Was machst du hier unten?", fuhr mich der ungarische Patissier, der plötzlich in der Tür stand, an.

Dasselbe könnte ich dich fragen, dachte ich. Aber ich hatte mir bereits eine Ausrede zurechtgelegt.

„Orlando und ich kriegen das Bierfass nicht auf. Hab gedacht, einer der kräftigen Burschen könnte uns helfen."

„Hättest nur was zu sagen brauchen. Komm mit, Ivo."

Erst jetzt bemerkte ich, dass hinter ihm noch jemand stand.

Es war der kleine Matrose mit dem Kindergesicht. Die beiden jungen Männer folgten mir wortlos hinauf in die Bar. Der Patissier schaute dabei zu, wie sich der Kleine an dem Fass zu schaffen machte. Es ließ sich problemlos öffnen. Doch Ivo verzerrte das Gesicht und sagte: „Geht tatsächlich schwer auf."

Ich zwinkerte ihm zu und bedankte mich bei meinen beiden Kavalieren sehr herzlich.

Die hässlichen Bauten am Ufer waren mittlerweile aus unserem Blickfeld verschwunden. Verwahrloste Fischerhütten und unfertige Häuser mit großen Schildern, auf denen Bar oder Restaurant stand, zogen jetzt an uns vorüber auf dem Weg Richtung Schwarzes Meer.

Die Fahrt durch den Hauptkanal verlief nicht besonders aufregend. Auf der vierundsechzig Kilometer langen Strecke begegneten uns ein paar rostige Frachter, alte Fischerboote und andere Kreuzfahrtschiffe. Wann immer wir eines der anderen Schiffe passierten, ertönte unser Schiffshorn.

„Wie nett, dass sich die Kapitäne grüßen", sagte ich zu Daniela, die sich gerade mit Leichenbittermiene einen Espresso machte.

Sie antwortete nicht.

War wohl auch kein Morgenmensch. Was sie mir gleich sympathischer machte. Leute, die morgens beste Laune versprühen, waren mir nicht geheuer.

Ich ließ mir ebenfalls einen doppelten Espresso herunter.

Um neun Uhr vormittags war nicht viel los in der Bar. Der eine oder andere Passagier bestellte nach dem Frühstück einen zweiten Kaffee oder Orangensaft und wollte sein Getränk am zum Teil überdachten Sonnendeck serviert bekommen. Ein paar ganz Lustige genehmigten sich ein erstes Schnäpschen.

Die von Licht durchflutete Bar befand sich am Bug des Oberdecks. Ringsherum gab es große Panoramafenster. Von meinem Platz hinter der Theke hatte ich einen guten Blick auf beide Ufer der Donau.

Ich stand allein hinter der Theke. Daniela servierte oben an Deck.

Die fesche, etwa zwanzigjährige Rumänin war mir von Anfang an sehr misstrauisch begegnet. Kein Wunder, war ich ihr, die seit Monaten auf diesem Schiff arbeitete, als Chefin vor die Nase gesetzt worden.

Wo blieb bloß Orlando? Er hätte längst bei der Arbeit sein sollen. Ich schickte ihm eine SMS.

Mein Freund war mit seiner Schönheitspflege beschäftigt gewesen, als ich unsere Kabine verlassen hatte. Obwohl er keinen starken Haarwuchs hat, verpasst er sich beinahe täglich eine Ganzkörperrasur. Was auf dem Schiff nicht so einfach war. Wir mussten uns zwei Duschen und zwei Toiletten mit dem gesamten Personal teilen. Mir graute bei dem Gedanken an all die Härchen auf dem Boden unserer Kabine.

Als Orlando endlich aufkreuzte, zog ich ihn hinter den Vorhang in den kleinen Lagerraum der Bar und zeigte ihm das Säckchen mit den winzigen Kristallen, das ich im Mannschaftsraum gefunden hatte.

„Schau, das habe ich in einem der Rucksäcke der Matrosen entdeckt.“

„Interessant."

„Was ist das? Heroin?"

„Nein."

„Kokain?"

„Sag mal Kafka, hast du noch nie Kokain gesehen? Das hier ist Crystal Meth, die Droge der Armen, da wette ich mit dir. Macht erst wach, euphorisch und vor allem Lust auf Sex, danach wird man völlig lethargisch und willenlos."

„Sag bloß, du hast das mal ausprobiert?"

„Hältst du mich für vollkommen bescheuert? Aber die Kids schnupfen das bei uns wie die Tepperten. Sind sich nicht bewusst, wie gefährlich dieses synthetische Zeug ist. Die Hersteller hauen da alles Mögliche rein, von Batteriesäure bis Frostschutzmittel. Psychosen, Hirnschäden, Verfolgungswahn, Angstzustände – die ganze Palette an Folgeerscheinungen ist angesagt."

„Glaubst du, die Matrosen nehmen das auch?"

„Gut möglich."

„Vielleicht hat sich der Junge, den ich in der Früh gesehen habe, damit zugedröhnt, bevor er über Bord gesprungen ist."

Wir näherten uns dem Hafen von Sulina. Die meisten Passagiere und ein Teil der Besatzung waren bereits an Deck.

„Lass uns zu den anderen hinaufgehen. – Hast du meinen Fotoapparat mitgebracht? Du wolltest doch die Donaumündung fotografieren."

„Was soll ich hier fotografieren? Tristesse pur?"

„Sulina lebt von der Fischindustrie und einer Schiffswerft. Hier gibt es wenigstens Arbeit für die Menschen", erklärte uns Bernhard, der Orlandos Worte gehört hatte.

„Ja, Herr Lehrer", murmelte Orlando.

Ich warf ihm einen bösen Blick zu. Daraufhin ließ er Bernhard und mich allein.

„Die Donau teilt sich in drei Arme bevor sie ins Schwarze Meer fließt. Das Delta umschließt das ganze Gebiet zwischen diesen Donauarmen und auch die Seen im Süden. Jetzt werden wir gleich den Stromkilometer Null beim alten Leuchtturm von Sulina erreichen. Die Donau mündet hier im Hafenbereich ins Schwarze Meer. Wir werden eine kleine Runde am Meer drehen und danach dort drüben im Hafen anlegen. Diejenigen, die einen Ausflug ins Delta gebucht haben, und ich glaube, das sind ausnahmsweise alle, müssen auf kleinere Boote umsteigen. Retour geht es abends auf dem südlichen St.-Georgs-Arm."

Als Bernhard dieselbe Information übers Bordmikrophon weitergab, stürzten alle Passagiere, außer die Fußmaroden und die unerschütterlichen Steirer, die weiterhin unterm Sonnendach zechten, mit ihren gezückten Kameras auf die Steuerbordseite.

Der völlig unspektakulär aussehende Stromkilometer, eine rostige Eisenstange, auf der ein kleines, weißes Schild mit einer verwaschenen, kaum erkennbaren Null prangte, war ein heißbegehrtes Fotoobjekt. Auch Orlando machte mit seinem I-Phone mehrere Bilder von dem vergammelten Verkehrszeichen.

Der Fluss oder besser gesagt, der breite Kanal, floss leicht und ruhig dahin.

Ich hatte mir die Mündung aufregender vorgestellt. Offensichtlich existierte gar keine richtige Donaumündung. Zumindest war nicht viel zu sehen, außer einem schlammigen Rinnsal. Das Wasser war trüb und ölig und stank nach Benzin.

Doch als sich auf einmal die unendliche Weite des Schwarzen Meeres vor mir auftat, bereute ich es nicht mehr, diesen Job angenommen zu haben. Das Meer wirkte an diesem wolkenverhangenen Tag düster und fahl. Auch der Horizont war grau. Aber ich liebe eben das Meer über alles.

Leider drehten wir nur eine ganz kleine Runde auf dem offenen Wasser und kehrten dann wieder in den Hafen von Sulina zurück.

Das Anlegemanöver dauerte eine Weile.

Einige Passagiere standen bereits startklar, bewaffnet mit Proviantsäckchen und Kameras, bei der Landungsbrücke und waren den Matrosen im Weg. Ihr leises Murren steigerte sich bald zu lautstarker Meckerei: „Diese Trottel ... Wie lange dauert das denn? Machen die das zum ersten Mal?"

Ich war allein oben am Sonnendeck geblieben und betrachtete die Stadt.

Ein paar orientalisch anmutende Bauten, einige Jugendstil-Fassaden, ein alter Leuchtturm. Vom Reichtum und Glanz der ehemals wichtigen Hafenstadt war nicht mehr viel übrig geblieben. Dieser Ort, wo einst Menschen aus aller Welt zusammenkamen, wirkte wie ausgestorben.

„Der Tod ist überall. Riechst und spürst du ihn auch?", sagte plötzlich eine Stimme hinter mir.

Ich zuckte zusammen, drehte mich um und stieß fast mit dem Kreuzfahrtdirektor zusammen.

„Mein Gott, hast du mich er... erschreckt!", stammelte ich.

6. Wien

„Mann, siehst du scha... scharf aus", stammelte Marko.

Im schwarzen Anzug, mit schwarzer Sonnenbrille und schickem Hut kam sich Toni selbst wie eine Figur aus einem amerikanischen Mafia-Film vor.

Er konnte kaum sehen, wohin er trat. Fluchend wischte er die Hundescheiße auf seinen Schuhsohlen am roten Teppich vorm Eingang des Juweliergeschäfts ab. Soll ja Glück bringen, dachte er.

Ein trostloser, kalter Herbstabend. Wenige Menschen waren auf der Wiener Luxusmeile unterwegs. Ein scharfer Wind hatte die Straßen leergefegt. Die Geschäfte am Kohlmarkt und auf der Tuchlauben würden bald schließen.

In dem Laden, den der Chef letztendlich ausgewählt hatte, war von außen kein Kunde zu sehen.

Toni zog seinen schwarzen Hut tiefer in die Stirn und betrat das Geschäft allein. Beachtete den Türsteher nicht. Kaum war er an ihm vorbei, drehte er sich um. Sprühte dem Mann, der ähnlich gekleidet war wie er selbst, eine Ladung Pfefferspray ins Gesicht.

Der Kerl mit dem riesigen Brustkorb schrie auf. Riss seine Arme hoch, versuchte, seine Augen zu schützen und taumelte halbblind zur Tür.

Im selben Moment formte Toni die Finger in seiner Sakkotasche zu einer Knarre und befahl den drei schwarz in schwarz gekleideten Verkäuferinnen, sich auf den Boden zu legen.

Nun kam Marko mit einer Clownmaske vorm Gesicht ins Geschäft gestürmt. Er setzte den Muskelprotz mit einem Schlag in den Magen endgültig außer Gefecht und zerschlug dann mit einem Hammer die Glasvitrinen. In Windeseile räumte er sie aus. Warf die Schmuckstücke in eine Aktentasche. Marko trug gefütterte Lederhandschuhe.

„Öffnen Sie bitte die Kasse“, sagte Toni zu einer jungen Frau, die zitternd am Boden hockte.

Sie tat, wie ihr geheißen.

Marko hatte leider richtig vermutet. In der Kasse war nicht allzu viel Bargeld.

In einer offenen Lade unter der Verkaufstheke lagen einige wertvolle Ausstellungsstücke. Toni steckte sie rasch in seine Hosentaschen.

Das Zeug ist mindestens Hunderttausend wert, tröstete er sich.

Sie verließen den berühmten Laden mit vollen Hosentaschen und einer Aktentasche voll edlem Glitzerzeug.

Marko nahm erst draußen seine lächerliche Maske ab.

Toni warf Sonnenbrille und Hut in einen Papierkorb.

Schnellen Schrittes eilten sie zur U-Bahn-Station Herrengasse.

Einige Touristen starrten ihnen nach.

Ein Mann zückte sein Handy. Hatte er durch die getönten Auslagen des Geschäftes doch etwas gesehen, fragte sich Toni. Machte sich aber keine großen Gedanken.

Sie nahmen nicht die gerade einfahrende U3, sondern übergaben die Tasche ihrem Komplizen Vladimir. Er hatte an der vereinbarten Stelle, beim Auslauf der Rolltreppe, auf sie gewartet.

Die U-Bahn-Station verließen sie mit leeren Händen beim anderen Ausgang. Winkten ein Taxi herbei und stiegen am Naschmarkt aus. Gingen zur U4. Fuhren bis zur Friedensbrücke.

Bisher war alles so gelaufen, wie Toni es mit dem Boss besprochen hatte.

Trotzdem sah er sich immer wieder um.

„Bleib cool, Mann. Wir haben es geschafft“, sagte Marko.

Als sie die Stiegen hinaufgingen, musste sich Toni am Geländer festhalten. Ihm war schwindlig.

„Reiß dich zusammen, Mann. Du bist ja ganz weiß im Gesicht.“

Toni taumelte hinter Marko die paar Meter zum Ausgang her.

Es hatte zu schütten begonnen.

7. Donaudelta

Der Tag hatte kalt und nass begonnen. Das Wetter besserte sich jedoch zusehends. Als die Passagiere sowie Bernhard, Orlando und ich auf kleinere Boote umstiegen, kam sogar die Sonne raus und es wurde augenblicklich schwül.

Onkel Sandor fuhr nicht mit. Er hatte behauptet, gestern Abend zu viel getrunken zu haben und seinen Kater all diesen unschuldigen Vögeln nicht zumuten zu können.

Merkwürdig. Er war mir heute früh stocknüchtern vorgekommen.

„Er hat die verdammten Sümpfe und vor allem diese ekeligen Blutsauger bis obenhin. Nichts als Stechmücken, hat er gemeint", sagte Orlando leise zu mir und zwinkerte mir verschwörerisch zu.

Sandor hatte sich noch nie für die Natur begeistern können. Er war ein überzeugter Stadtmensch, eine Betonpflanze, ein richtiger Asphaltcowboy. Und in dieser Hinsicht war ich ihm eigentlich ähnlich.

Das Delta, auf das unser kleines Boot zusteuerte, schien ein riesiges Labyrinth aus Kanälen und Mäandern der Donau zu sein. Ein Gewirr von Wasser und Ufern, Sumpfgebieten und Auen, die sich kaum auseinanderhalten ließen. Wasserläufe, Flüsse und Seitenarme verzweigten sich, gingen ihre eigenen Wege. Die üppige Natur umrankte alles, windete sich an den Bäumen empor und wucherte am Boden dahin.

Kaum tauchte unser Boot in diesen feuchten Garten Eden ein, begann ich zu begreifen, warum so viele Menschen vom Delta schwärmten.

Saftige Wiesen, Sanddünen und ein undurchdringbar wirkender Dschungel breiteten sich vor unseren Augen aus.

„Hunderte Arten von Fischen und angeblich dreihundert verschiedene Vogelarten leben hier“, las mir Orlando aus dem Internet vor.

Er konnte es nicht lassen, spielte andauernd mit seinem neuen I-Phone. Ich hatte ihn gewarnt und würde ihm keinen Cent borgen, wenn er seine nächste Telefonrechnung nicht bezahlen konnte.

Weiden und Pappeln erhoben sich über dem Wasser, zitterten im sanften Wind. In den Brombeersträuchern und Tamarisken raschelte und zwitscherte es so laut, dass wir es, trotz des Motorengeräusches, hören konnten. Am Ufer standen schöne, stolze Vögel im seichten Wasser. Sie schreckten nicht einmal auf, als sich unser Boot näherte. Plötzlich schoss ein Geier herab, holte sich einen auf dem Rücken schwimmenden Fisch.

Ich sog alles in mich auf, die Gerüche, die Farben, die bewegten Schatten auf dem Wasser.

„Das Mündungsgebiet der Donau beginnt übrigens bei Stromkilometer 80“, unterbrach die Stimme unseres jungen rumänischen Reiseleiters die Idylle. Denis sprach ausgezeichnet Deutsch und erzählte uns ein paar interessante Details über das Delta. Außer Orlando und mir schien ihm keiner zuzuhören.

Die ersten Bierdosen wurden geöffnet. Einige ältere Damen cremten sich mit Sonnenschutzmittel ein und brüllten einander an, um das Geräusch des Motors zu übertönen. Es ging um Sonnenschutzfaktoren, Preisrabatte in diversen Drogeriemärkten und um ihr Lieblingsthema, ihre kleineren oder größeren Wehwehchen.

Die jüngeren Passagiere knipsten ununterbrochen und kämpften erbittert um die besten Plätze an der Reling auf Steuerbord. Das Boot neigte sich leicht auf die rechte Seite.

Ich stand allein an Backbord und rief manchmal rein aus Spaß: „Schau Orlando, ist da vorne nicht ein Pelikan?“

Sogleich stürzten alle auf die linke Seite und das Boot bekam erneut Schräglage.

Orlando und ich unterhielten uns eine Weile mit dem netten jungen Rumänen. Denis hatte Informatik studiert und mit einem Freund gemeinsam eine kleine Internetfirma gegründet. Die warf aber so wenig ab, dass er sich als Reiseleiter etwas dazuverdienen musste.

Verschlungene Eichenwälder mit bis zu sechshundert Jahre alten Bäumen, Lianen, Kletter- und Kriechpflanzen und blühende Orchideen auf schwimmenden Inseln beanspruchten bald wieder meine ganze Aufmerksamkeit. Was für ein einzigartiger Urwald!

Orlando nahm, genauso wie die meisten der anderen Passagiere, die kleine Digitalkamera, die ich mir vor der Reise gekauft hatte, nicht mehr von den Augen.

Ich schaute begeistert auf das prachtvolle Schauspiel, das die Natur uns hier bot. Und ich staunte über mich selbst. Hatte ich mich doch bisher, so wie mein Onkel Sandor, auch nie besonders für Fauna und Flora interessiert. Konnte einen Kormoran nicht von einem Reiher unterscheiden und eine Pappel nicht von einer Esche.

Hysterische Stimmen ertönten vorne am Bug. Ich wollte wissen, was los war. Drängte mich an zwei rundlichen Damen vorbei.

„Fantastisch“ ... „Wahnsinn“ ... „Super“ ... „Einfach irre“ ...

Ich konnte nicht sehen, was die Leute in solche Begeisterungsstürme versetzte. Die halbnackte Schulter eines großen Mannes, der trotz oder wegen seines nicht unbeträchtlichen Körpergewichts im Ruderleibchen herumlief, versperrte mir die Sicht.

„Pardon“, murmelte ich und drückte mich an ihm vorbei.

„Heast auf zum Stessen“, schimpfte der Dicke in breitestem Wienerisch.

Und da sah ich es: ein Meer von weißen Seerosen, nicht unähnlich den berühmten Seerosen-Bildern von Claude Monet. Ich war sprachlos.

„Mein Gott, ist das schön!“ Auch Orlando war völlig verzückt. „Fast wie der Teich im Garten von Monets Haus in Giverny“, sagte er leise.

Ich nahm seine Hand. Drückte sie zärtlich.

„Habe auch gerade daran denken müssen.“

Wir hatten den Seerosenteppich bereits hinter uns gelassen, als Orlando sagte: „Verdammt, ich habe vergessen, die ganze Pracht zu fotografieren.“

„Umdrehen“, rief ich.

„Du bist peinlich, Kafka.“

Obwohl ich gern ein Foto von diesem wunderbaren Ort gehabt hätte, freute ich mich beinahe darüber, dass er wahre Schönheit lieber mit freiem Auge wahrnahm als durch die Linse einer Kamera.

Ich setzte mich wieder auf meinen Platz und beobachtete weiter das lebendige Treiben am Ufer.

„Schau Kafka, da vorne sind Wildschweine!“, rief Orlando.

„Wildschweine?“

„Siehst du sie nicht? Du brauchst eine Brille, Kafka.“

Zwischen den Eichen auf den Sanddünen bewegte sich tatsächlich etwas Dunkles.

„Ich fürchte, ich brauche wirklich bald eine Brille. Aber vergiss die Wildschweine, ich steh mehr auf die rosa Pelikane. Die sind nicht nur elegant, sondern auch ziemlich schräg. Stehen da wie Ölgötzen, bewegen nicht einmal den Kopf, wenn ein Boot daherkommt.“

Eine entwurzelte Eiche, die im Wasser vermoderte, versperrte uns fast den Weg. Unser Skipper fuhr sehr langsam und vorsichtig daran vorbei. Der Kanal war hier extrem schmal. Das Schilf auf der anderen Seite wich an den Bordwänden zurück. Plötzlich verhedderte sich der Außenbootmotor in den gelbgrünen Rohren. Der Skipper gab mehr Gas und sogleich schreckten Dutzende Vögel aus dem Schilf-Dickicht auf. Möwen und Reiher stießen laute heisere Schreie aus. Und tausende kleine, lästige Fliegen umschwärmten uns. Das Flüstern des zu Ende gehenden Sommers war auf einmal überall hörbar. Im Wasser, im Schlamm und im Schilf.

Bernhard nahm neben mir Platz. „Wir werden bald einen der Süßwasserseen, die aussehen wie Meereslagunen, erreichen."

Und tatsächlich erschien nun am Ende des Kanals ein großer See.

Eine angenehme, leichte, warme Brise kam auf, sobald wir den Urwald hinter uns gelassen hatten.

In der hochstehenden Mittagssonne kreuzte ein Vogelschwarm den See, flog weiter Richtung Meer. Zugvögel auf dem Weg in südlichere Gefilde? Unheimliche Schreie ertönten über dem stillen See.

Außer unserem waren nur zwei andere Motorboote auf dem aalglatten Wasser unterwegs.

„Das sind Händler. Sie fahren die Seen im Delta ab und kaufen direkt bei den Fischern ein. Auf den Märkten werden die Fische natürlich um das Dreifache weiterverkauft", erklärte mir Bernhard.

„Die ersten Menschen, denen wir im Delta begegnen, sind also Händler", sagte ich.

„Reiner Zufall. Im Delta wohnen etwa fünfzehntausend Leute. Lipovaner, Ukrainer, Tartaren. Sie führen ein sehr entbehrungsreiches Leben. Im Sommer sind sie einer schrecklichen Mückenplage ausgesetzt. Im Winter machen ihnen Kälte und Feuchtigkeit zu schaffen. Die kleinen, sehr armen Gemeinden liegen kilometerweit auf den Schilfinseln verstreut. Haben oft weder Wasserleitungen, noch Kanalisation. Es gibt ein paar Brunnen, aber kein Trinkwasser. Die Holzgehöfte stehen auf Sand. In den Gemüsegärten liegt Sand, auch auf den Wegen und Zufahrtsstraßen nichts als Sand ..."

Ich hörte ihm mit halbem Ohr zu. Starrte auf das silbern glitzernde Wasser und genoss das sanfte Schaukeln des Bootes auf den kleinen, kurzen Wellen.

Bernhard konnte keine Minute still sein. Er beugte sich zu mir herüber und machte mich darauf aufmerksam, dass wir gleich einen riesigen Schwarm von Pelikanen sehen würden.

Der Herr Kreuzfahrtdirektor schwitzte erbärmlich. Er öffnete die obersten Knöpfe seines Hemdes. Über seiner unbehaarten Brust baumelte ein martialisch aussehender Feldstecher.

Ich fand ihn heute unverschämt gut aussehend, fast so toll wie Robert Redford in Jenseits von Afrika, aber eben nur fast, und nur solange er seinen Mund nicht aufmachte.

Bernhard stammte aus Leipzig und hatte in all den Jahren, in denen er im Ausland lebte, seinen niedlichen sächsischen Akzent nie ganz abgelegt. Soviel ich wusste, war er gleich nach dem Fall der Mauer von Zuhause abgehauen und das war immerhin fast fünfundzwanzig Jahre her. Anscheinend ging es den Deutschen ähnlich wie uns Österreichern. Auch ein Vorarlberger wird seine Herkunft nie völlig verleugnen können. Ich habe nichts gegen Dialekt, im Gegenteil, das Sächsische klingt in meinen Ohren, genauso wie das Vorarlbergerische, sympathisch und irgendwie witzig, aber eben leider nicht sehr sexy. Da klang das Rumänisch unseres jungen Reiseleiters, der sich gerade das Mikrophon in der Steuerkabine schnappte, wesentlich erotischer.

„Wir werden diesen paradiesisch anmutenden See bald verlassen und wieder in die kleinen Kanäle des Deltas eintauchen. Das Mündungsdelta der Donau ist fast fünftausend Quadratkilometer groß. Durch den von der Donau mitgeführten Schlamm wächst diese Region stetig weiter ins Meer hinaus. Haben Sie heute Früh die Wüstendünen bei Sulina gesehen?“

„Ja, haben wir“, beteuerte Orlando, als sonst niemand reagierte.

Am rechten Ufer erschienen halbverfallene niedrige Baracken.

„Was ist denn das?“, fragte Orlando den Reiseleiter.

Bernhard kam Denis zuvor: „Das sind ehemalige Fischfabriken aus der kommunistischen Ära.“

Er wollte weiterreden, doch das ließ Orlando nicht zu.

„Stell dir vor Kafka, Denis hat mir vorhin erzählt, dass die Wochenendtouristen aus Bukarest hier mit ihren Motorbooten durch die Nistgebiete der Vögel rasen. Und die Wilderer und Angler erlegen mit Elektroschockern Dutzende Fische auf einmal. Was für eine unglaubliche Schweinerei ...“

„Reg dich nicht so auf.“

„Das ist echt ein Skandal!“

„Wir passieren gerade die Grenze zu Moldawien“, ertönte Denis’ Stimme aus dem Lautsprecher.

Am Ufer tummelten sich junge Leute. Sie hatten ein Lagerfeuer gemacht, grillten Fische, einige badeten und winkten uns zu. Sie schienen jedenfalls mehr Spaß zu haben als wir. Ihr Gelächter drang zu uns aufs Boot herüber.

An der nächsten Biegung tauchte ein altes Fischerdorf auf. Die Häuser waren aus Lehm und mit Schilfrohr gedeckt. Sie waren offensichtlich nur mit einem Boot erreichbar.

„Hier leben die Lipovaner, die ich vorhin erwähnt habe. Schaut, sie geben uns Zeichen, heißen uns willkommen.

Sie leben völlig abgeschieden von der Welt, sind wirklich auf sich selbst gestellt", sagte Bernhard.

„Die Lipovaner wohnen seit vielen Jahren auf diesen Inseln und sind russisch-orthodoxe Altgläubige, die vor hunderten Jahren aus Russland ins Delta ausgewandert sind, weil sie die kirchlichen Reformen nicht mitmachen wollten. Sie leben nach sehr strengen religiösen Regeln, halten täglich stundenlange Messen ab ...", unterbrach ihn der Reiseleiter, der sich mittlerweile auch zu uns ans Heck des Bootes begeben hatte.

Die beiden Gockel konkurrieren ganz schön miteinander, dachte ich amüsiert.

Auch Orlando schien das bemerkt zu haben und verwickelte den jungen Rumänen in ein Gespräch über dieses seltsame Völkchen.

Bernhard strich mir eine Haarsträhne aus dem Gesicht. „Dein Haar glänzt golden in diesem Licht", flüsterte er mir ins Ohr.

Ich ignorierte seine Anmache, gab stattdessen vor, mich brennend für die ausführlichen Schilderungen unserer Reiseleiters über das Leben der Lipovaner zu interessieren.

Bernhard kümmerte sich daraufhin um die anderen Gäste.

Endlich konnte ich den Anblick der Schilfinseln, Lagunen und Sümpfe – die unendliche Delta-Landschaft eben –, in Ruhe genießen.

Die Luft war drückend schwül. Tausende Gelsen schwirrten um unsere Köpfe. Stachen aber nicht zu. Sie blieben bis zum Ende des Ausflugs unsere treuen Begleiter.

Ich nahm einen großen Schluck aus meiner Wasserflasche.

„Wirf die leere Flasche bloß nicht ins Wasser", fauchte Orlando mich an.

„Auf so eine blöde Idee würde ich nie kommen."

„Hier wird bald alles tot sein. Der Kanal ist eine einzige Müllhalde“, sagte er.

„Übertreib nicht so. Sind doch nur ein paar Plastikflaschen ...“

Es schwammen jedoch nicht nur PET-Flaschen im Wasser, unter den lianenartigen Gewächsen am Ufer sammelte sich auch allerlei anderer Abfall an. Aludosen, zerrissene Plastiksäcke, ja sogar ein Holzstuhl, schaukelten auf den sanften Wellen, die unser kleines Boot verursachte.

„Die Touristen führen sich im Ausland immer so auf“, seufzte mein Freund. „Zuhause trennen sie wie Verrückte den Müll, kaum sind sie auf Reisen ...“

„Glaube nicht, dass ein Tourist diesen Stuhl dort ins Wasser geworfen hat“, wagte ich einzuwerfen.

„Der geht wahrscheinlich aufs Konto eines Sturms.“

Ich musste fast lachen, hielt mich aber beim Anblick von Orlandos ernster Miene, zurück. Mein Freund war eben sehr umweltbewusst.

„Nicht die PET-Flaschen sind das Problem, sondern der mit freiem Auge unsichtbare Plastikmüll“, sagte Bernhard, der sich wieder zu uns gesellte. „Also von wegen, nur ein paar Plastikflaschen! In der Donau schwimmt mehr Plastik als Fisch. Unlängst stand in den deutschen und österreichischen Zeitungen, dass pro Tag mehr als vier Tonnen Plastikmüll von der Donau ins Schwarze Meer gespült werden. Und da geht es eben nicht um Plastikflaschen, sondern um industrielles Rohmaterial, Kunststoffpellets, Granulat oder Flocken. Die Firma, der wir diese Schweinerei zu verdanken haben, hat übrigens auch einen Sitz in Wien. Die Fische verwechseln die Plastikflocken mit Fischeiern, Insektenlarven oder winzigen Krebsen und fressen sie natürlich. Wenn sie nicht daran sterben, gerät das Plastikzeug auf diesem Weg in den Nahrungsumlauf.

„Und wir essen dann Plastikfische“, warf Orlando ein. „Kafka hat weder eine Ahnung von ökologischen Problemen noch von gesunder Ernährung. Sie isst, was auf den Tisch kommt, und fragt nicht lange nach, was für giftiges Zeug sie mit ihrem Essen eigentlich zu sich nimmt.“

„Um mir das bewusst zu machen, habe ich ja dich“, scherzte ich und legte meinen Arm um seine Schultern.

„Bernie, komm mal, ich muss dich was fragen“, ertönte eine weibliche Stimme aus den vorderen Reihen.

„Ihr entschuldigt mich?“ Bernhard verdrehte die Augen und ging zu der Dame, die ihn gerufen hatte.

„Haben wir eine Masen.“ Orlandos breites Grinsen brachte mich zum Lachen.

Ich wusste, dass er unseren Kreuzfahrtdirektor nicht leiden konnte. War er tatsächlich eifersüchtig, weil Bernhard ein Auge auf mich geworfen hatte oder gab es einen anderen Grund für seine Antipathie? Er beantwortete meine unausgesprochene Frage sogleich. „Ich kann diesen Klugscheißer nicht leiden. Mag prinzipiell keine Besserwisser, wie du weißt.“

„Sei nicht so streng mit ihm. Er macht nur seinen Job. Ich möchte nicht mit ihm tauschen. Den ganzen Tag muss er sich mit Beschwerden herumschlagen, unnötige Fragen beantworten, beruhigen, schlichten und ständig lächeln.“

„Wie ein Lehrer eben, außer dass die nicht andauernd blöd grinsen.“

„Ich weiß, du hast eine Aversion gegen Lehrer, aber ...“

„Nicht aber, er monologisiert ständig, lässt niemanden zu Wort kommen und hat immer recht. So ein Mensch ist unerträglich, findest du nicht?“

Da Bernhard gerade zurückkam, blieb mir eine Antwort erspart.

„Der klebt wie eine Klette an dir. Den wirst du nicht mehr los, Kafka. Mich wundert, dass er dich nicht nervt.

Du magst doch normalerweise keine klebrigen Typen“, flüsterte mir Orlando ins Ohr.

Kaum hatte sich Bernhard zu uns gesetzt, sagte Orlando: „Ich muss mal Pipi gehen“ und ließ mich mit dem Kreuzfahrtdirektor allein auf der letzten Bank zurück.

Der Tag war herrlich. Das Boot glitt wie ein Fisch durch den schmalen Seitenarm des Flusses.

„Wir nähern uns gleich der ukrainischen Grenze“, sagte Bernhard als Orlando zurückkehrte.

„Der Chilia-Arm im Norden bildet übrigens die Grenze zwischen Rumänien und der Ukraine“, ertönte Denis’ Stimme über den Lautsprecher. „Die Stadt Ismajil in der Ukraine ist eine von der Geschichte vergessene Stadt. Sie haben dort bis heute eine Lenin-Statue auf dem Hauptplatz. Die Leute sind sehr arm, haben keine Arbeit, keine Zukunft ...“

„Zu kommunistischen Zeiten hatten sie wenigstens Arbeit“, warf ich laut ein.

Die anderen Passagiere starrten mich entsetzt an. Orlando trat mich gegen das Schienbein.

„Wenn’s wahr ist“, murmelte ich. „Das sind lauter Wende-Opfer dort drüben.“

Obwohl der Reiseleiter leicht irritiert schien, fuhr er fort: „Der St.-Georgs-Arm im Süden ist ein Paradies für Paddler, Angler und Ornithologen und auch ein Paradies für Fische. Das Zentrum der Störfischer befindet sich übrigens an der Mündung des südlichen Flussarms. Die Störe kommen aus dem Schwarzen Meer herauf geschwommen, um hier zu laichen und sind seit einigen Jahren geschützt. Die Fischer fangen heute vorwiegend Süßwasserheringe. Aber es gibt auch Hechte, Karpfen, Zander und Barsche in der Donau.“

„Du hast völlig recht“, sagte Bernhard leise zu mir. „Seit der Kommunismus baden gegangen ist, haben die Leute hier kaum mehr was zum Fressen. Für die liberale Marktwirtschaft sind sie genauso wenig reif wie die Schwarzafrikaner. Ich bin im realen Sozialismus aufgewachsen und habe jahrelang in Afrika gelebt. Ich weiß, wovon ich rede ...“

Ein Atommeiler ragte unweit des linken Ufers in den hellblauen Himmel. Gänsehaut breitete sich auf meinen nackten Armen aus.

Bernhard glaubte die Ursache meines Unbehagens zu kennen. „Das Atomkraftwerk gehört bereits zur Ukraine. Es ist ein alter Meiler, sollte schleunigst stillgelegt werden. Natürlich haben sie ihn an der Grenze zu Moldawien hingestellt. Das machen ja alle Atomstaaten so. Die meisten Atomkraftwerke in europäischen Staaten wurden in unmittelbarer Nähe zu den jeweiligen Nachbarländern erbaut. Ist dir das schon mal aufgefallen?“

Ich antwortete ihm nicht. Zündete mir eine Zigarette an.

Mir war weniger wegen des alten Atommeilers, sondern wegen der schwierigen politischen Situation in der Ukraine mulmig zumute.

„Moldawiens Donauufer ist übrigens nur vierhundertsechzig Kilometer lang. Sie haben es den Ukrainern abgekauft“, sagte Bernhard.

Zwischen Erde und Wasser gibt es keine Grenze, dachte ich, murmelte aber nur: „Verfluchter Nationalismus“, und bemühte mich, an etwas anderes zu denken. Auf einmal hatte ich genug von diesem paradiesischen Delta.

Die Schatten, die sich zwischen den Dünen brachen, schienen riesenhaft.

Ein kleiner Strand lag einsam und verlassen vor uns. Ich fühlte mich ebenfalls einsam. Sehnte mich nach meiner kleinen Wohnung in Wien, nach meinen Freunden. Am liebsten hätte ich diese Donaukreuzfahrt auf der Stelle abgebrochen. Normalerweise litt ich nicht unter solchen

Stimmungsschwankungen, doch der tote junge Mann war gerade wieder vor meinem geistigen Auge aufgetaucht und gleichzeitig musste ich auch an die vielen Toten in der Ukraine denken. Verfolgte mich der Tod denn überall?

Plötzlich herrschte helle Aufregung an Bord. Ich war zu träge und zu niedergeschlagen, um aufzustehen, bat daher Bernhard, nachzusehen, was los sei.

Er sprang sofort auf und versuchte, sich schlau zu machen.

„Ein Fischer hat gerade einen guten Fang gemacht", sagte er, als er gemeinsam mit Orlando zurückkehrte. „Er hat einen anderthalb Meter langen Stör aus dem Wasser geholt. Einen Sternhausen. Der Mann ist natürlich nur an den Eiern interessiert."

„Die Störe sind geschützt", empörte sich Orlando.

„Das interessiert die Leute hier nicht. Sie kämpfen, wie gesagt, ums nackte Überleben", sagte Bernhard in scharfem Ton.

Am frühen Abend kehrten wir auf die MS Kaiserin Sisi zurück. Orlando und ich zogen uns um und stürzten uns sofort in die Arbeit.

Nach dem Abendessen wurden in der Bar Urkunden fürs Passieren der Donaumündung an die Gäste verteilt. Die meisten schienen sich darüber zu freuen.

Ich kam mir vor wie bei einem Kindergeburtstag. Schloss die Augen und träumte von den schönen Sommern meiner Kindheit, die ich meist bei meinen Verwandten am Ufer der Donau verbracht hatte. Im Planwagen oder in späteren Jahren in Trailern, wie es sich eben für Zigeuner gehört.

„Wo bleibt mei Sommerspritzer? Schlafen kannst z'haus." Die barsche Stimme des dicken Wieners, riss mich aus meinem süßen Traum.

In der Bar herrschte bis Mitternacht Hochbetrieb. Der Ausflug ins Delta hatte die Passagiere durstig gemacht. Die lustigen Steirer, die bereits auf den Ausflugsbooten anständig gebechert hatten, legten jetzt erst richtig los, bestellten ein Bier nach dem anderen. Bernhard spielte den Entertainer, brachte sie alle zum Singen, auch die halbwegs Nüchternen. Seemannslieder von Freddy Quinn und Hans Albers ertönten über den großen Strom.

Zu später Stunde, nachdem ich allein die Bar aufgeräumt hatte, tranken Bernhard und ich ein Bierchen miteinander. Während er mir von seinem abenteuerlichen Leben erzählte, fielen mir fast die Augen zu.

Um zwei Uhr früh schlich ich total fertig in meine Kabine. Ich hoffte, dass Orlando längst schlief.

„Lass die Finger von diesem Typen. Ich warne dich, Kafka. Du hast das besondere Talent, dich in die falschen Männer zu verlieben. Sag nachher nicht, ich hätte dich nicht gewarnt. Du kannst fast jeden Mann an Bord haben. Musst dich nicht mit diesem geilen Oberlehrer zufrieden geben."

8. Wien

„Wow, ist das geil", meinte Marko, als Toni ein paar Schmuckstücke und eine Rolex aus seiner Hosentasche nahm und auf das ungemachte Bett warf.

Die Juwelen funkelten wie Christbaumschmuck zwischen schmutzigen Socken, Schokoladenpapier und leeren Bierdosen auf Markos Bett.

Toni schnappte sich ein goldenes Kettchen mit einem herzförmigen Medaillon.

„Für deine Ex?"

„Nein!"

„Hast du etwa eine Neue? Erzähl, Mann!“

Toni schüttelte den Kopf.

„Klar hast du eine andere. Die Weiber rennen dir bestimmt die Tür ein, Mann. Kein Wunder, so wie du aussiehst.“ Eine Spur von Neid klang in Markos Stimme mit.

„Nimm dir auch was für deine Liebste.“

„Du weißt, dass ich keine Freundin hab. Auf mich sind die Weiber nicht so scharf wie auf dich.“ Marko sagte es traurig.

„Irgendwann wirst du eine haben. Frauen stehen auf Geschenke. Diese Gelegenheit bekommst du so schnell nicht wieder.“

„Na gut, aber scheiß auf die Weiber! Ich nehme die Rolex. Für mich!“ Marko legte sich die goldene Uhr um sein Handgelenk. Betrachtete sie beinahe ehrfürchtig.

„Wie viel ist diese Scheiß-Rolex wert?“

„Gib sie mir lieber zurück. Ich hebe sie für dich auf.“

„Nein, ich will sie tragen.“

„Das ist viel zu gefährlich. Willst du, dass dir Vladimir die Hand abhackt?“

Marko beäugte seine Rolex noch einmal von allen Seiten.

„Hm! Meinst, wir können das Zeug am Mexikoplatz losschlagen?“

„Darüber mache ich mir jetzt keine Gedanken. Die Ware ist heiß. Wir frieren sie erst mal eine Weile ein.“

Toni holte eine Großpackung Potato Wedges aus dem Tiefkühlfach. Öffnete sie und stopfte die erbeuteten Klunker zwischen die Kartoffelstücke. Behutsam klebte er die Packung wieder zu und legte sie zurück ins Gefrierfach.

„Bis mir ein besseres Versteck einfällt“, sagte er zu Marko, der ihm verwundert dabei zugesehen hatte, wie er ihren Schatz verstaute.

„Wie viel werden wir für das andere beschissene Zeug, das wir Vladimir gegeben haben, kriegen?“

„Keine Ahnung. Das entscheidet der Boss. Und der wird uns übers Ohr hauen. Deshalb habe ich auch ein paar Scheine behalten.“

Toni holte ein kleines Bündel Hunderter aus seiner anderen Hosentasche. Reichte die Hälfte davon seinem Freund.

„Scheiße Mann! Du bist echt verrückt! Die glauben uns sowieso nicht, dass wir nicht mehr Geld erbeutet haben.“

„Wieso? Du hast selbst gesagt, dass in solchen Superläden nur mit Kreditkarten bezahlt wird.“

„Ja, aber ...“

„Mach dir nicht immer gleich in die Hose, wenn es um den Boss geht. Es bleibt genug für ihn übrig.“

„Scheiße, scheiße, scheiße ...“ Marko schüttelte ununterbrochen den Kopf.

„Muss bei dir jedes zweite Wort Scheiße sein?“

„Scheiße gefällt dir nicht?“

„Dein Wortschatz ist sehr beschränkt, mein Lieber. Daran müssen wir arbeiten, wenn wir uns in Zukunft in feineren Kreisen bewegen wollen.“ Toni klopfte dem Kurzen auf die Schulter.

„Was heißt feinere Kreise?“

„Na, ich habe mir halt gedacht, dass wir uns auf den Partys der Reichen umschauen sollten. Auf eigene Gefahr, sozusagen. Es gibt jede Menge Charity-Veranstaltungen in Wien. Wir könnten als Kellner anheuern. Oder ich besorge mir Einladungen. Kann ja nicht so schwierig sein. Wir gehen mehr oder weniger mittellos hin und kommen schwerreich wieder raus. Ich habe einen vagen Plan.“

„Echt geil, Mann!“

„Noch so ein Wort, das du am besten vergessen solltest und das ewige Mann gleich mit dazu.“

„Warum hackst du dauernd auf mir herum?“

„Tu ich nicht. Ich will dir bessere Manieren beibringen. Oder möchtest du demnächst keine Super-Jobs auf eigene Rechnung machen?“

„Echt, Mann? Das finde ich krass.“

Toni stöhnte laut.

„Nein, ehrlich, das finde ich total abgefahren. Wir cashen die Tscha… Tschari…“

„Charity …“

„Sag ich doch. Die cashen wir ab.“

„Hoffentlich. Ich kenne mich manchmal selbst nicht wieder. Hab momentan das Gefühl, alles nur zu träumen.“

9. Constanza, Mamaia, Rumänien

„Ich glaub, ich träume! Die zocken die Passagiere nichts wie ab mit diesen Sonderausflügen. Hundertachtzig Euro verlangen sie für den Ausflug nach Constanza und Mamaia. Ein wenig Folklore, Musik und Volkstanz, ein paar Kirchen und ein bisschen Strand am Schwarzen Meer, das war’s dann“, sagte Sandor zu Orlando.

Wir legten gerade in Braila an. Von hier aus sollte es mit Bussen weitergehen.

„Warum kommst du nicht mit?“, fragte Orlando meinen Onkel. „Wir müssen für die Ausflüge nichts bezahlen.“

„Hab keine guten Erinnerungen an das Hinterland der Donau. War vor fast sechzig Jahren schon mal dort. Westlich der Donau dehnt sich die rumänische Steppe aus. Mörderisch heiße Sommer, tödlich eisige Winter. In die Hölle von Bărăgan wurden in den 1950er Jahren unter dem Antonescu-Regime über vierzigtausend Menschen, Zigeuner und andere sogenannte Klassenfeinde deportiert. Meine Großeltern hatten nichts als ihre Kleider am Leib. Mein

Großvater ist hier in einem kalten Winter erfroren. Seine Gebeine liegen bis heute irgendwo in dieser verfluchten Steppe herum. Sie konnten ihn nicht begraben. Der Boden war zugefroren, sie hatten kein Werkzeug. Ich war damals ein Kleinkind, aber ich bilde mir ein, bis heute das Klagen der Geigen meiner zu Tode geweihten Leute hören zu können. Meine Großmutter hat es geschafft, zu überleben und auch mich am Leben zu erhalten. Fragt mich nicht, wie sie das geschafft hat."

„Sie muss eine sehr starke Frau gewesen sein. Meine Mutter, die ja zum Glück nicht in den Bărăgan verschleppt wurde, hat mir erzählt, dass sie sich vor ihrer Großmutter gefürchtet hat, weil sie sehr streng war und nie lachte", warf ich ein.

„Sie hat in ihrem Leben eben nie was zum Lachen gehabt", sagte Sandor.

„Jetzt kenne ich mich nicht mehr aus. Wieso sind eure Vorfahren hierher verschleppt worden? Das waren doch keine rumänischen Zigeuner. Hast du nicht vor kurzem erst behauptet, dass ihr ungarischer Abstammung seid, Kafka?"

„Mütterlicherseits. Mein Großvater väterlicherseits, also Katharinas Urgroßvater, war ein rumänischer Zigeuner", erklärte ihm Sandor. „Und jetzt haut endlich ab. Der Bus wartet nicht auf euch."

Obwohl ich gern mehr über die Geschichte von diesem Zweig meiner Vorfahren, über den ich viel zu wenig wusste, erfahren hätte, mussten wir uns beeilen, den Bus zu erreichen.

Der zweite Bus war halb leer. Orlando bestand auf dem Fensterplatz. Nach wenigen Minuten legte er seinen Kopf auf meine Schulter und schlief ein.

Die Landschaft, die an den Fenstern vorbeizog, war eintönig. Riesige brach liegende Felder und Sumpfgebiete. Ein paar Pferdefuhrwerke auf unasphaltierten Nebenstraßen. Keine Häuser, keine Menschen. Und wenn wir mal durch ein Dorf mit halb verfallenen Höfen kamen, sahen wir auch fast nur Kinder und alte Leute.

„Lauter Eurowaisen", erklärte mir Bernhard, der vor uns saß. „Ihre Eltern sind in den Westen gegangen, um Geld zu verdienen und haben die Kinder bei den Großeltern zurückgelassen."

Bernhard schien eine soziale Ader zu haben und politisch schwer okay zu sein.

Er hatte mir erzählt, dass er, nachdem er in den Westen abgehauen war, sein Medizinstudium abgebrochen hatte. Angeblich, weil er keine Aussicht auf einen Turnusplatz gehabt hatte. In Afrika, wo er sich jahrelang herumgetrieben hatte, fragte ihn keiner nach einem Universitätsabschluss. Seine medizinischen Kenntnisse waren dort, auch ohne Titel, willkommen. Eine Zeitlang hatte er für eine Pharmafirma in Nairobi gearbeitet. Nachdem seine Firma in einen Skandal verwickelt gewesen war – sie hatten einen neuen Wirkstoff gegen Aids an erkrankten Afrikanern getestet –, setzte er sich nach Kapstadt ab. Ich wunderte mich, dass er so offen über die ungeheuren Schweinereien seiner Arbeitgeber sprach. Aber so waren die Deutschen eben. Immer direkt und ohne Hemmungen. In Kapstadt machte er dann das Skipperpatent. Zurück in Europa überführte er einige Yachten im Mittelmeer. Als ihm ein Inserat einer rumänischen Reiseagentur, die dringend einen Kreuzfahrtdirektor für Donaukreuzfahrten suchte, in die Hände fiel, zögerte er nicht lange. Er bekam den Job. Aber der hing ihm nun zum Hals heraus. Er war auf der Suche nach etwas Neuem, hatte er mir gestern Abend an der Bar gestanden.

Als wir die Vororte von Constanza erreichten, musste ich unwillkürlich wieder an den Toten denken, dem ich gestern in die Augen geblickt hatte.

Ich fand es gelinde gesagt sehr merkwürdig, dass niemand von der Mannschaft vermisst wurde. Denn selbst wenn die Passagiere nichts mitgekriegt hatten, unter der Besatzung musste sich das Verschwinden eines Matrosen längst herumgesprochen haben.

Ich beschloss, nicht lange um den heißen Brei herum zu reden. „Weißt du etwas über den Matrosen, der gestern Nacht ertrunken ist? Wurde die Polizei verständigt?“, fragte ich Bernhard.

„Welcher Matrose ist ertrunken?“

„Ich habe seine Leiche mit eigenen Augen gesehen. Sie trieb an dem Bullauge unserer Kabine vorbei.“

„Wovon sprichst du?“

Er sah mich dermaßen entsetzt an, dass ich ihm glaubte, nichts von diesem schrecklichen Vorfall zu wissen.

Ich schilderte ihm, was ich gesehen hatte. Bernhard hörte sich meine Geschichte an, ohne mich ein einziges Mal zu unterbrechen.

„Wir sollten unbedingt die Polizei informieren“, sagte ich.

„Überlass das alles mir. Ich verspreche dir, mich beim Kapitän zu erkundigen, was da los war. Versuch jetzt lieber, diese schrecklichen Bilder für ein paar Stunden zu vergessen und Constanza zu genießen“

„Eine Totenstadt“, sagte Orlando, der gerade aufgewacht war.

Abbruchreife Häuser säumten den Straßenrand. Selbst die Neubauten dazwischen wirkten finster und bedrohlich. Da ich für morbide Städte durchaus etwas übrig habe, hoffte ich, dass ich auch an dieser alten Hafenstadt Gefallen finden würde.

Aber als sich das Schwarze Meer vor uns auftat, hatte ich den Eindruck, dass es sich um einen großen, deprimierenden See handelte. Nichts als Düsternis und Unwirtlichkeit. Der Himmel war bewölkt und ließ das ölige Wasser tatsächlich schwarz erscheinen.

Rostige Hafenkräne und verfallene Industriebauten zeichneten sich unter den dunkel verhangenen Regenwolken gegen den Horizont ab. Einsamkeit und Tristesse empfing uns auch, als wir den Bus kurz verließen, um ein paar Fotos zu schießen.

Die hohe Luftfeuchtigkeit machte mir zu schaffen. Der Schweiß rann mir über den Rücken. Mein T-Shirt klebte an meinem Körper. Die sanfte Brise vom Meer her brachte keine Erfrischung, sondern nur Melancholie mit sich.

Orlando litt ebenso wie ich unter der unerträglichen Schwüle. Er deutete auf die dunklen Flecken unter seinen Achseln und warf mir einen verzweifelten Blick zu. Schweißflecken waren ihm ein Gräuel.

„Diese Stadt hat eine aufregende Geschichte. Ovid war hier in Verbannung und ist auch hier gestorben“, versuchte ich, ihn auf andere Gedanken zu bringen.

„Der mit den schwülstigen Liebesgedichten?“

„Ja. Hattest du Latein in der Schule?“

„Selbstverständlich. Ich war im Gymnasium in der Rainergasse. Wurde in der Sechsten mit den Metamorphosen gequält.“

Wir stiegen bald wieder in den Bus und fuhren weiter in die Innenstadt.

Auch dort begegneten wir kaum Menschen auf den Straßen.

Die ehemalige Schönheit und der Charme dieser berühmten Hafenstadt am Schwarzen Meer ließen sich nur mehr erahnen. Ihre Blütezeit hatte sie wohl unter römischer Herrschaft gehabt. Heute war sie dem Verfall preisgegeben. Unfertige Stahlbetonbauten, die genauso gut in Stuttgart oder Linz stehen hätten können, beleidigten unsere Augen.

Als wir weitergingen, entdeckten wir jedoch wundervolle Villen aus der Jahrhundertwende. Und mittendrin ein beeindruckendes, durch eine Glaskonstruktion geschütztes Mosaik aus dem 4. Jahrhundert. Direkt am Wasser erblickten wir dann ein fantastisches Art-Deco-Casino, das wie aus der Kulisse eines Science-Fiction-Films entsprungen schien.

Orlando wollte diesen kolossalen Vergnügungstempel unbedingt besichtigen. Einige Fensterscheiben waren eingeschlagen. Ich hatte alle Mühe, ihn zurückzuhalten. Er wollte unbedingt hineinklettern.

Obwohl auch ich den verstaubten Glanz der Belle Époque mochte, fürchtete ich, dieser baufällige Tempel aller Laster könnte zu seinem Grab werden. Nichts mehr an diesem großartigen Bauwerk schien niet- und nagelfest zu sein. Ornamente und Verputz bröckelten ab, sobald man sie berührte. Ich riskierte zuletzt auch einen Blick durch ein kaputtes Fenster. Das Innere schien ein Mausoleum für tote Ratten und verendende Tauben zu sein.

„Lass uns gehen. Die anderen warten schon im Bus", sagte ich.

Nach der Stadtführung in Constanza fuhren wir weiter nach Mamaia, den berühmtesten Badeort am Schwarzen Meer.

Ein wunderschöner, breiter Sandstrand. Das kaum bewegte Wasser flimmerte silbern im Sonnenlicht. Dahinter reihte sich ein mehr oder weniger hässliches Hotel an das andere. Plastikpalmen und Plastikblumen begrenzten Gastgärten und kleine Vergnügungsparks.

„Hier sieht's ja noch schlimmer aus als in Bibione", sagte Orlando. „Meine Mutter ist mit mir jedes Jahr in den Ferien nach Bibione gefahren. Bereits als Siebenjähriger habe ich diesen Badeort grässlich gefunden."

„Wir waren jeden Sommer in Lignano, dort ist es auch nicht viel schöner“, warf ich tröstend ein. „Und im zarten Alter von Vierzehn, also zu Zeiten Ceauşescus, war ich auch mal eine Woche hier in Mamaia mit meinem Vater auf Urlaub. Meine Mutter hatte nicht mitkommen wollen. Sie hatte Flugangst. Die habe ich wohl von ihr geerbt.“

„Echt? Du warst hier schon mal?“

„Ja, und ich erinnere mich sehr gut an diesen ersten und letzten Urlaub allein mit meinem Vater. Er passte wie ein Haftelmacher auf mich auf. Ich war damals verliebt in einen deutschen Jungen, der ein Jahr älter war als ich. Mein Vater ist immer hinter uns her geschwommen und hat uns auch abends in der Hotel-Disco nicht aus den Augen gelassen. Du kannst dir nicht vorstellen, wie peinlich es mir war, als ich ihn in der Disco am Nebentisch erblickte. Er benahm sich völlig daneben. Dabei war dieser Junge ein völlig harmloses Bürschchen. Er war ebenfalls mit seinen Eltern unterwegs und auch ganz unerfahren ...“

„Mein Gott, warst du süß und naiv ...“, zwitscherte Orlando. „Der hat dich sicher nur vögeln wollen. Was anderes haben fünfzehnjährige Knaben nicht im Kopf.“

„Du musst es ja wissen“, murmelte ich. „Übrigens war ich damals auch in Constanza. In einer Box-Arena. Mein Vater und ich haben uns den Kampf eines rumänischen Boxers gegen einen Bulgaren angesehen. Der Rumäne hat gewonnen. War eine geschobene Partie, behauptete mein Vater, der auf den Bulgaren gesetzt hatte. Ich fand den Kampf damals sehr spannend. Schau mir bis heute gerne Boxkämpfe im Fernsehen an.“

„Du bist echt pervers, Kafka!“

„Was soll daran pervers sein, wenn sich zwei Kerle gegenseitig verprügeln? Ich habe gedacht, dass ist ein Zeichen von Männlichkeit.“

„Hör auf, mich zu verarschen.“

„Mache ich doch glatt. Ich gehe jetzt schwimmen. Nehme an, du hast kein Badezeug dabei.

„Oh doch." Orlando grinste mich triumphierend an.

Wir zogen uns in der Toilette einer Bar um.

Als Orlando in einem rosafarbenen Badeanzug mit Push-up-Körbchen und Rüschen um die Hüften über den Strand trippelte, starrten ihn nicht nur die wenigen Einheimischen, sondern auch unsere Mitreisenden an, als wäre er ein Wesen von einem anderen Planeten.

„Du siehst aus wie ein Flamingo", kicherte ich.

„Nur kein Neid."

Das Wasser war warm. Trotzdem ging Orlando nur bis zu den Knien hinein.

Ich kraulte alleine hinaus aufs offene Meer. Genoss das prickelnde Gefühl auf meinem Körper und wäre am liebsten immer weiter und weiter geschwommen. Mein Kopf wurde wunderbar leer. Ich vergaß sogar auf die Leiche.

„Komm sofort zurück, Kafka", hörte ich plötzlich Orlandos Stimme. „Bestimmt gibt es hier Haie."

Ich musste lachen und verschluckte mich prompt. Prustend und spuckend versuchte ich mich über Wasser zu halten. Dann ließ ich mich eine Weile am Rücken liegend von den Wellen treiben.

Am Ufer erblickte ich nun auch Bernhard, der mit aufgekrempelten Hosen neben Orlando im knietiefen Wasser stand. Er fuchtelte wild mit seinen Armen herum. Deutete mir, zurückzukommen.

Die Passagiere verließen gerade die Strandbar.

Verdammte Hetzerei, fluchte ich in Gedanken. Schwamm aber rasch an Land, zog mich in Windeseile um und war nicht einmal die Letzte, die in den Bus stieg. Eine über achtzigjährige Dame hatte sich ebenfalls nur schwer vom Meer trennen können. Ihre sechzigjährige Tochter schimpfte lautstark mit ihr, als sie ihr in den Bus half. Die Alte tat mir leid. Wahrscheinlich war ihr bewusst, dass sie das Meer zum letzten Mal sah.

Auf der Rückfahrt tat ich so, als ob ich schlafen würde. Ich hatte keine Lust auf eine weitere Unterhaltung, weder mit Orlando noch mit Bernhard.

Beim Anblick der öden Landschaft hatte sich meine Laune endgültig verdunkelt. Im heutigen Rumänien waren die Zustände, meiner Meinung nach, fast schlimmer als damals, kurz vor der Wende in den späten achtziger Jahren. Die Armut der Bevölkerung war überall deutlich sichtbar. Auch auf der Busfahrt vom Flughafen ins Delta hatten wir nichts als brachliegende Felder, verwahrloste Dörfer und trostlose Plattenbauten am Straßenrand gesehen.

Die eigentliche Kreuzfahrt begann, nachdem wir auf die MS Kaiserin Sisi zurückgekehrt waren.

Orlando und ich standen den ganzen Abend hinter der Theke, mixten Cocktails mit eigenartigen Namen wie *Donaublut* und *Fishers Punch*, kredenzten Wein aus Tetra-Packungen und zapften jede Menge Bier.

Die Fahrt stromaufwärts verlief ohne besondere Vorkommnisse. Bis Mitternacht erfüllten wir die Wünsche der Reisenden.

Daniela servierte oben an Deck. Sie lief die ganze Zeit mit hängendem Kopf herum. Ich kam nicht dazu, mit ihr ein privates Wort zu wechseln. Registrierte aber, dass sie extrem viel Make-up aufgelegt und stark gerötete Augen hatte. Auch wenn ich mir vielleicht nur einbildete, dass sie geweint hatte, nahm ich mir vor, noch heute Nacht mit ihr zu reden.

Sandor spielte zwischendurch ein paar romantische Weisen auf seiner Geige. Ich hatte den Eindruck, dass ihm keiner zuhörte. Seine Musik wurde per Lautsprecher aufs

Sonnendeck übertragen. Ich hoffte, dass die Gäste oben mehr Interesse an Geigenklängen hatten als die ausgelassene Gesellschaft in der Bar.

Daniela erwischte ich in dieser Nacht nicht mehr. Kurz bevor wir die Bar schlossen, haute sie ab, ohne Gute Nacht zu sagen. Ich machte für Orlando eine heiße Schokolade – darauf konnte er immer gut schlafen –, und mir selbst einen koffeinfreien Kaffee.

10. Wien

Nach der zweiten Tasse Kaffee hatte Toni eine seiner grandiosen Ideen.

Noch am selben Tag bewarben sich Marko und er bei einer Arbeitsvermittlungsagentur als Servierpersonal.

Der fesche Toni bekam gleich für den nächsten Abend einen Job angeboten. Marko landete auf der Warteliste.

Toni schäkerte eine Weile mit der sehr streng aussehenden Dame. Lange konnte sie seinen Überredungskünsten nicht widerstehen. Sie teilte seinen kleinen Freund für dieselbe Veranstaltung als Aushilfskraft in der Garderobe ein. Besser hätte es nicht kommen können!

Der Galaabend im großen Festsaal des Wiener Rathauses begann mit einer launigen Ansprache des Wiener Bürgermeisters.

Toni begriff sofort, dass es sich bei den Gästen um lauter andere Bürgermeister und ihre Gattinnen handelte. Oder um ihre Geliebten, wenn man den gewaltigen Altersunterschied einiger Paare in Betracht zog.

Alle großen, runden Tische waren besetzt. Toni schätzte, dass mindestens siebenhundert Leute anwesend waren.

Die Gäste waren weniger elegant gekleidet als er erwartet hatte. Ihr Benehmen war auch nicht unbedingt sehr vornehm. Die meisten stürzten sich wie ausgehungert auf das knusprige Jourgebäck, das bereits auf den Tischen stand. Und fast alle tranken zu viel, bevor der erste Gang serviert wurde.

Sowohl Markos Job in der Garderobe als auch Tonis Arbeit arteten in Stress aus. Die Veranstalter hatten viel zu wenig Personal eingestellt.

Das Essen hingegen schien hervorragend zu sein. Zumindest sah es toll aus. Toni lief das Wasser im Mund zusammen, als er das Amuse-Gueule, gefüllte Wachteleier, servierte, und danach, als Horsd'œuvre, die Gänseleberpastetchen. Beim Servieren der Kürbiscremesuppe schlug er zum ersten Mal zu.

Mittlerweile hatte er alle seine Opfer sorgfältig ausgewählt. Es kamen nur Illuminierte in Frage.

Lässig schäkerte er mit einer bereits sehr vergnügten Brünetten. Tätschelte frech ihren molligen Unterarm. Und das erste goldene Armband landete in seiner Hosentasche.

Er versteckte es auf der Herrentoilette. Befestigte es mit einem mitgebrachten Klebeband an der Hinterseite einer Klomuschel. Sollte der Dame der Verlust auffallen, fürchtete er, dass in erster Linie das Servierpersonal in Verdacht geraten könnte.

Als der nächste Gang, ein Schwammerlrisotto, serviert wurde, steckte er einem dümmlich wirkenden Kollegen einen Zwanziger zu, woraufhin er mit ihm die Tische tauschte.

Seinem zweiten Opfer sah er tief in die Augen. Zärtlich streichelte er dann die Hand der älteren Dame und streifte ihr dabei den Brillantring vom Finger.

Die nächste Gelegenheit ergab sich erst beim Hauptgang. Ente à l'Orange. Eine Dame mit hochrotem Gesicht und Schweißperlen auf der Stirn, fächelte sich mit ihrer bekleckerten Stoffserviette Luft zu. Sogleich eilte Toni mit einer frischen, zusammengefalteten Serviette herbei. Übernahm das Fächeln und befreite sie gleichzeitig von ihrem beengenden weißgoldenen Halsschmuck.

Auch dieses gute Stück landete hinter einer Klomuschel.

Bisher schien keine der Damen den Verlust ihrer Juwelen bemerkt zu haben. Dennoch sehnte Toni das Ende des Abends herbei.

Nach dem Hauptgang wurde getanzt. Diese letzte Chance wollte er noch nützen. Rubinrote Ohrringe und eine wertvolle Schweizer Armbanduhr verschwanden in seinen Hosentaschen.

Als er lange nach Mitternacht heimkam, lag Marko am Sofa und schnarchte vor dem eingeschalteten Fernsehapparat.

Auf dem Couchtisch häuften sich die Geldscheine. Umgeben von einem kleinen Schatz aus Tausend und einer Nacht.

Toni schlug seinem Freund auf die Schulter. „Gut gemacht, Alter!"

Marko hatte, ohne sich anstrengen zu müssen, einige Portemonnaies in die Finger gekriegt. Und, wie Toni ihm geheißen hatte, jeweils nur eine Kreditkarte oder einen großen Schein, auch wenn mehrere drinsteckten, herausgenommen.

Toni war noch erfolgreicher als der Kurze gewesen. Zu fortgeschrittener Stunde hatte er einer Dame ihr Collier abgenommen, als er ihr den Stuhl unter den Hintern schob. Außerdem hatte er ein paar Abendtäschchen, die beim Tanzen auf den Tischen liegengelassen worden waren, entwendet.

Beim Servieren des Desserts, einer Crème caramel, hatte er sich sehr beeilt. Danach hatte er die restlichen Schmuckstücke geholt. Das ganze Zeug hatte er in ein Plastiksackerl gesteckt und Marko zur Aufbewahrung hinunter in die Garderobe gebracht.

Marko war mit der Beute lange vor Ende der Veranstaltung nach Hause gefahren. Den Aufruhr, als die Dame den Verlust ihres dreißigtausend Euro schweren Colliers bemerkte, hatte Marko versäumt.

Die Polizei hatte das gesamte Personal unter die Lupe genommen. Auch Toni. Ohne Ergebnis. Die anderen Ladies waren anscheinend so betrunken gewesen, dass sie den Verlust ihres kostbaren Schmucks nicht einmal mitbekommen hatten. Jedenfalls war kein zweites Mal Alarm geschlagen worden.

„Das war eine Hasardpartie. Sowas mache ich nie wieder. Ist viel zu riskant", sagte Toni als er sich neben Marko aufs Sofa fallen ließ. „Ich habe Blut geschwitzt. Wir hatten unverschämtes Glück."

„Die Abendtäschchen, die du mir gebracht hast, sind gut gefüllt gewesen. Schau her." Marko deutete auf den Weiberkram am Sessel neben dem Sofa.

Toni sah zuerst nur Lippenstifte, Xanor-Pillen, Papiertaschentücher und Präservative. Beim Anblick des Bargeldes entkam ihm schließlich ein: „Scheiße, das ist ja richtig Geld!"

„Hey, jetzt hast aber du Scheiße gesagt!"

Grinsend begann Toni die Scheine zu zählen.

Marko hatte sie ordentlich sortiert. Zusammen mit den Einnahmen aus den Portemonnaies hatten sie über fünftausend Euro in bar erbeutet. Nicht zu vergessen das Collier, das goldene Armband, den Brillantring, das Weißgoldkettchen, die Rubin-Ohrringe und die teure Schweizer Uhr.

„Dieser Kram wird schwer zu verhökern sein. Dem Boss können wir ihn nicht anbieten“, sagte Marko.

„Wir werden uns selbst einen Hehler suchen. Notfalls muss ich halt nach Budapest fahren. Dreißig-, vierzigtausend krieg ich dort sicher dafür. Allein das Collier ist so viel wert.“

Toni verstaute den Schmuck in zwei Packungen tiefgekühlter Pommes Frites und in einem Sack Wok-Gemüse.

„Lass uns jetzt die Unterschriften auf den Kreditkarten üben. Wir nehmen nur die mit den unleserlichen.“

„Okay, Mann.“

Zur Feier des Tages wollte Toni eine Flasche Sekt, die er dem Chef de Service im Rathaus abgeschnorrt hatte, für Marko öffnen.

„Lass sie zu! Du säufst ja sowieso nichts und mir schmeckt dieses Blubberzeug nicht. Gib mir lieber ein Bier.“

„Ist keines mehr da.“

„Scheiße.“

Marko nahm die Pokerwürfel aus dem Regal. „Lass uns darum würfeln, wer Bier holen geht. Oder wir spielen gleich um das Collier.“

„Bist du verrückt?“

„Mein ich doch nicht im Ernst, Mann. Nur so, zum Spaß.“

„Ich zocke nicht“, sagte Toni.

„Mein Gott, du verstehst überhaupt keinen Spaß!“

11. Russe, Bulgarien

In aller Herrgottsfrüh legten wir in Russe an.

Ausnahmsweise war ich an diesem Morgen vergnügt. Ich hatte viel von dieser bulgarischen Stadt gehört und freute mich darauf, Elias Canettis Geburtshaus zu besichtigen.

Doch dazu kam es nicht. Auf ausdrücklichen Befehl des Kapitäns durfte keiner von der Crew das Schiff verlassen.

Womöglich haben sie jetzt erst das Verschwinden des Matrosen bemerkt? Ich war gespannt, was nun passieren würde. Würden wir alle von der Polizei verhört werden?

Ich sprach, so wie die meisten der anderen Besatzungsmitglieder, kein Wort Bulgarisch. Das konnte ja spannend werden.

Die Passagiere gingen um zehn Uhr von Bord. Mit zwei Bussen fuhren sie nach Veliko Tarnovo. Dieses Städtchen war im Mittelalter Bulgariens Hauptstadt. Eine kurze Stadtrundfahrt in Russe war in diesem Landausflug inkludiert.

Ich verfluchte den Kapitän und seine Order.

Selbst Bernhard war an Bord geblieben. Als ich mich bei ihm darüber beschwerte, dass wir nicht an Land durften, versuchte er, mich zu besänftigen.

„Du versäumst nicht viel. Russe ist heute eine moderne Stadt. Das heißt Plattenbauten, Plattenbauten, Plattenbauten ... Die Altstadt ist nur zum Teil renoviert worden."

„Ich habe gelesen, dass Russe damals, als es noch zum osmanischen Reich gehörte, eine bedeutende Handelsstadt war."

„Ja. Liegt strategisch günstig. Im Grunde ist es ein Klein-Wien. Ockergelbe Handelshäuser aus dem 19. Jahrhundert, Fin-de-Siècle-Pracht, ein paar mehr oder weniger gepflegte Parkanlagen, neoklassizistische Bauten neben stillgelegten Fabriken", sagte Bernhard.

„Trotzdem hätte ich diese Stadt gerne besucht."

„Rede mit dem Käpt'n. Vielleicht macht er eine Ausnahme, wenn du ihn herzlich darum bittest."

„Ich kann nicht mit ihm. Apropos Kapitän. Hast du mit ihm schon über den ertrunkenen Matrosen gesprochen?"

„Nein. Ich hatte bisher noch keine Gelegenheit. So ein Gespräch sollte unter vier Augen erfolgen, nicht wenn die halbe Crew dabei zuhört."

Damit schien dieses Thema für Bernhard erledigt zu sein.

„Die große Brücke dort vorne, heißt übrigens Brücke der Freundschaft", fuhr er fort. „Sie verbindet Russe mit der gegenüberliegenden rumänischen Stadt Giurgiu. Von einer Freundschaft zwischen den beiden Ländern ist hier kaum was zu spüren. Nur wenige Autos überqueren diese Brücke. Die Rumänen sind angeblich neidisch, weil Russe in den letzten Jahren zum wichtigsten Donauhafen Bulgariens aufgestiegen ist."

Das ist mir sowas von egal, du blöder Piefke, ätzte ich in Gedanken.

„Weißt du, warum wir nicht von Bord dürfen?"

„Der Kapitän hat kurzfristig eine Mannschaftsbesprechung einberufen. Außerdem brauchen wir mal einen Tag ohne Passagiere, um das Schiff zu reinigen und Bar und Speisesäle auf Vordermann zu bringen."

„Ich wurde nicht als Putzfrau engagiert", protestierte ich.

„Kein Mensch erwartet von dir, dass du putzt. Obwohl dir kein Zacken aus der Krone fallen würde, wenn du mal einen Fetzen in die Hand nehmen müsstest."

Sehr charmant. Vielen Dank, mein Herr! Ich überlegte mir gerade eine scharfe Antwort, da ertönte die unsympathische Fistelstimme des Kapitäns über den Lautsprecher: „In der nächsten Stunde ist Rauchen an Deck und in den Kabinen strengstens verboten. Wir müssen auftanken."

Ohne ein weiteres Wort mit Bernhard zu wechseln, zog ich mich in unsere Kabine zurück.

„Haben wir heute frei?", fragte Orlando.

Er lag noch im Bett und hörte Musik.

„Nein. Diese Idioten lassen uns nur nicht von Bord gehen. Eine Crewbesprechung ist angesagt. Außerdem muss das Schiff geputzt und aufgetankt werden.

„Wir tanken? Wow, da will ich zusehen."

Er war so schnell angezogen, wie noch nie zuvor, und eilte hinauf an Deck.

Tanken – wie aufregend! Orlando war eben doch ein richtiger Junge.

Seine Angst vorm Wasser hatte sich schnell gegeben. Mittlerweile bewegte er sich ganz locker an Bord des Schiffes.

Ich hatte mich gerade in Elias Canettis autobiografischen Roman Die gerettete Zunge vertieft, um wenigstens auf diese Art, Russe näher kennenzulernen, als jemand an die Tür klopfte.

Da Orlando nie anklopfte, sprang ich auf und öffnete.

Vor der Tür stand Daniela mit einer großen Reisetasche in den Armen.

„Ich soll bei euch schlafen. Wir haben eine Neue fürs Service bekommen. Ich muss ihr mein Bett überlassen." Sie sagte es trotzig und sah mich nicht an.

Schwarze Wimperntusche klebte auf ihren leicht geröteten Wangen. Sie wirkte verheult.

Obwohl ich ihr am liebsten die Tür vor der Nase zugeschlagen hätte, bat ich sie freundlich herein.

„Willst du über mir liegen oder drüben bei Orlando?"

Sie hievte ihre Tasche auf das Bett über meinem und stieg die Leiter hinauf.

Ich fragte sie, was mit ihr los sei. Bekam aber keine Antwort.

„Magst du einen Tschik?"

Wortlos griff sie nach einer Zigarette, als ich ihr meine Schachtel und mein Feuerzeug hinaufreichte.

„Rauchen ist in den Kabinen strengstens verboten", imitierte ich die Stimme des Kapitäns.

„Puff, puff", sagte sie kichernd. „Von mir aus kann die Sisi ruhig in die Luft fliegen. Hast du Streichhölzer bei der Hand?"

Was hatte sie vor? Das Bullauge ließ sich zum Glück nicht öffnen. Wahrscheinlich war auch das Schiff längst aufgetankt.

„Wegen dem Gestank."

„Das bringt's nicht. Ich habe zwei Raumsprays dabei. Orlando ist militanter Nichtraucher. Oder besser gesagt, er raucht nur Joints. Du kannst übrigens wählen zwischen *Vision* und *Geborgenheit*."

„Ah, deshalb stinkt's hier so." Das klang nicht böse, sondern eher belustigt.

„Hättest du lieber einen Joint?", fragte sie mich. „Ich hab was dabei."

„Nein danke. Hab's mir abgewöhnt. Außerdem würde man das Zeug bis auf den Gang hinaus riechen."

„Hast wohl Schiss? Stress dich nicht. Fast alle Kollegen rauchen sich ein oder nehmen sonst irgendwas. Anders hält man die Schufterei nicht aus."

Ich wechselte das Thema. „Wie ist die Neue?"

„Eine dämliche Nutte."

„Wieso? Hast du mit ihr geredet?"

„Wozu?"

Ich fand unsere Unterhaltung etwas kompliziert.

Eine weitere vertrauensbildende Maßnahme war in meinen Augen dringend angesagt.

„Na dann, willkommen bei uns!"

Ich holte zwei Bierdosen unter meinem Bett hervor und bot ihr eine an. Hoffte, ein kleines Bierchen würde sie gesprächiger machen.

„Ist leider warm", sagte ich.

„Du bist aus Wien." Es klang nicht wie eine Frage.

„Ja. Warum fragst du?"

„Irgendwie bist du mit dem Sandor verwandt, oder?“
„Er ist mein Pate.“
„Du bist also eine von uns.“
„Eine Romni. Ja. Du leicht auch?“
„Was denn sonst.“
„Du sprichst sehr gut Deutsch.“
„Und Rumänisch und Romanes und Ungarisch.“
„Super. Mein Romanes ist leider eine Katastrophe. Sag, warum hältst du die Neue für eine Nutte?“
„Angezogen ist sie jedenfalls wie eine. Trägt hochhackige Schuhe und ein T-Shirt aus dem ihre Silikon-Titten fast rauskugeln. Außerdem hat sie lange, künstliche, rosa Fingernägel mit aufgepickten Sternchen und wackelt andauernd wie aufgezogen mit ihrem kleinen Hintern.“
„Ist sie als Verstärkung für die Bar gedacht?“
„Sie sieht nicht so aus, als ob sie bisher im Service gearbeitet hätte. Ich glaub, dass sie eher in den Kabinen zum Einsatz kommen wird. Zimmerservice, sagt man auf Deutsch, oder?“
Sie fiel in mein Lachen mit ein. Es war kein freundliches, sondern ein hartes, zynisches Lachen.
Ich war nicht daran gewöhnt, vormittags Alkohol zu trinken und fragte Daniela, ob sie den Rest meines Biers haben wolle.
„Gib her.“
Eine Weile starrte sie schweigend auf den Boden.
„Geht es dir nicht gut?“
„Adrian ist verschwunden“, sagte sie leise.
„Welcher Adrian?“, fragte ich, obwohl ich ahnte, von wem die Rede war. Sofort tauchte auch wieder das bleiche Gesicht mit dem riesigen offenen Mund vor meinem inneren Auge auf.
„Mein Freund.“
„Wann hast du ihn zum letzten Mal gesehen?“

„Bevor wir in Tulcea abgelegt haben. Wir haben uns spät abends in der Küche getroffen. Ich habe uns einen Schlummertrunk gemacht. Kakao mit Rum, mein Spezialdrink für einsame Nächte. Er hat kein Wort davon gesagt, dass er abhauen will. Wir haben uns geliebt. Und jetzt ist er plötzlich nicht mehr da. Ich begreife nicht, was passiert ist. In den frühen Morgenstunden, als wir losgefahren sind, hat er mir noch eine SMS geschickt. Hat geschrieben, dass wir bald reich sein werden. Dass wir es nur bis Wien schaffen müssten. Ich habe nicht kapiert, was er gemeint hat, hab mir gedacht, er macht einen blöden Scherz. Und ein paar Stunden später war er nicht mehr an Bord. Ich habe seither nichts von ihm gehört. Kein Anruf, keine SMS. Hab ihn hundert Mal angerufen. Nichts. Keine Mailbox. Nichts. Absolut nichts."

Sie schluchzte und verbarg ihr Gesicht in ihren Händen.

Ich strich ihr sanft übers Haar und fragte leise:„ Kannst du dir vorstellen, dass er vielleicht doch in Tulcea geblieben ist?"

„Nein. Wie soll er von Bord gekommen sein? Wir waren ja schon stromaufwärts unterwegs, als ich seine SMS gekriegt habe. Er wäre bestimmt nicht freiwillig ins Wasser gesprungen. Adrian konnte nicht schwimmen."

Sie stand auf und ging mit hochrotem Gesicht in der winzigen Kabine auf und ab.

Mein schrecklicher Verdacht schien sich zu bewahrheiten. Bisher hatte ich die winzige Hoffnung gehabt, doch das Opfer einer Vision gewesen zu sein. Nun stand für mich fest, dass ich dem toten Adrian in die Augen gesehen hatte. Ich beschloss, Daniela vorerst nichts von der Leiche vor meinem Bullauge zu sagen. Bat sie allerdings, mir mehr von Adrian zu erzählen.

„Er ist Moldawier und ein Rom, wie wir. Er hat einen gefälschten rumänischen Pass. Deshalb wäre er niemals in Rumänien an Land gegangen. Die Bullen dort hätten ihn sofort einkassiert. Sie sind scharf auf Roma, wie du weißt. Die riechen unsereins aus hundert Meter Entfernung."

Mittlerweile hatte Daniela aufgehört zu weinen. Sie stand, die Hände in die Hüften gestemmt, vor mir und ihre dunklen Augen funkelten böse.

„Sie machen Jagd auf Roma? Auch in Rumänien?"

„Weißt du das nicht?"

Ihr böser Blick jagte mir fast Angst ein. So schauten nur Zigeunerinnen, die einen verfluchten.

„Nicht wirklich. Ich meine, ich weiß, dass sie uns nicht lieben ..." Meine blöde Stammelei ärgerte mich selbst.

Daniela verzog verächtlich den Mund.

„In Ungarn und in der Slowakei ist es noch schlimmer. Dort bringt mich keiner freiwillig von Bord. Unsere Leute werden in diesen Ländern wie Vieh behandelt. Sie vegetieren dahin wie Tiere und sind sozusagen zum Abschuss freigegeben."

Sie übertreibt maßlos, dachte ich, ließ sie aber weiterreden.

Daniela erzählte mir von rechtsradikalen ungarischen und slowakischen Banden, die Roma-Siedlungen anzündeten, junge Mädchen vergewaltigten und jeden, der sich gegen diese Gräueltaten wehrte, niederstreckten.

Mir wurde mulmig zumute.

„Du hast anscheinend wirklich keine Ahnung."

Obwohl mir ihr aggressiver Ton missfiel, hatte ich das Gefühl, mich rechtfertigen zu müssen.

„Unsere Zeitungen haben über die Anschläge auf Roma-Siedlungen in Ungarn und in der Slowakei berichtet. Wie schlimm es wirklich ist, weiß ich natürlich nicht. Ich war lange nicht mehr dort."

Meine Worte schienen sie zu besänftigen.

Sie sah mich weniger hasserfüllt und eher hilfesuchend an.

„Was glaubst du, ist mit Adrian passiert?“, fragte ich.

„Ich habe keine Ahnung“, schluchzte sie. „Seine letzte SMS in der Nacht war irgendwie seltsam. Warum sollten wir zu Geld kommen? Ich habe nicht kapiert, was er meint. Seither zerbreche ich mir den Kopf über nichts anderes.“

„Vielleicht hat er etwas Wertvolles geklaut oder er hat jemanden erpresst?“

„Gut möglich. Ich weiß es nicht. Und das macht mich fertig.“

„Hast du ein Foto von Adrian?“

Sogleich zeigte sie mir auf ihrem Handy Bilder eines jungen Mannes.

Ich bekam eine Gänsehaut. Es bestand kein Zweifel mehr, bei dem Toten handelte es sich um ihren Freund.

Ich überlegte, wie ich ihr möglichst schonend beibringen könnte, dass Adrian nicht mehr am Leben war.

Plötzlich stand Orlando in der Tür.

„Was ist hier los? Hier stinkt's! Habt ihr etwa geraucht?“

„Na und? Stell dich nicht so an. Außerdem, wo bleiben deine guten Manieren?

„Hey“, murmelte Orlando, blickte aber nicht zu Daniela, sondern starrte auf ihr Handy, das auf meinem Schoß lag.

„Daniela schläft ab heute bei uns. In Russe ist eine neue Kollegin an Bord gekommen. Daniela hat ihr ihre Koje überlassen müssen.“

Orlando schnappte sich Danielas Handy. „Hübscher Junge. Wer ist das?“

„Ihr Freund Adrian. Er ist spurlos verschwunden.“

12. Wien

„Wir müssen die Juwelen schleunigst verschwinden lassen", sagte Toni.

Er hielt das Versteck im Kühlschrank für zu unsicher. Auch traute er Marko nicht mehr über den Weg. Seit sie die Wertsachen zuhause hatten, benahm sich sein Freund eigenartig.

Die Gier zerstört alles, sogar die beste Freundschaft, dachte Toni.

Gemeinsam fuhren sie zum Westbahnhof.

Marko starrte zwei hübschen Rucksacktouristinnen nach, während Toni den Schmuck in einem abschließbaren Gepäckfach verstaute.

Als er den Schlüssel in die Innentasche seiner Lederjacke steckte, protestierte Marko.

„Ich kann genauso gut darauf aufpassen, Mann."

„Wir sollten am besten überhaupt nicht damit herumlaufen. Nicht so sehr wegen der Gefahr, ihn zu verlieren, aber es könnte uns jemand filzen ..."

„Du bist und bleibst ein Schisser."

„Wie du meinst."

Marko trottete mit mürrischer Miene hinter Toni her. Erst als sie sich bei einem Italiener in einer Seitengasse der Mariahilfer Straße eine Pizza leisteten, besserte sich seine Laune.

„Und jetzt gemma schoppen!" Marko holte ein paar Kreditkarten aus seiner Hosentasche und gab Toni die Hälfte davon ab.

„Das sind hoffentlich die mit den Unterschriften, die wir gestern geübt haben."

„Klar, Mann."

„Ich will nicht vor der Kasse zum Üben anfangen."

„Sei nicht so verbissen, Mann. Hab alles gecheckt."

„Jede wird nur einmal verwendet und danach gleich entsorgt“, ermahnte Toni seinen Freund trotzdem.

Marko kaufte Computerspiele, einen neuen DVD-Player sowie jede Menge CDs und DVDs in einem Electronic-Supermarkt.

Toni kaufte Klamotten, Schuhe und Eau de Toilette. Auch für Marko.

Am späten Nachmittag beschlossen sie, ihren ersten Erfolg als „Selbstständige“ zu feiern. Toni schlug vor, in eine Bar in der Wiener Innenstadt zu gehen, die früher als Künstlertreff galt. Das hatte er im Lonely-Planet-Reiseführer von Wien gelesen. Er hatte die berühmte Loos-Bar schon lange mal von innen sehen wollen.

Sie setzten sich an die Theke.

Toni trank Kaffee. Marko Whisky on the Rocks. – So wie die amerikanischen Gangster in den Hollywood-Filmen.

Die schummrige Atmosphäre und vor allem der gute Jazz waren ganz nach Tonis Geschmack. Er bestellte gleich noch eine zweite Runde Kaffee und Whisky.

Marko sagte kein einziges Mal, geil oder Scheiße. Das Mann hatte er sich nach wie vor nicht abgewöhnt.

„Mann, ist das eine tolle Bar! Dieses Klo ist echt krass, sowas hab ich noch nie gesehen“, sagte er, als er von der Toilette zurückkam.

Marko ist eben doch ein Ästhet, dachte Toni.

Als sie sich gegen halb acht auf den Heimweg machten, hatten die Supermärkte im 20. Bezirk bereits geschlossen.

An einem Würstelstand deckten sie sich mit Chips und Schokolade ein. Marko kaufte auch ein paar Dosen Bier.

Kaum hatten sie es sich zuhause vor dem Fernseher gemütlich gemacht, klingelte Markos Handy. Sie hatten gerade einen Film in den neuen DVD-Player eingeschoben. RED II mit dem fantastischen Bruce Willis, auf den sie beide total abfuhren.

„Scheiße, das ist Vladimir", sagte Marko nach einem Blick auf die Nummer.

„Gib ihn mir, wenn du nicht mit ihm reden willst."

„Nein, nein, ich schaff das schon."

„Weiß er was von unserem Coup im Rathaus? Hast du geplaudert?"

„Nein. Was denkst du von mir, Mann!"

Dass du damit gern angeben würdest und womöglich bereits angegeben hast, dachte Toni.

Sein Freund begrüßte den Adlatus des Chefs betont freundlich. Danach redete nur mehr Vladimir. Marko gab höchstens ein kleinlautes „Ja" oder „Klar, Mann" von sich.

Nachdem er aufgelegt hatte, schaute Toni ihn fragend an.

„Nichts, nichts. Vladimir hat gesagt, dass der Big Boss sehr zufrieden mit unserem letzten Coup im Goldenen Quartier war. Er will, dass wir das Ganze demnächst wiederholen."

„Waas? Noch einmal dort zuschlagen? Das ist schwachsinnig. Viel zu gefährlich."

„Natürlich bei einem anderen Juwelier. Er hat irgendwas von der Kärntnerstraße gesagt. Wir sollen morgen zu ihm in seine Villa in Hietzing kommen. Dort werden wir alles Weitere erfahren. Eh, das ist cool! Jetzt kommt's mir erst. Wir sind beim Boss höchstpersönlich eingeladen! Das verdanke ich dir. Ohne dich hätte ich niemals einen Fuß über seine Türschwelle gesetzt. Du bist ein richtiges Genie, Mann!"

Toni teilte die Begeisterung seines Freundes nicht. Er hatte Angst. Angst vor der Begegnung mit dem Big Boss und Angst vor dem nächsten Coup.

„Und du bist dir ganz sicher, dass sie nichts von unserer Extratour im Wiener Rathaus wissen?"

„Ich hab nichts gesagt. Kein Wort. Ich schwör's!"

„Okay. Es ist für uns beide lebenswichtig, dass sie nichts davon erfahren. Sonst wollen sie bestenfalls mitschneiden oder sie legen uns gleich um. Ist dir das klar, mein Freund?"

„Ja, Mann. Ich bin nicht teppert."

Bist du leider doch, dachte Toni. Er reichte seinem Freund eine Dose Bier. Stieß mit seinem Wasserglas mit ihm an.

„Auf uns! Prost!"

13. Donau: Russe – Nikopol

„Prost", sagte Orlando und nahm einen Schluck von dem abgestandenen Bier, das ich Daniela überlassen hatte.

„Pfui Teufel, das schmeckt ja wie Pipi."

„Kein Mensch hat dir angeschafft, das zu trinken", sagte ich.

„Entschuldige. Ist dir eine Laus über die Leber gelaufen oder warum bist du so grantig, Kafka?"

„Ich bin nicht grantig. Ich bin es nur leid, mir deine ewige Meckerei anzuhören. Nichts passt dir an dieser Reise. Es wäre gescheiter gewesen, wenn ich diesen Job allein angenommen und dich in Wien gelassen hätte."

„Da magst du durchaus recht haben. Mir wäre einiges erspart geblieben."

„Hört auf zu streiten. Das bringt doch nichts", sagte Daniela und ging aufs Klo.

Kaum hatte sie die Tür hinter sich zugemacht, fauchte mich Orlando an: „Ich habe dieses Detektivspielen gründlich satt!"

„Glaubst du, ich etwa nicht? Ich kann keine Toten mehr sehen."

„Aber du ziehst Verbrechen buchstäblich an. Verfügst anscheinend wirklich über den sechsten Sinn. Spürst und riechst es, wenn es bei einem Todesfall nicht mit rechten Dingen zugeht."

„Hör auf mit dem Quatsch, Orlando. – Lass uns lieber an Deck gehen. Wir werden gleich losfahren."

„Du musst es ihr sagen, wenn der Tote, den du gesehen hast, ihr Freund war."

„Ich weiß. Lass mir ein wenig Zeit. Ich fürchte mich vor ihrer Reaktion."

Daniela kam nicht mit uns nach oben. Sie wollte sich vor ihrem Dienstbeginn ein bisschen ausruhen.

Orlando und ich schauten am Sonnendeck dabei zu, wie die MS Kaiserin Sisi in Russe ablegte.

„Wasser, nichts als Wasser", sagte Orlando. Er klang deprimiert.

Ohne einen Großteil der Passagiere fuhren wir stromaufwärts nach Nikopol. Dort würden wir sie gegen Abend wieder an Bord nehmen.

Mit großer Langsamkeit bewegte sich unser Schiff auf den fast immer gleichen Horizont zu. Der Strom war jetzt breit und mächtig. Das Wasser dunkelgrün und unergründlich.

Zur Mittagsstunde wurde das Licht ockerfarben, der Himmel tiefblau und wolkenlos.

Mit offenen Augen begann ich von einer anderen Bootsfahrt auf der Donau zu träumen, die allerdings wesentlich stürmischer und aufregender verlaufen war.

Mein Jugendfreund Toto und ich hatten uns mit dem kleinen Boot seines Vaters zu weit auf den Strom hinaus gewagt. Als der schwache Außenbootmotor seinen Geist aufgab, wurden wir von der starken Strömung mitgerissen. Obwohl wir beide gute Schwimmer waren, wagten wir es nicht, ins Wasser zu springen und ans Ufer zu schwimmen. Wir wollten das Boot nicht aufgeben, hatten zu viel Angst vor Totos Vater, der ein sehr jähzorniger Mann war. Ich sah uns schon bis zum Eisernen Tor hinunter treiben und dort an den Felsen zerschellen. Es hatte uns etwa zwei, drei Kilometer abgetrieben, bis Toto es schaffte, eine der Bojen, die die Fahrtrinne begrenzten, mit dem zu einer großen Schlinge verknoteten Seil zu erwischen. An die nächsten Stunden, die wir bis zu unserer Rettung durch ein Patrouillenboot der Wasserpolizei halbnackt und eng umschlungen auf dem Boden des kleinen Bootes verbrachten, erinnerte ich mich besonders gerne.

Es war mir nicht lange vergönnt, mich meinen Tagträumen hinzugeben.

„Links ist Bulgarien und rechts Rumänien, oder?“ Orlando schien sich zu langweilen, obwohl die Landschaft lieblicher und reizvoller wurde. Sanfte Hügel erschienen am linken Ufer. Dahinter malten sich höhere Bergkuppen ab.

Manche der Holzhütten auf der bulgarischen Seite waren mit Blumenkästchen geschmückt oder von kleinen gepflegten Gärten umgeben. Ich vermutete, dass es sich nicht um Fischerhütten, sondern um Wochenendhäuschen handelte.

Die Dörfer, an denen wir vorbeifuhren, machten zwar einen sehr ärmlichen Eindruck, sahen aber hübscher aus als die Orte, die wir in Rumänien gesehen hatten. Dabei hatte ich gedacht, dass es den Bulgaren wirtschaftlich noch schlechter ginge als den Rumänen. Vielleicht hatte das Aussehen der Dörfer nicht unbedingt allein mit der wirtschaftlichen Situation eines Landes zu tun?

Die wenigen Passagiere, die den Ausflug nicht mitmachten, genossen den strahlend schönen Spätsommertag auf den Liegen an Deck.

Daniela hatte allein Tagdienst in der Bar.

Ich fragte sie, ob ich ihr helfen solle.

Sie schüttelte den Kopf.

„Wenn ich diese Kreuzfahrt nicht überlebe, versprich mir, dass du die Polizei verständigen wirst", sagte sie.

Ihre theatralische Art war mir unangenehm.

„Sei nicht albern, Daniela. Wer sollte es auf dich abgesehen haben?"

„Wenn ich das wüsste, würde ich deine Hilfe nicht brauchen."

„Ach komm, wer könnte dir etwas antun wollen?"

„Ich habe keine Ahnung. Aber irgendjemand will mich töten. Ich spür das."

„Ich werde auf dich aufpassen, okay?", sagte ich, um sie zu beruhigen. Irgendwie war es ja verständlich, dass sie nach Adrians Verschwinden leicht paranoid war.

Orlando und ich mussten weder bei der Mannschaftsbesprechung dabei sein, noch mussten wir uns an den Reinigungsarbeiten beteiligen.

Endlich hatten wir einmal ein paar ruhige Stunden.

Ich mixte uns zwei Shirley Temples. Wir setzten uns mit den Drinks in die bequemen Lederfauteuils in der klimatisierten Bar, während die anderen an Deck schwitzten.

„Ziemlich primitives Publikum für eine Kreuzfahrt, findest du nicht auch?", fing Orlando zu ätzen an, als Daniela ein Tablett voller Biergläser nach oben schleppte.

„Du bist und bleibst ein verdammter Snob. Sind doch nette Pensionisten-Ehepaare darunter. Bestimmt haben sie ihr Leben lang hart gearbeitet. Und jetzt gönnen sie sich halt mal eine Kreuzfahrt."

„Ich meine ja nicht die Alten."

„Es sind hauptsächlich alte Leute an Bord. Oder redest du von den paar mittelalterlichen verschrobenen Naturfreaks und Vogelliebhabern?"

„Nein, die sind eher witzig."

„Ah, dann findest du also den frühpensionierten Ministerialbeamten und das junge Pärchen auf Hochzeitsreise, das sich von den anderen gern absondert, primitiv?“

„Nein ..., hör auf, Kafka. Ich habe es ja nicht böse gemeint.“

„Dann hör du auf, zu verallgemeinern. Wir haben sogar zwei Intellektuelle an Bord. Die eine Dame aus Wien ist Kunsthistorikerin und der ältere Deutsche, der andauernd alles fotografiert und filmt, ist angeblich ein Universitätsprofessor und Ornithologe. Tja, und der Rest sind halt ein paar wohlhabende Leute mit Gehproblemen. Ach ja, nicht zu vergessen die fünfundachtzigjährige Mutter mit ihrer sechzigjährigen Tochter, die andauernd miteinander streiten, und natürlich deine Lieblinge, dieses schwule Pärchen, das du von Anfang an als Krethi und Plethi bezeichnet hast.“

„Du musst zugeben, dass sie unmöglich aussehen. Dieser Safari-Look ist auf einer Donaukreuzfahrt wirklich nicht comme il fault. Heute haben sie wieder ihre Bermudas an und wie immer Socken zu den Sandalen, damit sie keine Blasen bekommen. Das ist ein absolutes No-Go, Kafka, da kannst du sagen, was du willst.“

Es waren dreiundvierzig Passagiere auf dem Schiff, das für hundertvierzehn Personen zugelassen war. Mittlerweile kannte ich jeden. In der Nachsaison kostete die Kreuzfahrt zwei Drittel vom Normalpreis, trotzdem hatte der Reiseveranstalter sie nicht voll gekriegt.

„Dein geliebter Onkel hat uns mit diesen Jobs keinen großen Gefallen getan. Wir hakeln wie die Blöden ...“

„Mach mal einen Punkt! Wir hocken hier seit einer Stunde in der Bar und schlürfen unsere Cocktails. Nennst du das harte Arbeit?“

„Wir arbeiten in nur zwei Schichten und abends ist wirklich viel los. Denk daran, dass wir keine Überstunden bezahlt bekommen. Und die Trinkgelder kannst du sowieso vergessen. Glaubst du im Ernst, diese Leute legen am Ende der Reise einen Hunderter in das anonyme Kuvert? Wir verdienen wesentlich weniger als zuhause, das sage ich dir!“

Ich überlegte, ihm endlich zu gestehen, dass Sandor uns wegen der merkwürdigen Vorgänge auf dem Schiff an Bord geholt hatte. Aber Orlando war dermaßen schlecht gelaunt, dass ich es lieber bleiben ließ.

„Verglichen mit den Matrosen haben wir es richtig gut. Die schuften Tag und Nacht und bekommen ein Drittel von dem bezahlt, was wir kriegen. Kannst du dir das vorstellen? Das sind richtige Sklaven.“

„Woher weißt du das?“

„Ich bin eben kommunikativ und unterhalte mich auch mit Subalternen.“

„Hey, welcher von den Typen gefällt dir denn? Der große Rumäne mit dem Vollbart, der dir gestern gezeigt hat, wie man am schnellsten ins Rettungsboot gelangt? Du weißt, dass die Mannschaft bei einem Unglück bis zum bitteren Ende an Bord ausharren muss und erst zum Schluss das Schiff verlassen darf. Der allerletzte ist übrigens immer der Kapitän.“

„Du nervst, Kafka!“

„Sag schon, welcher von den armen Sklaven ist das neue Objekt deiner Begierde?“

„Lass mich in Frieden.“

Ich pflanzte ihn weiter.

Er wollte mit der Sprache nicht herausrücken. Da mir dieses Geplänkel allmählich zu langweilig wurde, fragte ich ihn, was er von unserer neuen Kabinengenossin Daniela hielt.

„Sie ist okay. Ein bisserl nuttig, so wie fast alle Mädels an Bord. Ausgenommen du, aber du bist ja kein Mädel mehr.“

„Danke für das Kompliment."

„Sei nicht teppert, Kafka. Ich könnte mir durchaus vorstellen, dass diese jungen Dinger den männlichen Passagieren ein zusätzliches Service anbieten."

„Komm, hör auf. Gerade hast du festgestellt, dass sich nur Spießer an Bord befinden."

„Und die treiben es nicht gern mit Nutten? Darf ich dich daran erinnern, dass auch Kriminelle meist fürchterliche Spießer sind? Denk nur an den Fall Fuchs und den schrecklichen Fritzl."

„Das waren, beziehungsweise sind, Psychopathen."

„Wo ist da der Unterschied?"

„Gehen wir essen", sagte ich.

Zu Mittag aßen wir wie üblich mit den anderen Besatzungsmitgliedern in der Küche.

Da nur wenige Passagiere an Bord waren, hatte sich der Koch nicht viel einfallen lassen. Er stammte aus Niederösterreich, wie ich inzwischen erfahren hatte.

Es gab eine fast ungenießbare, weil versalzene, Brokkolicremesuppe und Schinkenfleckerl als zweite Vorspeise.

Ich ließ die Suppe stehen und rührte die Schinkenfleckerl kaum an. Das Schnitzel vom Schwein schmeckte wie alle Schnitzel vom Schwein eben schmecken. Der Erdäpfelsalat war schwer in Ordnung. Fast so gut wie der meiner Mutter.

Sandor hielt Hannes für einen ausgezeichneten Koch, meinte allerdings, dass er extrem launenhaft wäre. Wenn er schlecht drauf sei, pantsche er halt irgendwas zusammen, hatte Sandor gesagt. Heute hatte der Koch offenbar extrem üble Laune.

Die Nachspeise, eine sehr geil aussehende rosa Torte, verschmähte ich ebenfalls, obwohl Orlando nach dem ersten Bissen voll des Lobes war: „Dieser wunderbare

Patissier hat sich selbst übertroffen“, schwärmte er so laut, dass ihn jedermann in der Küche hören konnte.

Der Patissier stand zufällig gerade in unserer Nähe. Er lächelte zu uns herüber.

Hörte ich das Gras wachsen? Nein, der sehnsüchtige Blick, den Orlando in Richtung des feschen, feminin wirkenden Ungarn warf, war eindeutig. Nicht einer von den strammen Matrosen, sondern dieser eher weichliche Konditormeister mit unübersehbarem Bauchansatz hatte es also meinem Freund angetan. Ich war verblüfft. Seit wann hatte sich sein Beuteschema verändert?

Nach dem Essen ließen wir Daniela weiter allein in der Bar und legten uns kurz aufs Ohr.

Der Abenddienst würde anstrengend werden. Nach den Ausflügen waren die Passagiere meistens besonders durstig und vor allem sehr redselig.

Ich konnte nicht einschlafen. Müde zu sein, war eine Sache. Schlaf zu finden, eine ganz andere. Sobald ich auf die Luke blickte, erschien das Bild des Toten vor meinen Augen.

Mir war zum Heulen zumute.

Orlando schien tatsächlich über telepathische Fähigkeiten zu verfügen. „Du ziehst den Tod wirklich an, Kafka. Irgendwas stimmt nicht mit dir“, sagte er leise.

„Verdammt noch mal, was kann ich denn dafür? Ich habe den armen Kerl nicht umgebracht.“

Orlando setzte sich zu mir aufs Bett und tätschelte meine Hand.

„Ich weiß, es ist nicht deine Schuld. Aber was sollen wir jetzt machen? Der nächste Hafen, den wir anlaufen werden, ist Belgrad. Sollen wir die Polizei dort verständigen?“

„Nein. Da der Junge von niemandem, außer seiner Freundin, vermisst wird und offensichtlich illegal an Bord war, würde es nichts bringen, wenn wir die serbische Polizei einschalten. Wir haben ja keine Beweise, dass

Adrian jemals an Bord war. Meine Geschichte werden sie kaum glauben, selbst du hattest massive Zweifel. Und Daniela ist auch eine Romni. Ihre Aussage wird vor den serbischen Behörden ebenso wenig gelten wie meine. Und die anderen Besatzungsmitglieder werden schweigen, weil sie ihren Job nicht verlieren wollen. Sandor hat mich bereits vor den kriminellen Machenschaften auf der MS Kaiserin Sisi gewarnt."

„Waaas?"

„Ja, deswegen hat er uns an Bord geholt. Er vertraut auf unsere detektivischen Fähigkeiten."

„Ihr Kafkas seid alle verrückt."

„Mein Onkel heißt nicht Kafka, sondern Barko. Das war auch der sogenannte Mädchenname meiner Mutter."

„Kafka oder Barko oder wie auch immer – ist doch egal. Ihr spinnt alle komplett! Nichts für ungut, Kafka, wir haben einiges miteinander erlebt, aber wir sind keine professionellen Detektive. Womöglich haben wir es hier mit der berüchtigten Ost-Mafia zu tun."

Ausnahmsweise schien Orlando vernünftiger zu sein als ich. Trotzdem warf ich ein: „Meinst du die rumänische, die moldawische, die ukrainische, die serbische oder die ungarische Mafia?"

„Mafia ist Mafia."

„Da hast du auch wieder recht. Was sollen wir bloß tun?"

„Eine Runde schlafen. Danach halten wir Kriegsrat, wie unser indianischer Freund Simon sagen würde."

Die Erinnerung an den wunderbaren indianischen Detektiv, den ich im letzten Frühjahr in Las Vegas kennengelernt hatte, ließ mich von schönen Nächten in der Wüste träumen.

Kurz bevor wir uns am späteren Nachmittag für den Dienst umziehen mussten, klagte Orlando über schreckliche Bauschmerzen.

„Ich hab Dünnschiss …“, jammerte er, als er von der Toilette zurückkam.

„Kein Wunder bei diesem Fraß. Daran ist garantiert diese zuckerlrosa Torte Schuld. Die sah wirklich verdächtig aus.“

„Bitte nicht, Kafka, ich muss mich gleich übergeben …“

„Ich habe Kohletabletten dabei. Schluck am besten zwei auf einmal.“

Orlando griff nach der Wasserflasche, um die Tabletten hinunterzuspülen, seine Hände zitterten und sein Gesicht war bleich.

„Ich werde Daniela bitten, deinen Dienst zu übernehmen. Sie hat heute Nachmittag sowieso nicht viel zu tun gehabt. Es wird schon irgendwie gehen. Leg dich hin und versuche zu schlafen.“

„Ich werde kein Auge zumachen. Habe Angst, nicht mehr aufzuwachen. Ich glaube, ich muss sterben. Irgendjemand will mich vergiften.“

„Sei nicht so teppert. Warum sollte dich jemand vergiften wollen? Außerdem stirbt man nicht so schnell. Vielleicht solltest du einen Joint rauchen, um dich zu beruhigen.“

„Hast du was mit?“ Plötzlich schien er putzmunter zu sein.

„Nein. Aber Daniela hat was zu rauchen dabei.“

„Her damit“, sagte er.

Als ich ihm vorwarf, sich vor der Arbeit drücken zu wollen, schwieg er beleidigt.

„Manchmal hasse ich dich, Kafka!“

14. Wien

„Ich hasse es, nach der Pfeife von jemand anderem tanzen zu müssen“, sagte Toni.

„Was willst du sonst machen, Mann? Er ist der Boss.“

Bevor sie in den dreizehnten Bezirk aufbrachen, versenkte Toni, ohne dass Marko es merkte, den Schlüssel für das Gepäckfach am Westbahnhof in einer offenen Milchpackung.

Sie nahmen die U-Bahn. Stiegen in Hietzing auf die Straßenbahnlinie 60 um.

Marko war bester Laune, alberte mit kleinen arabischen Mädchen herum.

Die hübschen schwarzäugigen Kinder waren hingerissen von seinen Zaubertricks. Er ließ ihre Haarspangen und Armreifen verschwinden, verwandelte sie in Euro-Münzen.

Toni hatte momentan für die kindischen Späße seines Kumpels keine Geduld.

„Kein Wort über die Gala im Rathaus“, zischte er Marko, kurz bevor sie ausstiegen, zu.

„Das sagst du mir jetzt schon zum hundertsten Mal. Sei nicht so nervös, Mann. Alles paletti.“

„Wer weiß.“

„Keine Angst. Ich hab mein Maul gehalten.“

„Dann ist ja alles gut.“

Sie verließen die Straßenbahn. Gingen ein paar Meter stadtauswärts. Vorbei an einem Espresso. Kurz danach bogen sie in eine kleine Sackgasse ein.

„Die Villa des Chefs ist angeblich die zweite auf der linken Seite“, sagte Marko.

„Wie heißt der Boss eigentlich?“

„Das weißt du nicht?“

„Nein. Du redest immer nur vom Chef oder vom Big Boss.“

„George Negrescu. Er ist einer der wichtigsten Capos der rumänischen Mafia. Scheißreich und unheimlich clever. In der Hierarchie rangiert er ganz hoch oben.“

„Bin gespannt auf ihn.“

„Sei bloß höflich. Mach ja keinen deiner blöden Schmähs, Mann.“

„Keine Angst. Ich weiß, dass Kriminelle meistens völlig humorlos sind. Die Ungarn behaupten, dass die rumänische Mafia berüchtigt dafür ist, ungemein brutal zu operieren. Dabei sind wir Ungarn auch nicht gerade zimperlich. Stimmt's mein Freund?“

„Schrei nicht so, Mann! Genau diese Art von Schmäh hab ich gemeint.“

Außer ihnen war kein Mensch in der kleinen Gasse zu sehen. Ein paar teure Wagen parkten vor den Hauseingängen.

Toni drückte auf den Klingelknopf am Gartentor.

Die alte Villa sah von außen nicht sehr spektakulär aus. Sie stammte aus dem späten 19. Jahrhundert und war von hohen Bäumen umgeben. Den Bodyguard, der im Schatten neben der Haustür stand, hätte Toni fast übersehen. In seinem dunkelbraunen Anzug hob er sich kaum von den Baumstämmen ab. Als sich der Muskelprotz dem Tor näherte, wurde Toni flau im Magen.

Der Mann tastete sie beide ab. Ohne ein Wort zu verlieren, führte er sie ins Haus.

Marmor, Gold, ein Lüster aus Muranoglas und wertvolle Orientteppiche empfingen sie im Vorzimmer. Beim Anblick des imposanten Wohnzimmers, verschlug es ihnen die Sprache: ein etwa sechzig Quadratmeter großer Salon mit einer fünf Meter hohen Decke. Ein weiterer Kronleuchter aus Muranoglas und riesige französische Doppeltüren, die zum Garten hinter dem Haus führten.

Das Mobiliar war modern und geschmackvoll. Alles war in Schwarz-, Beige- und Grautönen gehalten. Keine leuchtenden Farben. Nur an den Wänden hingen einige wenige farbenfrohe, abstrakte Bilder.

Vor allem Marko schien schwer beeindruckt zu sein.

„Mach den Mund wieder zu." Toni war sichtlich bemüht, cool zu wirken. Steuerte geradewegs auf einen der Lederfauteuils zu.

Sie waren mit dem Laufburschen allein in dem großen Salon.

„Setzt euch", sagte plötzlich jemand in ihrem Rücken.

Betont langsam drehte Toni sich um.

Der Mann, der hinter ihnen den Raum betreten hatte, war mittelgroß, schlank und wirkte durchtrainiert. Er trug einen eleganten, anthrazitfarbenen Anzug. Toni tippte auf Armani. In seinem kurz geschnittenen Haar zeigte sich keine einzige graue Strähne.

Sein jugendliches Aussehen überraschte Toni. Entweder war der Typ das Ergebnis einiger Schönheitsoperationen oder er hatte tatsächlich noch keine Vierzig am Buckel.

Negrescu wirkte nicht unsympathisch, hatte ein offenes, freundliches Gesicht. Im Gegensatz zu Vladimir, der knapp hinter seinem Chef hereingekommen war. Vladimirs Gesicht war voller Akne-Narben. Außerdem hatte er eine Halbglatze, eine schiefe Knollnase und ein vorspringendes Kinn.

Toni streckte dem Chef seine Hand hin und stellte sich selbst vor. „Und das ist mein Freund Marko."

„Ich weiß, wer ihr seid." George Negrescu musterte Toni von Kopf bis Fuß. Nicht herablassend, nicht unfreundlich, sondern schlicht und einfach prüfend.

Mit einem Wink verabschiedete er den Mann, der sie hereingelassen hatte.

„Vladimir, gib Bescheid, dass man uns Kaffee bringen soll. Ihr trinkt einen Kaffee? Mit Milch und Zucker?“

Toni nickte und setzte sich dem Boss gegenüber in einen der bequemen Lederfauteuils.

Er wollte sich eine Zigarette anzünden, sah aber keinen Aschenbecher.

Negrescu warf ihm einen missbilligenden Blick zu.

„Nichtraucherhaushalt, okay“, murmelte Toni und steckte seine Zigarette zurück in die Schachtel.

„Ja, danke, Chef. Ich hätte gern einen Kaffee. Vielen Dank!“, stammelte Marko, bevor auch er sich hinsetzte.

Es fehlt gerade noch, dass dieser Schleimer salutiert, dachte Toni.

Der Kaffee wurde von einer hübschen, schwarzen Frau in einem extrem kurzen Minirock, der kaum ihren Po bedeckte, auf einem silbernen Tablett serviert. Sie reichte ihnen verschiedene Arten von Zucker und ein Kännchen Milch zum Kaffee. So lautlos wie sie gekommen war, verließ sie den Raum wieder.

Marko fielen fast die Augen aus dem Kopf. Er nahm sowohl von dem braunen als auch von dem weißen Zucker. Der Löffel drehte sich endlos lange in seinem Kaffee. Es war das einzige Geräusch.

Toni schlug seine Beine übereinander und wippte ungeduldig mit dem linken Fuß.

Rasch nippte Marko an seinem Kaffee. Seine Hände zitterten.

Vladimir ließ Toni nicht aus den Augen.

„Wie euch Vladimir bereits am Telefon mitgeteilt hat, werdet ihr den Überfall im Goldenen Quartier wiederholen. Diesmal zur Mittagszeit.“

Toni war nicht begeistert von dieser Idee. Wagte aber nicht gleich zu widersprechen.

Als das Schweigen unangenehm zu werden drohte, sagte Marko: „Machen wir, Mann ..., Chef, wollte ich ..."

„Was meinst du?", wandte sich Negrescu, Markos Worte ignorierend, an Toni.

„Kommt darauf an, welchen Juwelier Sie im Auge haben. Ich halte es nicht für sehr erfolgversprechend, denselben Laden auszuräumen."

„Davon war nie die Rede. Ihr nehmt euch einen Juwelier am Stephansplatz vor."

Toni wollte einwerfen, dass der Stephansplatz nicht zum Goldenen Quartier gehöre, doch Negrescu fuhr fort: „Dort ist um die Mittagszeit immer die Hölle los. Keiner wird auf euch achten."

„Es geht um die Fluchtmöglichkeit", warf Toni ein.

„Genau deswegen ist das der beste Ort für so einen Coup. Die U-Bahn ist noch näher als am Kohlmarkt. Vladimir wird in der Station auf euch warten. Ihr drei macht alles so wie letztens. Hat ja hervorragend geklappt. *Never change a winning team* – so sagt man doch, oder?"

Toni war von der Aussicht, wieder mit diesem Arschloch zusammenarbeiten zu müssen, nicht sehr angetan. Ihm wollte jedoch partout kein Argument einfallen, warum sie dieses Mal auf Vladimirs Hilfe verzichten könnten.

Schweigend sah er sich den Plan des Juwelierladens an, den Vladimir ihm reichte.

„Könnte klappen", murmelte er nach einer Weile. „Aber keine Waffen!"

Der Chef erhob sich, klopfte Toni auf die Schulter: „Alles klar?"

Sein Lächeln ist richtig charmant, dachte Toni.

„Trinkt euren Kaffee und besprecht die Details in Ruhe mit Vladimir."

Nach diesen Worten verließ er den Salon.

Toni stand ebenfalls auf. Er wollte so schnell wie möglich dieses Haus verlassen. Er fühlte sich nicht wohl. Hatte Kopfschmerzen. Mit Vladimir zu reden erschien ihm außerdem sinnlos.

„Ich muss kurz was mit ihm bequatschen", sagte Marko. Er blickte Toni ängstlich an.

„Okay, ich warte im Vorgarten auf dich. Möchte eine rauchen."

Diese Zigarette werde ich noch bereuen, dachte er, als er sich vor dem Haus eine anzündete. Er bot auch dem Muskelprotz, der wieder seine Position neben der Eingangstür bezogen hatte, eine Zigarette an.

Mit einer verächtlichen Grimasse lehnte der Gorilla ab.

Der ganze Besuch hatte nicht länger als fünfzehn Minuten gedauert. Toni kam es vor, als hätte er Stunden in dieser alten Villa verbracht.

„Vladimir erinnert mich an einen Aasgeier. Hast du bemerkt, wie er uns die ganze Zeit angestarrt hat?", fragte Toni seinen Freund am Weg zur Hietzinger Hauptstraße.

Es hatte zu nieseln begonnen. Sie schlugen die Krägen ihrer Jacken hoch.

Vergeblich versuchten sie ein Taxi anzuhalten. Die wenigen, die vorbeifuhren, waren besetzt.

Toni fühlte sich nicht wohl. Er hatte immer noch schreckliche Kopfschmerzen.

Seit sie die Villa verlassen hatten, plapperte Marko wie aufgezogen.

Endlich hielt ein Taxi neben ihnen.

Der Fahrer schien ebenso redselig zu sein wie Marko. Sein Wortschatz war nicht minder begrenzt. „Scheiß-Wetter, Scheiß-Radfahrer, Scheiß-Politiker, Scheiß-Frauen am Steuer ..."

Marko stimmte in sein Geschimpfe mit ein.

Tonis Schädel drohte zu platzen. In scharfem Ton gebot er beiden den Mund zu halten.

Den Rest der Fahrt herrschte beleidigtes Schweigen im Wagen.

15. Donau: Nikopol – Vidin

Daniela übernahm schweigend Orlandos Schicht. Ich hatte den Eindruck, dass sie froh war, arbeiten zu können.

„Hast du inzwischen mehr über Adrians Verschwinden herausgefunden?", fragte ich sie.

Sie verneinte.

Wie sollte ich dieser jungen Frau bloß beibringen, dass ihr Liebster tot war? Ich brachte es nicht übers Herz. Stattdessen fragte ich sie, ob sie nach wie vor nicht wisse, warum Adrian gehofft hatte, demnächst reich zu werden.

Sie schüttelte den Kopf.

Hatte sie tatsächlich keine Ahnung? Oder verschwieg sie mir etwas? Sie schaute mir nicht in die Augen, machte sich an der Kaffeemaschine zu schaffen.

„Auf diesem Schiff gehen Dinge vor sich, die Menschen wie du nur aus Hollywoodfilmen kennen", flüsterte sie.

„Aus Kriminalfilmen, meinst du wohl", entgegnete ich, da ich mich nicht gern für blöd verkaufen ließ."

Sie stellte die beiden koffeinfreien Kaffees aufs Tablett und verließ wortlos die Bar Richtung Oberdeck.

In diesem Moment sah ich Ivo an der Bar vorbeihuschen. Seit dem Tag, als ich in ihrer Kabine herumgeschnüffelt hatte, gingen mir die Matrosen aus dem Weg.

Ich lief dem Jungen nach, bekam ihn am Sweater zu fassen und drängte ihn in eine Ecke am unteren Ende des Stiegenaufgangs.

„Warum hast du mich letztens nicht verraten?"

Er grinste nur blöd.

„Adrian ist tot. Und ihr wisst das alle. Warum schweigt ihr?"

Er zuckte mit den Achseln.

„Woher habt ihr das Crystal Meth?"

Plötzlich starrte er auf einen Punkt über mir.

Rasch drehte ich mich um.

Der Erste Offizier kam schnellen Schrittes die Stiegen herunter.

Ivo riss sich los und rannte davon.

Theodor Spiridon grüßte mich knapp und eilte ebenfalls weiter.

Hatte ich etwas verpasst?

Irritiert ging ich zurück in die Bar.

Eine ältere Dame saß jetzt an der Theke. Die allein reisende Wienerin war mir schon früher positiv aufgefallen. Sie gehörte zu den wenigen angenehmen Gästen, die sich nie beschwerten und das Servicepersonal immer höflich behandelten. Bernhard hatte einmal kurz erwähnt, dass sie Kunsthistorikerin sei und mit Vornamen Elisabeth hieß. Sie hatte an der Wiener Akademie für Bildende Künste unterrichtet und war seit ein paar Jahren in Pension.

Ich entschuldigte mich, dass ich sie hatte warten lassen und fragte sie nach ihren Wünschen.

„Kein Problem. Ich brauche heute ausnahmsweise etwas Stärkeres zur Beruhigung", sagte sie.

„Meine Spezialität sind Mojitos, das ist ein klassischer kubanischer Cocktail. Kubanischer Rum, brauner Zucker, Limette, frische Minze und Soda."

„Klingt gut."

„Auf Ihr Wohl", sagte ich, als ich ihr ein gut eingeschenktes Glas mit viel Eis reichte, weil ich befürchtete, der Drink könnte so einer netten, nicht mehr ganz jungen Dame doch etwas zu stark sein.

Sie regte sich darüber auf, dass die Stadtverwaltung das Elternhaus des großen alt-österreichischen Dichters Elias Canetti in Russe einfach verfallen ließ.

„Ich habe gelesen, dass sie es angeblich absichtlich nicht sanieren, damit die Atmosphäre von damals spürbar bleibt“, warf ich ein.

„So ein Unsinn!“

„Fürchte ich ebenfalls. Irgendwann wird das alte Haus einstürzen.“

Wir unterhielten uns dann recht angeregt über die Sprachen- und Völkervielfalt in Russe zu Canettis Zeiten.

„In dieser Stadt lebten einst nicht nur Bulgaren, sondern auch viele Juden, Deutsche, Rumänen, Griechen, ja sogar Russen und Türken“, sagte sie.

„Canetti schrieb in Die gerettete Zunge: ‚... wenn jemand die Donau hinauf nach Wien fuhr, sagte man, er fährt nach Europa, Europa begann dort, wo das türkische Reich einmal geendet hat ...‘“

„Sie sind keine Kellnerin“, unterbrach sie mich.

„Bin ich. Oder besser gesagt, ich bin Barkeeperin.“

„Das können Sie jemand anderem erzählen.“

„Wieso, weil ich Canetti lese?“

Mein Schmunzeln entschärfte meinen Ton.

„Verzeihen Sie, ich wollte Ihnen nicht zu nahe treten.“

„Ich habe Geschichte studiert“, gestand ich.

„Drei Halbe, ein bisserl dalli, dalli, wenn ich bitten darf, schöne Frau“, unterbrach mich einer der weniger sympathischen Passagiere.

Meine Gesprächspartnerin wartete geduldig bis ich die Biere gezapft hatte.

Der beschwipste Gast wollte die Getränke selbst mit aufs Sonnendeck nehmen.

Ich bestand darauf, sie ihm von Daniela bringen zu lassen. Sagte, ich hätte keine Lust auf Glasscherben und Bierpfützen.

Elisabeth quittierte meine energischen Worte mit einem halblauten: „Bravo. Dem haben Sie es gegeben."

Als wir wieder allein waren, begann sie, mir vom Rest des heutigen Ausflugs vorzuschwärmen.

„Veliko Tarnovo hat mich an griechische Städte im Epirus erinnert. Sie haben wirklich etwas versäumt. Diese ausgesprochen hübsche Stadt liegt sehr malerisch an den steilen Hängen über den Windungen eines Flusses. Wir haben die spektakuläre Festung besichtigt, und ich habe es sehr genossen, durch die engen Gassen mit den kleinen Läden und Werkstätten zu schlendern, obwohl es ständig bergauf, bergab ging und meine kaputte Hüfte mir ganz schön zu schaffen machte. Die Einheimischen waren sehr freundlich und höflich zu uns Touristen. Sie starrten uns weder neugierig an, noch drängten sie sich uns auf. Ich habe überhaupt den Eindruck, dass die Bulgaren ein sehr freundliches Volk sind."

„Ich hätte diesen Ausflug gerne mitgemacht. Aber wir durften nicht von Bord."

„Warum nicht?"

„Keine Ahnung. Befehl des Kapitäns."

Sie berichtete mir auch von ihren Einkäufen. Ihr ganzer Stolz war ein großer Schmortopf, den sie um zehn Euro erstanden hatte.

„Verzeihen Sie, ich schwatze und schwatze, während Sie im Stress sind", sagte sie und machte Anstalten, den Barhocker hinunterzugleiten.

„Bitte bleiben Sie. Ich höre Ihnen gerne zu. Ich erledige nur schnell die nächste Bestellung."

„Der absolute Höhepunkt des heutigen Tages war der Ausflug in das Dorf Arbanasi. Zumindest für mich. Die gut erhaltenen uralten Fresken in der kleinen Christi Geburt Kirche waren das Eindrucksvollste, was ich auf all meinen Reisen in den letzten Jahren gesehen habe. Fünftausend Figuren in drei kleinen Räumen, das müssen Sie sich mal vorstellen! In einem der Räume wurden die Heiligen sogar in Lebensgröße dargestellt. Die Villa des früheren Ministerpräsidenten Todor Schivkov, die zu einem Hotel umgebaut worden ist, hat mich weniger interessiert. Ich ging dort nur auf die Toilette."

Ich lachte und sie fiel in mein Lachen mit ein.

Bernhard drückte sich schon den ganzen Abend in der Nähe der Bar herum, schien aber zu sehr von den Passagieren in Anspruch genommen, um mit mir ein paar Worte zu wechseln. Vielleicht hatte er auch Scheu, Elisabeth und mich zu unterbrechen? Oder wollte er aus irgendeinem anderen Grund nicht mit mir reden?

Sandor spielte genau eine Stunde lang ungarische Weisen. Das gleiche Programm wie gestern. Es war ohnehin egal, was er spielte. Keiner schien ihm zuzuhören.

„Ihr Onkel ist ein großer Virtuose auf der Violine", bemerkte die Kunsthistorikerin.

Woher wusste sie, dass Sandor mein Onkel war?

Anscheinend wusste auf diesem Schiff jeder über jeden Bescheid.

„Ich fürchte, ich bin etwas beschwipst. Ihr Mojito war umwerfend, im wahrsten Sinne des Wortes. Das Bett ruft", sagte Elisabeth und kicherte ein bisschen.

Kurz nachdem sie sich zurückgezogen hatte, schaute Sandor auf einen Schlummertrunk an der Theke vorbei. Ich fragte ihn, ob wir heute noch ernsthaft miteinander reden könnten.

„Morgen, Prinzessin. Ich bin müde wie ein Hund." Er trank einen kleinen Fernet und gab mir einen Gutenachtkuss auf die Stirn, bevor er sich in seine Kabine zurückzog.

Kaum war er weg, näherte sich Bernhard der Theke. Als Daniela aufkreuzte, verschwand er jedoch sofort wieder.

„Nimm dich vor ihm in Acht“, zischte sie mir ins Ohr, als sie mir die leeren Biergläser reichte.

Um ein Uhr früh verließen die letzten Gäste die Bar. Daniela und ich schlüpften leise in unsere Kabine, um den kranken Orlando nicht zu wecken.

Von Schlafen konnte keine Rede sein. Orlando hatte seine Kopfhörer auf und hörte so laut Musik, dass sogar wir die Texte verstehen konnten.

„Es geht mir besser. Habt ihr nichts zu trinken mitgebracht?“

„Soll ich dir einen Kamillentee für dein armes Bäuchlein machen“, fragte ich scheinheilig.

Selbst Daniela entkam ein kleines Lächeln angesichts Orlandos angeekelten Gesichtsausdrucks.

Sie nahm eine Flasche Wein aus ihrem Rucksack.

„Meine eiserne Ration für schlaflose Nächte“, sagte sie.

Orlando verzog das Gesicht.

„Keine Angst, darauf wird dir nicht wieder schlecht. Dieser Merlot ist einer der besten bulgarischen Roten.

Ich hatte keine Lust auf Wein. Außerdem ärgerte ich mich über diesen Tachinierer.

Ich legte mich rücklings auf mein Bett, verschränkte die Arme im Nacken und starrte auf das Bett über mir. Stellte mir vor, wie es zusammenkrachen würde, mich unter sich begraben würde. Ich war nicht gut drauf.

Daniela und Orlando quatschten halblaut miteinander. Ich konnte jedes Wort verstehen. Es ging um unterschiedliche Qualitäten und Preise von Wein, Kosmetika und Klamotten.

Am liebsten hätte ich mir Orlandos Ohrstöpsel ausgeliehen und Musik gehört. Leider haben wir nicht den gleichen Musikgeschmack. Er liebt moderne, schräge Pop-Songs, Hip-Hop und all so ein Zeug, während ich auf gute alte englische und amerikanische Rockmusik aus den sechziger und siebziger Jahren stehe.

Nachdem Daniela ihr Zahnputzglas zum zweiten Mal geleert hatte, wurde sie sehr gesprächig. Sie erzählte von Adrian, wie sie ihn vor etwa einem Jahr in Tulcea kennengelernt und ihm zu falschen Papieren und zu dem Job auf der MS Kaiserin Sisi verholfen hatte.

Ich setzte mich auf, reichte Daniela eine Zigarette und zündete mir selbst auch eine an.

Orlando griff sogleich nach dem Raumspray.

Mein böser Blick störte ihn nicht. Er besprühte uns beide mit dem fürchterlichen Vanilleduft.

„Wenn du noch Gras übrig hast, gib ihm was davon ab, damit er sich wieder beruhigt“, sagte ich zu Daniela.

„Ich hab nichts mehr, könnte aber etwas besorgen ...“, meinte sie zögernd.

Obwohl ich gern gewusst hätte, wer von der Crew ihr Dealer war, entgegnete ich: „Nein, lass es sein. Es war nur ein Scherz.“

Bevor Orlando protestieren konnte, sagte Daniela: „Bernhard ist ein Schwein. Er hat mich auf der letzten Fahrt von Wien ins Delta gezwungen, ihm einen zu blasen.“

„Waaas?“, schrie ich.

„Ja. Wir sind damals in Beograd wegen Maschinenschadens hängen geblieben. Ich hatte große Angst, dass die Serben Adrian genauer kontrollieren würden. Bestimmt hätten sie bemerkt, dass sein Pass gefälscht war. Die serbischen Polizisten sind total scharf auf Illegale. Bernhard hat anscheinend irgendwas geahnt. Jedenfalls hat er mich erpresst. Er hat gemeint, wenn Adrian und ich unsere Jobs behalten wollten, müsste ich mich dafür erkenntlich zeigen.“

Ich glaubte ihr nicht. „Schau mich an, Daniela. Ist das wirklich wahr?"

„Warum sollte ich euch anlügen?" Der Blick, den sie mir zuwarf, war schwer zu deuten.

„Das ist ja irre", warf Orlando ein. „Und hast du ...?"

Sie begann zu weinen.

„Du hast!"

„Seit ihr an Bord seid, interessiert er sich zum Glück nicht mehr für mich. Er hat es auf dich abgesehen", sagte sie schluchzend zu mir.

Irgendwas stimmte an dieser Geschichte nicht. Bernhard hatte es nicht nötig, eine junge Rumänin zu zwingen, ihm einen zu blasen. Fast alle weiblichen Passagiere waren in ihn verknallt.

Am liebsten wäre ich sofort in seine Kabine gestürmt und hätte ihn gefragt, ob er Daniela gezwungen hatte, ihm einen zu blasen. Aber so gut kannten wir uns auch wieder nicht.

„Blöderweise habe ich Adrian von Bernhards Erpressungsversuch erzählt."

„Hast du ihm auch gesagt, dass du es ihm gemacht hast?", fragte Orlando.

„Nein, bist du teppert? Trotzdem hat Adrian gedroht, diesen Deutschen umzubringen. Ich habe ihn nur mit Müh und Not davon abbringen können."

Ihre Worte verunsicherten mich. Wenn sie die Wahrheit sprach, dann brauchte ich mich nicht länger zu wundern, dass Bernhard bisher nichts wegen des verschwundenen Matrosen unternommen hatte.

„Adrian ist sehr temperamentvoll. Ich könnte mir gut vorstellen, dass er Bernhard bedroht hat und die beiden in Streit geraten sind."

„Du glaubst also, dass Bernhard deinen Freund ermordet hat?", fragte ich.

„Wer redet denn gleich von Mord? Ich nehme an, sie haben sich geprügelt und Adrian ist über Bord gefallen. Er kann, wie gesagt, nicht schwimmen!“

„Wie im Mittelalter“, murmelte Orlando. „Die Matrosen konnten damals alle nicht schwimmen, darauf legten die Reeder großen Wert. Denn ein Matrose, der schwimmen konnte, hätte das Boot verlassen können, wenn ihm der Drill und die Arbeit zu viel wurden.“

„Du scheinst ja bestens über das Leben der armen Matrosen informiert zu sein“, spottete ich.

„Bin ich tatsächlich, Süße.“

„Hast du irgendeinen Beweis dafür, dass es sich so abgespielt hat oder ist es ein bloßer Verdacht“, fragte ich Daniela.

„Ich bin mir sicher, dass es so war“, beteuerte sie und vergoss erneut ein paar Tränen.

„Ich rede von Beweisen.“

„Ich war nicht dabei. Fest steht, dass Adrian seit jener Nacht spurlos verschwunden ist. Er reagiert nicht auf meine Anrufe. Sein Handy ist tot. Es kommt nicht einmal die Mailbox.“

„Lasst uns erst mal darüber schlafen. Wir reden morgen weiter“, schlug ich vor und versprühte nun selbst Vanilleduft in unserer Kabine.

Orlando spekulierte halblaut über Bernhards Vergangenheit in Afrika: „Dieser Bernhard hat jede Menge Dreck am Stecken. Obwohl er nicht einmal ein richtiger Arzt ist, hat er an schwer kranken Schwarzen unwirksame Aids-Medikamente getestet, das hat er ja selbst angedeutet. Und die sind dann gestorben wie die Fliegen. Ich kann ihre Todesschreie fast hören ...“

16. Wien

Todesschreie, Maschinengewehrfeuer, kopflose Leichen in Blutlachen, blutige Arm- und Beinstümpfe …

Toni schreckte hoch. Er war auf dem Sessel vorm Fernseher eingeschlafen. „Mach leiser. Wir sollten den Überfall noch einmal im Detail durchgehen."

„Warte, gleich kommt die schärfste Szene." Marko sah sich einen alten, amerikanischen Horrorfilm an.

„Das Kettensägenmassaker kennst du in- und auswendig." Toni drehte den Ton selbst leiser.

„Ach Mann! Wir haben den Scheiß-Laden eh gestern unter die Lupe genommen. Drei Verkäuferinnen, ein Wachmann bei der Tür. Mit denen werden wir morgen locker fertig."

„Wir wissen nicht, ob sich hinter dem Vorhang nicht auch noch Leute befinden. Ein Uhrmacher oder ein Goldschmied, der kleinere Reparaturen vornimmt. Und der hat sicher auch ein Knöpfchen, auf das er nur drücken muss …"

„Red keinen Blödsinn, Mann!"

„Wir hatten zu wenig Zeit für die Vorbereitung. Letztes Mal habe ich den Laden vorher ordentlich inspiziert. Unser Coup morgen ist viel riskanter. In den paar Minuten, die ich drinnen war, konnte ich nicht alles überblicken. Außerdem sind die Juweliere in der Innenstadt seit unserem letzten Überfall gewarnt. Mich hat gestern nicht nur der Türsteher ganz genau gemustert. Auch die Verkäuferinnen haben mich kritisch angesehen, als ich mir ein paar Breitling-Uhren zeigen ließ."

„Ach komm, Mann. Wir machen es genauso wie letztes Mal. Du gehst zuerst rein. Bedrohst sie mit deinen Fingern. Hihi. Dann komme ich, der große Abstauber, und räume die Vitrinen aus. Die ganze Scheiße ist aufgelegt, Mann. Worüber machst du dir Sorgen?"

„Wir müssen an alles denken. Was passiert, wenn es eine der Verkäuferinnen schafft, den Alarm zu aktivieren, bevor wir fertig sind?“

„Dann knall ich sie ab.“

„Spinnst du! Niemand wird abgeknallt. Hat dir Vladimir etwa einen Revolver zugesteckt?“

„Nein. Reg dich ab, Mann.“

„Wirklich nicht?“ Toni schaute seinem Freund in die Augen.

„Nein, Mann. Wenn ich es dir sage.“ Marko blickte ihn treuherzig an.

„Na gut. Also, was machen wir, wenn eine der Tussis den Alarm auslöst?“

„Wir rennen davon. Nehmen mit, was leicht zu kriegen ist. Die haben immer ein paar Schmuckstücke oder Uhren in den Auslagen herumliegen. Da langen wir einfach zu, bevor wir abhauen.“

„Das kostet wertvolle Sekunden.“

„Scheiß dich nicht an, Mann. Wir werden das hinkriegen. – Magst nicht doch was trinken? Alkohol beruhigt die Nerven.“

Toni schüttelte den Kopf.

„Wir haben kein Bier mehr!“

„Weil du immer alle aussäufst. Selbst wenn wir eine Kiste kaufen würden, wäre sie am nächsten Tag leer.“

„Du sagst es. Ist noch Wein da? Zur Not sauf ich auch den.“

„Ich glaube ja. Sieh nach.“

Marko fand eine Flasche Weißwein im Kühlschrank und öffnete sie.

„Ich muss dir jetzt mal was sagen.“ Er stärkte sich mit einem großen Schluck. „Ich war nie ein großer Dieb. Im Gegenteil, bevor ich dich kennengelernt hab, war ich ein echter Loser. Am Anfang war ich auf junge Mütter mit Kinderwägen spezialisiert. Die sind mit ihren Schreihälsen so beschäftigt, dass sie nicht auf ihre Handtaschen aufpassen."

Toni entkam ein Grinsen.

„Was gibt's da zu lachen, Mann?"

„Nichts. Verzeih! Erzähl weiter."

„Einer der Capos auf der Mariahilfer Straße hat gemeint, ich soll für ihn arbeiten oder verschwinden. Von dem Kleingeld, das ich behalten hab dürfen, hab ich nicht leben können. Also hab ich begonnen, nebenbei auf eigene Rechnung zu arbeiten. Allerdings nicht auf der Mariahilfer Straße oder in anderen großen Einkaufsstraßen, sondern im Stadtpark und draußen in Schönbrunn. Als mich die Bullen eines Tages erwischt haben, bin ich wieder in ein Heim gekommen. Dort, wo ich boxen gelernt hab. Mein Trainer war schwer okay. Hab viel von ihm gelernt. Ich wär gern Profi-Boxer geworden. Es hat nicht sein sollen. So ein Scheiß-Typ hat mich von dort weggeholt."

„Negrescu?"

„Nein. Der war damals noch nicht in Wien. Der Mann, der mich als Schläger haben wollte, hat für die ukrainische Mafia gearbeitet. Aber das war kein Job für mich. Das Arschloch hat mich bald rausgeschmissen. Hat gemeint, ich sei ein Schwächling, ein gutmütiger Trottel. Mir würd der richtige Mordinstinkt fehlen oder was weiß ich. Ins Heim hab ich nicht mehr zurück können. Inzwischen war ich zu alt. Ich hab nicht gewusst, was ich tun soll. Mir ist nichts Besseres eingefallen, als eine Bank in Favoriten zu überfallen. Und das ist gut gegangen. Sie haben mich nicht erwischt. Hab's im Fasching gemacht. Ich weiß noch genau, es war ein Faschingsdienstag. In der Bank waren alle verkleidet. Bin mit meiner Clownmaske nicht aufgefallen."

„Dieselbe Maske ...?"

„Ja, sie hat mir Glück gebracht. In jeder Hinsicht. Als ich mir ein paar Stunden später am Naschmarkt mit der

Maske vorm Gesicht einen Kebab gegönnt hab, ist da plötzlich Gabriella vor mir gestanden und hat gelacht."

„Welche Gabriella?"

„Hab ich dir noch nie von ihr erzählt?"

„Nein. Weibergeschichten merke ich mir", sagte Toni augenzwinkernd.

„Sie ist die geilste Frau, die je gehabt hab. Eine Traumfrau, ich sag's dir, Mann. Gabriella ist kleiner als ich und ziemlich rundlich. Hat richtig was auf den Rippen, wenn du verstehst, was ich meine. Und sie ist verdammt clever. War damals ganz gut im Geschäft. Hab sie aber vom Strich weggeholt. Wollte sie für mich allein haben. Sie hat's mir gemacht wie noch keine andere davor. Ich hab mein ganzes Geld von dem Banküberfall für sie ausgegeben. Sie hat bei mir gewohnt, solange wir Geld gehabt haben. Und sie war mir treu. Ja, wirklich. Erst als uns die Kohle ausgegangen ist, hat sie wieder anschaffen gehen müssen. Und das war der Anfang vom Ende. Ich hab's nicht ausgehalten, dass sie auch mit anderen Typen herumvögelt. Hab sie manchmal sogar geschlagen, wenn sie spät in der Nacht völlig versaut heimgekommen ist. Und irgendwann, als ich gerade einmal nicht zuhause war, hat sie ihre Sachen gepackt und ist weg. Ich hab sie wochenlang gesucht. Hab mich nächtelang am Naschmarkt und auch im Prater nach ihr umgeschaut. Ich hab sie nie mehr wiedergesehen. Ist das nicht Scheiße, Mann?"

Mit Tränen in den Augen stürzte Marko das letzte Glas Wein ex hinunter.

Toni hätte seinen Freund gern getröstet. Ihm wollten aber partout nicht die passenden Worte einfallen. Es war ewig lange her, dass er selbst unter Liebeskummer gelitten hatte.

17. Donau: Eisernes Tor

Orlando war verliebt. Von heute auf morgen interessierte er sich für nichts und niemanden mehr, außer für das neue Objekt seiner Begierde. In jedem seiner Sätze kam der Name seines Angebeteten mindestens zweimal vor. „Luca meint ..., Luca hat gesagt ..., da muss ich Luca fragen ..." Ich konnte den Namen unseres Patissiers bald nicht mehr hören.

Luca war ein dreißigjähriger Ungar mit Glubschaugen und Fettansatz um die Mitte. Ich fand, dass er wie ein kleines Schweinchen aussah. Außerdem war er mir nicht ganz geheuer, seit er mich dabei erwischt hatte, wie ich die Kabine der Matrosen durchsucht hatte.

Da mit Orlando nicht mehr vernünftig zu reden war, ging ich ihm, so gut ich konnte, aus dem Weg. Aus Erfahrung wusste ich, dass dieser Zustand der Verliebtheit nicht allzu lange andauern würde.

Momentan blieb mir nichts anderes übrig, als allein Nachforschungen über das Verschwinden des Matrosen Adrian anzustellen. Selbst Onkel Sandor strengte sich nicht besonders an, mir zu helfen.

Als Ersten knöpfte ich mir den Koch vor.

Hannes stammte aus dem Waldviertel. Er war ein stilles Wasser. Redete kaum mit jemandem. Mir war aufgefallen, dass er sowohl das Küchenpersonal als auch die Kollegen vom Service ständig im Auge hatte. Ihm entging bestimmt nicht so leicht etwas.

Er war nicht unfreundlich zu mir, sondern nur sehr wortkarg. Ich musste ihm jedes Wort aus der Nase ziehen.

„Ich habe Adrian nicht näher gekannt", sagte er schließlich. „Hab gedacht, er ist abgehauen. Er war ein Querulant. Es hat öfter Probleme mit ihm gegeben."

„Welche Probleme?"

„Nichts Gravierendes."

„Streit?" Von einem Streit wisse er nichts. Oder doch. Unlängst habe er zufällig mitgekriegt, dass Adrian den Tour-Manager angegangen sei.

Ich begann langsam die Geduld mit ihm zu verlieren. „Was ist passiert?"

„Nichts. Er hat Bernhard angerempelt und mit der Faust bedroht. Der hat ihn einfach stehengelassen."

Ich wurde aus seinem Gerede nicht ganz schlau. Wollte nachfragen.

„Ich muss an die Arbeit." Hannes ließ mich allein in der Küche. Ging die schmale Wendeltreppe hinunter in den Lagerraum.

Ich überlegte, ihm zu folgen. Hätte zu gerne mal diese Räume im Untergrund inspiziert.

Plötzlich stand der Chef de Service hinter mir.

„Ah, unsere kleine Spionin hat sich das Küchenpersonal vorgeknöpft. Um Hannes zum Reden zu bringen, müsstest du ihm Daumenschrauben ansetzen. Er ist ein großer Schweiger vor dem Herrn."

Ich wusste nicht, ob ich über seinen Scherz lachen oder ihn als seltsame Anspielung betrachten sollte. Wie kam er auf die Idee, mich als Spionin zu bezeichnen und weswegen dachte er, dass mir daran gelegen sein könnte, Hannes zum Sprechen zu bringen?

Nicolai war ein Mann in meinem Alter und nicht unfesch. Er war groß, schlank, aber muskulös, hatte brünettes Haar und einen Dreitagebart. Und er galt als Spaßvogel. Ich fand seine Scherze nicht witzig, da sie immer auf Kosten anderer gingen. Nie machte er sich über sich selbst lustig. Die jüngeren Kellner hatten Schiss vor ihm und seinen zynischen Bemerkungen. Mich hatte er bisher mit seinen Witzeleien verschont.

Als ich ihn nach Adrian fragte, redete er wie aufgezogen, erzählte mir aber nichts Neues. Entweder wusste er wirklich nichts oder er verbarg sein Wissen geschickt hinter seinem Geplapper. Letzteres erschien mir wahrscheinlicher.

„Bis später“, sagte ich und versuchte, mich an ihm vorbei zu drängen.

Er versperrte mir den Weg.

„Wohin so eilig? Auf zum nächsten Verhör?“

Ich würdigte ihn keiner Antwort. Schob ihn mit beiden Händen beiseite.

Von den Matrosen ließ sich kaum einer an Deck blicken. Nur wenn wir an- und ablegten, bekam man sie bisweilen zu Gesicht. Ich beschloss, Sandor zu bitten, endlich mit den Burschen zu reden. Meine Versuche, einen von Adrians Kollegen zum Sprechen zu bringen, waren ja jämmerlich gescheitert.

Da ich keinen Dienst hatte, legte ich mich in eine Liege am Sonnendeck und schaute auf das ewig gleich dahinfließende Wasser.

Was für ein wunderschöner Spätsommertag! Ich lag auf der Backbordseite, schaute auf das bulgarische Ufer.

Plötzlich setzte sich der Erste Offizier auf die Liege neben mir.

Überrascht blickte ich ihn an.

Er erwiderte kurz meinen Blick und bot mir einen Zigarillo an. Da ich meine Zigaretten nicht dabei hatte, griff ich zu.

Wir rauchten und sahen den kleinen Wölkchen nach, die sich im Dunst der Mittagssonne auflösten.

„Bulgarien ist von allen Ländern des Ostens das unbekannteste und das ärmste. Es ist nicht nur landschaftlich sehr schön, sondern auch historisch interessant“, sagte ich, weil mich unser Schweigen nervös machte. „Fünfhundert Jahre unter osmanischer Herrschaft. Mord, Raub, Plünderungen und Vergewaltigungen waren jahrhundertelang an der Tagesordnung. Ich frage mich ernsthaft, wie die Bewohner dieses Landes so gastfreundlich und großzügig sein können."

„Sie sind eben keine fanatischen Patrioten, obwohl die meisten ihre Heimat lieben. Aber es ist eher eine kindlich-naive Liebe, denke ich."

Seit wann konnte man sich ganz normal mit ihm unterhalten? Noch nie hatte ich einen so langen vollständigen Satz von ihm gehört.

„Meine Mutter war Bulgarin."

„Sie lebt nicht mehr?"

Er schüttelte den Kopf.

„Meine Eltern sind auch tot. Sie wurden ermordet."

Ich hoffte, diese Nachricht würde ihn schockieren und aus der Reserve locken.

Er reagierte nicht darauf, sagte nach einer kleinen Pause: „Mein rumänischer Vater lebt noch. Ich habe keinen Kontakt zu ihm."

Bevor ich nachfragen konnte, warum nicht, sprach er weiter: „Die bulgarische Bevölkerung war übrigens die einzige in ganz Europa, die den Juden im Zweiten Weltkrieg geholfen hat. Als die Nazis die Regierung in Sofia dazu zwang, Juden zum Tragen des Davidsterns zu verpflichten, versuchten viele Bulgaren, die Deportierung und Vernichtung der jüdischen Bevölkerung zu verhindern. Meine Vorfahren mütterlicherseits waren Juden. Und meine Mutter hat als Kind den Holocaust in einem Keller in Sofia überlebt."

Ich wusste nicht, was ich darauf sagen sollte.

Er hatte mich bei seinen Worten kein einziges Mal angesehen. Starrte mit seinen fast schwarzen Augen die ganze Zeit aufs Wasser.

„Ich stamme mütterlicherseits von den Roma ab", sagte ich.

„Ich weiß“, sagte er. „Die Roma sind heute das Feindbild, der neue Sündenbock für die Rechten.“

Er dämpfte seinen Zigarillo im Aschenbecher aus, stand auf und ging, ohne ein weiteres Wort zu verlieren, zurück auf die Kommandobrücke.

Was für ein seltsamer Mensch!

Angesichts des wundervollen Altweibersommers, ein Indian Summer, würde mein amerikanischer Detective Simon Hunter sagen, vergaß ich bald wieder auf Theodor Spiridon und versuchte, den Anblick der sanften, harmonischen Landschaft am linken Ufer zu genießen.

Birken und Weiden trugen noch ihre grünen Blätter. Der dichte Laubwald dahinter verfärbte sich bereits in den prächtigsten Rot- und Orangetönen. Auch die Donau zeigte sich von ihrer besten Seite. Das Wasser schimmerte tatsächlich blau unter dem wolkenlosen Himmel. Dennoch fühlte ich mich nicht wohl, war irgendwie traurig.

Ich verfluchte die ganze Donau-Nostalgie. Dieser schreckliche Fluss hatte gerade einem jungen Moldawier das Leben gekostet. Wie viele Leichen mag die Donau wohl verbergen, fragte ich mich.

Meine Laune war nicht die beste, als Orlando sich zu mir gesellte. Er legte sich auf die Liege, auf der vorhin Theodor gesessen war, und cremte seine nackten Beine ein. Bot auch mir seine Sonnenmilch an.

„Ich brauche dieses Zeug nicht. Ich bin dunkelhäutig, falls dir das bisher nicht aufgefallen sein sollte“, fuhr ich ihn an.

„Verzeihung? Ist Frau Kafka schlecht gelaunt?“

„Ich habe alles so satt, Orlando. Ich habe gedacht, das wäre ein guter Job. Wir würden Geld sparen und im kommenden Winter nach Südfrankreich abhauen. Nach Marseille. Hoffte, wir könnten in der Bar von Sandors Freundin mithelfen und einige Monate dort bleiben ... Stattdessen haben wir wieder eine Leiche oder sogar einen Mord am Hals.

„Dich ziehen, wie gesagt, Morde eben magisch an."

„Hör auf. Ich mag nicht mehr. Mich deprimiert das alles hier. Zum Glück ist die Donaumonarchie vor hundert Jahren den Bach hinuntergegangen. Doch bis heute klafft ein riesiger Spalt zwischen den verschiedenen Ländern am Ufer des großen Flusses. Ab Bratislava flussabwärts herrscht nach wie vor Tristesse pur. Früher hat man für die Hässlichkeit und Rückständigkeit den realen Sozialismus verantwortlich gemacht. Und wer ist heute dafür verantwortlich?"

„Blöde Frage", sagte Orlando. „Sie haben sich eben noch nicht vom Stalinismus erholt."

„Trotz mehr als zwanzig Jahren Globalisierung und Triumph des Kapitals?"

„Seit wann bist du Kommunistin?"

„Ich werde es noch, wenn ich mir das Elend hier länger mitansehen muss. Außerdem habe ich viele Sommer als Kind und Jugendliche in Ungarn bei meiner Großmutter verbracht. Damals schien es dort zumindest meinen Leuten besser zu gehen als heute."

„Komm, als Kind achtet man nicht darauf, wie es anderen Menschen geht."

Orlandos altkluge Art ging mir auf die Nerven.

„Ich war sehr neugierig auf die Länder meiner Vorfahren mütterlicherseits. Hatte meine Großmutter oft von den wunderbaren, naturbelassenen Donauufern in Rumänien schwärmen gehört. Wir hatten und haben bis heute viele Verwandte dort. Ich glaube, meinen Leuten ist es zu kommunistischen Zeiten tatsächlich besser gegangen als jetzt. Leider kann ich meine Großmutter nicht mehr fragen. Das, was ich bisher gesehen und erfahren habe, stimmt mich jedenfalls sehr traurig."

Daniela brachte Orlando und mir Kaffee und setzte sich auf eine Zigarettenlänge zu mir auf die Liege.

Ich fragte sie nach ihren Verwandten in Moldawien.

Ihr verächtliches Lächeln hätte mir als Antwort genügen sollen.

Temperamentvoll wie sie war, begann sie erneut von all den Repressalien, denen unsere Leute vor allem in Ungarn, Rumänien und in der Slowakei ausgesetzt sind, zu reden.

„Sie hassen Zigeuner, am liebsten würden sie uns alle vergasen."

„Wie in der Nazi-Zeit", warf Orlando ein.

„Genau. Überall im Osten leben Roma und Sinti in einer Kloake, umgeben von Stacheldrähten oder hohen Mauern. Die Berliner Mauer ist gefallen, nun errichtet man Mauern gegen uns. In Moldawien verhungern die Alten, und die Jungen hauen ab. Ich bin mit zwölf nach Rumänien abgehauen. Bin vom Regen in die Traufe gekommen. Ihr könnt euch nicht vorstellen, was ich erlebt habe. Als Straßenkind habe ich alles gemacht, was ein bisschen Geld gebracht hat. Von irgendwas musste ich ja leben."

Ich konnte es mir sehr wohl vorstellen und entnahm auch Orlandos Blick, dass er wusste, wovon sie sprach.

„Erst als ich einen Job in einer Bar in Tulcea bekam, ging es mir besser. Mein *Beschützer*, ein alter Mann, der auf kleine Mädchen stand, hat mir die Arbeit beschafft, als ich für seinen Geschmack zu alt geworden war. Natürlich nicht aus reiner Nächstenliebe. Ich hab genug dafür bezahlt, nicht nur mit meinem eigenen Körper. Ich hab ihm jüngeres Blut als Ersatz für mich beschaffen müssen. Aber das ist eine andere Geschichte. In dieser Bar in Tulcea hab ich dann eines Tages Adrian kennengelernt. Er war gerade aus Moldawien, genauer gesagt aus Transnistrien, geflüchtet. Wir haben uns auf den ersten Blick ineinander verliebt. Ein neues, besseres Leben begann. Es hat nicht allzu lange gedauert. Den Rest der Geschichte kennt ihr. Ich habe uns die Jobs auf dem Kreuzfahrtschiff besorgt ..."

„Wie hast du das gemacht?“

„Frag mich was anderes. Ist doch egal. Wir haben die Jobs bekommen und damit einen Freifahrtschein in den goldenen Westen, ins viel gelobte Europa.“

Ich wollte anmerken, dass Moldawien und Rumänien geografisch auch zu Europa gehören, hielt mich aber zurück. Ich verstand ohnehin, was sie mit Europa meinte: Hoffnung auf ein besseres Leben!

Meiner Meinung nach ging es den Leuten in den südöstlichen Donauländern mehr als dreckig. Mit dem Kapitalismus war vor allem für die Landbevölkerung alles noch schlimmer geworden. Keine Grundversorgung mehr, weder medizinisch noch bildungsmäßig. Arbeits- und Obdachlosigkeit stiegen von Jahr zu Jahr. Westliche Banken, Versicherungen und Großunternehmer und einheimische Oligarchen hatten hingegen Millionen, ja Milliarden, Gewinne gemacht. Es gab praktisch keinen Mittelstand in diesen Ländern. Lehrer mussten abends kellnern, um ihre Familien erhalten zu können. Ärzte hielten ihre Hände auf, operierten nur gegen Bares, weil sie so elendiglich geringe Gehälter bekamen. Beamte waren nebenbei als Reiseführer tätig und bestens ausgebildete IT-Fachleute fanden keine Jobs, schlugen sich als Nachtwächter oder Taxifahrer durch. Ukrainer und Moldawier verließen scharenweise ihre Länder Richtung Westen. Und die EU-Bürger aus Rumänien und Bulgarien erst recht.

Ich hatte keine Lust mehr, mit Daniela und Orlando weiter zu diskutieren. Schloss die Augen und träumte von fast vergessen geglaubten Tagen am Ufer der Donau. Träumte von diesem Sommer Anfang der neunziger Jahre als ich zum ersten Mal ernsthaft verliebt war. Träumte von meiner ersten Liebesnacht mit Toto, dem Mann, den ich bis heute nicht vergessen konnte.

Am frühen Abend hatten die Ufer goldgrün in der untergehenden Sonne geleuchtet. Die Donau war ruhig und majestätisch dahingeflossen und der Abendwind, der über die Laubbäume am Ufer strich, hatte ihnen melancholische Töne entlockt. Ich liebe diese leise Melancholie, die sich in allen Liedern meines Volkes wiederspiegelt.

Totos Hände hatten zärtlich meinen Körper gestreichelt, langsam vom Hals über meine Brüste, den Bauch hinunter zu meiner Scham. Meine Haut hatte geglüht, meine Schenkel gezittert, als er jede Stelle meines Körpers mit Küssen bedeckte. Ich hatte es vor Verlangen kaum mehr ausgehalten, mich an ihn gepresst, ihn gebeten, ja nicht aufzuhören, wollte nicht nur seine Finger und seine Zunge in mir spüren. Ich hatte ihn an den Haaren gezogen, seinen Rücken zerkratzt, wild um mich geschlagen, bis er endlich in mich eindrang ...

„Schläfst du, Kafka? Es ist sieben Uhr. Wir sollten längst in der Bar sein“, unterbrach Orlandos Stimme meinen schönen Traum.

Sandor spielte an diesem Abend auf der MS Kaiserin Sisi nur für mich. Er spielte uralte ungarische Volkslieder, sang sogar manchmal leise zu den wundervollen Tönen, die er seiner Geige entlockte.

„Heute ist absolut nichts los. Du brauchst mich doch nicht, Kafka-Liebling, oder?“, säuselte Orlando.

Er wartete meine Antwort nicht ab, sondern verzog sich augenzwinkernd.

Sandor und ich waren fast allein in der Bar.

Was für eine lauschige Spätsommernacht. Die meisten Gäste saßen eingewickelt in Microfaserdecken am Sonnendeck.

Nachdem ich die Bar geschlossen hatte, setzten mein Onkel und ich uns auch an Deck und schilderten einander, was wir in den vergangenen Jahren erlebt hatten.

Wir hatten uns lange nicht gesehen. Spuren der alten Vertrautheit zwischen uns waren dennoch bald wieder da. Wir waren uns nicht so nahe wie damals, als ich nach der Ermordung meiner Eltern bei ihm in New York Unterschlupf gefunden hatte, aber ich fühlte mich auf einmal weniger einsam. Wie meistens, wenn sich alte Freunde oder eben Verwandte nach langer Zeit wiedersehen, landeten wir bei den klassischen Fragen: „Weißt du noch ... Erinnerst du dich an ... Wie geht es eigentlich dem oder der ...?"

Ich war diese alten Geschichten bald leid und brachte die Sprache auf Adrians Verschwinden.

Sandor zuckte mit den Achseln. „Glaube, wir müssen den Jungen abschreiben. Vielleicht war es ein Unfall? Vielleicht war es Mord? Bestenfalls ist er abgehauen, und du hattest einen Alptraum."

„Nein. Es war kein Traum. Daniela hat mir inzwischen Fotos von Adrian gezeigt. Ich habe an jenem Morgen das Gesicht des Toten ganz deutlich gesehen und zwar bei vollem Bewusstsein. Er war es eindeutig. Wie oft soll ich das noch beteuern?"

„Frag deine Karten. Eventuell verraten sie dir mehr."

„Seit wann glaubst du an diesen Hokuspokus? Außerdem habe ich keine Karten dabei."

„Meiner Meinung nach geht es um was ganz anderes. Ich hab dir ja gesagt, dass auf diesem Schiff auffallend oft die Besatzung gewechselt wird. Irgendetwas Übles ist im Gange. Ich denke, wir sollten die MS Kaiserin Sisi gründlich vom Rumpf bis ans Sonnendeck durchsuchen. Wobei ich das Augenmerk eher auf die Lagerräume richten würde. Hast du die Schilder ‚Zutritt für Passagiere strengstens verboten' gesehen?"

„Wir sind ja keine Passagiere", sagte ich grinsend.

„Die Frage ist, wie wir so eine Durchsuchung möglichst unauffällig anstellen könnten. Man kann niemandem trauen."

„Denkst du an Drogengeschäfte?“

„Was weiß ich? Es könnte auch um Menschenschmuggel gehen. Ich weiß es wirklich nicht. Bin bisher nicht dahinter gekommen, obwohl ich seit drei Monaten auf diesem Schiff arbeite. Ich habe gehofft, du würdest herausfinden, was hier läuft. Ich vermute, dass es sich um eine gut organisierte kriminelle Bande handelt. Und rumänische Banden sind nun mal spezialisiert auf Einbruchserien und Menschenhandel.“

„Und wen verdächtigst du?“

„Eine Viererbande.“

„Oh! Und wer gehört deiner Meinung nach dazu?“

„Der Chef de Service, der Patissier und eventuell auch der Koch. Ihr Anführer ist höchstwahrscheinlich der Kreuzfahrtdirektor. Nur er ist intelligent genug, größere Coups zu planen. Die anderen drei sind fürchterliche Idioten.“

„Außer Nicolai ist keiner von denen Rumäne.“

„Das spielt keine Rolle. Sie könnten trotzdem für die rumänische Mafia arbeiten.“

„Und warum hast du deinen Verdacht bisher nicht dem Kapitän mitgeteilt?“

„Unser lieber Horst kümmert sich um nichts, überlässt das Schiff praktisch dem Ersten Offizier. Der ist mir übrigens auch nicht ganz geheuer. Theodor Spiridon scheint sich ausschließlich für seinen Kartenplotter und die meteorologischen Vorhersagen zu interessieren. Das mag aber nur eine perfekte Tarnung sein. Könnte mir vorstellen, dass auch er einiges zu verbergen hat.“

Nach meinem letzten Gespräch mit Theodor Spiridon war ich nicht unbedingt Onkel Sandors Meinung, hielt aber den Mund.

Da er mich fragend ansah, sagte ich: „Was ist eigentlich mit dem Kapitän los?“

„Hast du das noch nicht bemerkt? Er säuft und ist meiner Meinung nach manisch-depressiv. An manchen Tagen gibt er sich total leutselig, quatscht stundenlang mit den Passagieren. Dann schließt er sich wieder vierundzwanzig Stunden in seiner Kabine ein, kümmert sich nicht um das Schiff, geschweige denn um seine Passagiere. Ist dir das noch nicht aufgefallen?"

„Vielleicht ist er ein Spieler? In Tulcea hat er angeblich die halbe Nacht im Casino verbracht."

„Woher weißt du das?"

„Er wurde dort von Orlando gesehen."

„Ah, spielt der auch?"

„Wenn ich es nicht verhindern kann."

Als ich um eins zu Bett ging, stellte ich meinen Wecker auf kurz nach halb vier Uhr früh.

Es roch ziemlich streng in unserer Kabine. Nicht nach Schweiß, Zigaretten oder Hasch. Es war ein mir fremder Geruch.

Daniela schlief bereits.

Orlando war nicht da. Ich befürchtete, dass er sich mit dem kuhäugigen Patissier irgendwo herumtrieb.

Ich hatte beiden gesagt, dass ich sie nicht brauchen würde. Die wenigen Passagiere, die des Nachts das Eiserne Tor sehen wollten, würde ich allein mit heißen Getränken versorgen können.

Die Schleuse vorm Eisernen Tor würden wir um etwa vier Uhr früh passieren, hatte der Kapitän heute Abend über Lautsprecher verkündet.

Einige Passagiere hatten ihr Interesse angemeldet, diese angeblich schönste Passage der ganzen Strecke wenigstens in der Nacht sehen zu wollen.

Horst Woratsch hatte ihnen versprochen, die beiden bekanntesten Attraktionen in diesem Streckenabschnitt mit den Scheinwerfern anzuleuchten. Und selbstverständlich wurde von mir erwartet, dass ich den Herrschaften Tee oder harte Getränke zum Aufwärmen servierte.

In dieser Nacht unterhielt ich mich zum ersten Mal länger mit dem Kapitän. Er schien halbwegs nüchtern zu sein. Erzählte mir, dass er aus Siebenbürgen stamme und sein Vater deutschstämmig sei.

„Deshalb auch der deutsche Familienname und Ihr ausgezeichnetes Deutsch“, sagte ich.

„Merci“, sagte er grinsend und fuhr dann fort: „Das Eiserne Tor hat übrigens jahrhundertelang als unüberwindbares Hindernis im Schiffsverkehr gegolten. Die Strömung hier war vor dem Bau der Schleuse und des riesigen Wasserkraftwerks von Djerdap an der serbisch-rumänischen Grenze eine echte Herausforderung für Schiffer.“

Ich sah ihn fragend an.

„Tödliche Strudel und andere Gefahren. Erst dieser gewaltige Staudamm hat es möglich gemacht, diese Passage heute relativ problemlos überwinden zu können. Der gigantische Bau hat die Landschaft verändert, viele Spuren der Vergangenheit ausgelöscht. Ganze Dörfer sind in den Fluten verschwunden. Aber für die Schifffahrt ist er ein großer Segen.“

Unzählige Lichter blinkten und wiesen uns den Weg zur Schleuse. Der Himmel erstrahlte in einem fantastischen Lichterglanz.

Ich hatte gedacht, dass sich für Schleusen nur Männer interessieren, bis plötzlich die Kunsthistorikerin am Oberdeck erschien. Sie hatte sich von ihrem Steward wecken lassen.

Elisabeth und ich waren jedoch die einzigen Frauen an Deck als wir das Eiserne Tor passierten.

Der Kapitän ließ, wie versprochen, die Suchscheinwerfer des Schiffes über die beiden Ufer gleiten.

Einige Männer machten komplizierte Nachtaufnahmen vom imposanten steinernen Antlitz des Königs Decebalus und der Gedenktafel des römischen Feldherrn Trajan.

„Der Gedenkstein erinnert an die Feldzüge Trajans gegen die Daker und ihren König Decebalus“, erklärte uns der Kapitän über das Bordmikrophon.

Ich versorgte die wie wild fotografierenden Männer mit viel Rum und ein bisschen heißem Tee.

Der deutsche Universitätsprofessor und Ornithologe, der auch ein besonders leidenschaftlicher Fotograf war, leistete Elisabeth und mir Gesellschaft.

„Was für ein Beschiss“, sagte er. „Die schönste Strecke der Reise mitten in der Nacht zu fahren. Unglaublich! Im Programm stand ganz etwas anderes. Laut Plan hätten wir das Eiserne Tor gestern gegen achtzehn Uhr erreichen sollen, also bei Tageslicht.“

Da ich mich nicht dafür verantwortlich fühlte, ignorierte ich sein Geschimpfe. Ich war schlicht und einfach müde. Ließ Elisabeth und ihn allein an Deck sitzen und ging zu Bett.

Danielas sanftes Schnarchen schläferte mich bald ein.

„Du bist mein bester Freund, deswegen brauchst du aber nicht zu glauben, dass ich alles, was du machst, gut finde …“, flüsterte ich, als Orlando um sechs Uhr morgens in unsere Kabine schlich und mich mit seiner Morgen- oder besser gesagt Abendtoilette weckte.

Ich konnte nicht mehr einschlafen. Stand auf, ging hinauf in die Bar.

Die Sonne erhob sich gerade schüchtern über dem Fluss. Wellen und Frühnebel verschmolzen miteinander zu einer grauen Gischt.

Langweilige Vorstädte und farblose Hügel im Hinterland tauchten am linken Ufer auf.

Die Donau wurde auf einmal sehr breit, sah aus wie ein See und war nahezu strömungslos.

Ich machte mir einen Kaffee.

18. Wien

Nach der dritten Tasse Kaffee hatte Toni noch immer ein verdammt schlechtes Gefühl. Und sein Bauchgefühl hatte ihn bisher selten getäuscht.

Am liebsten hätte er die ganze Geschichte abgeblasen. Doch Marko würde sich nicht davon abbringen lassen, die Wiener City ein zweites Mal heimzusuchen. Wenn ich aussteige, wird er den Job allein machen und gründlich vermasseln, befürchtete Toni.

Marko hüpfte seit Stunden herum wie Rumpelstilzchen. Umso nervöser der Kleine wurde, desto ruhiger wurde Toni. Seine Ruhe war eine rein äußerliche. Er brachte keinen Bissen hinunter. Marko aß eine Riesenportion Eierspeise und ein halbes Baguette allein.

Um Punkt elf Uhr brachen sie auf.

Marko steckte, ohne dass Toni es merkte, eine Luger in seinen Hosenbund.

Vladimir hatte ihm die Waffe in Negrescus Villa, während Toni im Garten geraucht hatte, zugesteckt.

„Gut, dass die Sonne scheint. So werde ich mit der dunklen Brille weniger auffallen“, meinte Toni.

Er trug einen Hugo-Boss-Anzug und hatte seine Haare zu einem Pferdeschwanz zusammengebunden. Er sah aus wie ein wohlhabender südländischer Tourist.

Beim Betreten des Juweliergeschäfts in der Nähe des Stephansplatzes wurde sein ungutes Gefühl stärker.

Der Türsteher war nicht derselbe wie gestern, als er den Laden inspiziert hatte.

Der junge Mann fragte ihn höflich nach seinen Wünschen.

Toni gab vor, sich für eine Cartier-Uhr zu interessieren, die er in der Auslage gesehen hatte.

Der Türsteher lächelte ihn freundlich an und deutete auf eine Verkäuferin.

Sie hatte das gleiche professionelle Lächeln wie ihr Kollege. Die beiden sahen aus wie Zwillinge.

Toni beobachtete die hübsche Verkäuferin ein paar Sekunden zu lang.

Marko kam, kurz bevor sich die Eingangstür hinter Toni schloss, mit gezückter Waffe und der Clownmaske vorm Gesicht ins Geschäft gestürmt.

„Auf den Boden!“, schrie er. „Das ist ein Überfall.“

Toni registrierte, dass die immer noch lächelnde Verkäuferin unter die Verkaufstheke langte.

„Nichts wie weg!“, rief er Marko zu und lief zur Tür.

Marko dachte nicht im Traum daran, den Laden ohne Beute zu verlassen. Er schwenkte den Lauf seiner Luger zwischen der Verkäuferin und dem Türsteher hin und her.

Als Toni aus dem Geschäft stürzte, fiel ein Schuss.

Er drehte sich um, sah wie der junge Sicherheitsmann zu Boden ging.

„Verdammter Idiot!“, schrie Toni.

Ohne sich noch einmal umzudrehen, rannte er zur U-Bahn-Station. Rempelte eine junge Frau mit Kinderwagen an, stürzte beinahe. Zwei kräftige Arme fingen ihn auf.

Toni schaute in die hasserfüllten Augen von Vladimir.

„Verschwinde“, fauchte er den Adlatus des Chefs an. Riss sich los und eilte die Stiegen hinunter.

Ein zweiter Schuss. Als es ein drittes Mal knallte, hatte Toni bereits die Rolltreppe im Untergeschoss erreicht.

Mein Gott, warum hört dieser Idiot nicht endlich auf herumzuballern, dachte er. Womöglich bringt er noch jemanden um.

Toni hatte gesehen, wie sich der Sicherheitsmann an die rechte Schulter gefasst hatte. Marko schien ihn zum Glück nur angeschossen zu haben.

Er erreichte die Plattform der U1, als der Zug Richtung Schwedenplatz einfuhr, und schlüpfte in den überfüllten ersten Waggon.

Obwohl ihn das schlechte Gewissen plagte, weil er seinen Freund allein gelassen hatte, war er heilfroh, entkommen zu sein.

Zuhause wechselte er seine Kleidung. Zog Jeans, Sweater und eine Softshelljacke an. Seine langen Haare stopfte er unter eine Baseballkappe. Rasch packte er ein paar Sachen ein. Holte den Schlüssel für das Gepäckfach am Westbahnhof aus der Milchpackung und steckte ihn in seine Hosentasche. Hängte sich seine Gitarre um die Schulter und verließ die Wohnung.

Zur Donau fuhr er mit Straßenbahn und Bus. Die U-Bahn mied er. Ein- und Ausgänge ließen sich zu leicht kontrollieren.

Er setzte sich in eines der Lokale auf der Donauinsel. Trank zwei Kaffees und zwei Barack.

Vergeblich versuchte er den ganzen Nachmittag lang, Marko zu erreichen. Es kam nur seine Mailbox. Noch vor Einbruch der Dunkelheit verließ Toni die bekannte Partymeile auf der Insel.

Der Barack war ihm nicht bekommen. Kein Wunder nach seiner monatelangen Abstinenz. Ihm war schlecht. Und er sah das U-Bahn-Zeichen doppelt.

Er warf sein Handy in die Donau und fuhr in den sechsten Bezirk.

Bei einem Optiker in der Mariahilfer Straße kaufte er sich eine billige Lesebrille mit einer Dioptrie. Die brauchte er ohnehin. In einem kleinen Shop in der Neubaugasse erstand er ein neues Handy und eine Wertkarte. In einem Friseurladen nebenan ließ er sich die Haare schneiden. Und in einem Drogeriemarkt besorgte er sich ein Haarfärbemittel und andere kosmetische Utensilien. Zuletzt erstand er in einem Kappengeschäft eine karierte Schirmmütze.

Sein streichholzkurzes Haar, verborgen unter der Mütze, und die Brille auf der Nase, betrat er ein Stundenhotel am Neubaugürtel. Er hatte zu Recht vermutet, dass man dort keinen Ausweis verlangen würde.

Er zahlte das Zimmer für eine Nacht im Voraus. Gab dem Portier ein angemessenes Trinkgeld. Nicht zu wenig, nicht zu viel. Beides hätte den Typ misstrauisch gemacht.

Lang konnte er hier nicht bleiben. Höchstens ein, zwei Nächte.

In der Dusche bleichte er seine Haare und färbte sie dann grau.

Ein Blick in den Spiegel. Er war mehr als zufrieden. Mit den kurzen, grauen Haaren und der Nickelbrille sah er wie ein älterer Mathematikprofessor aus. Demnächst würde er sich in einem Secondhand-Shop noch einen billigen, schlecht sitzenden Anzug besorgen.

Das Gestöhne und Gekreische aus den Nebenzimmern ließ ihn fast kein Auge zu tun. Er verbrachte eine unruhige Nacht.

Am nächsten Morgen blätterte er beim ersten großen Braunen in einem alten Kaffeehaus gegenüber dem Westbahnhof die Tageszeitungen durch.

Sein Blick fiel auf die fett gedruckte Schlagzeile eines kleinformatigen Blattes: „Toter bei zweitem Raubüberfall im Goldenen Quartier!“

Wovon reden die? Gab es gestern in der City einen weiteren Überfall oder zählte der Stephansplatz mittlerweile zum Goldenen Quartier? Wäre kein Wunder, angesichts all dieser Luxusgeschäfte dort.

Verwirrt las Toni weiter. „Bei einem Überfall auf einen Juwelier in der Wiener Innenstadt gab es gestern Mittag einen Toten und einen Verletzten. Bei dem Toten handelt es sich um einen jungen Rumänen, auf dessen Konto der Überfall ging. Sein Komplize ist flüchtig. Der dunkelhäutige, kleingewachsene Mann hat den Türsteher kaltblütig niedergeschossen. Auf der Flucht kam es erneut zu einem Schusswechsel. Der kleine Rumäne wurde auf offener Straße von seinem Komplizen erschossen. Der mutmaßliche Täter entkam. Nach ihm wird gefahndet."

Ein unscharfes Bild von Toni zierte den Artikel. Es dürfte mit einem Handy aufgenommen worden sein. Der Mann im Hugo-Boss-Anzug, mit der Sonnenbrille und dem Pferdeschwanz, sah ihm überhaupt nicht ähnlich.

Die Buchstaben verschwammen vor Tonis Augen. Die Zeitung glitt ihm aus der Hand. Er rutschte fast von der Bank. Sein Mund öffnete sich zu einem Schrei. In letzter Sekunde schaffte er es, sich zusammenzureißen. Schrie nicht, sondern zerknüllte die Zeitung.

Nein, Marko ist nicht tot, dachte er. Das kann nicht sein. Journalisten von Boulevardblättern sind bekannt dafür, dass sie übertreiben. Vielleicht hat es den Sicherheitsmann erwischt?

Doch er hatte mit eigenen Augen gesehen, dass Marko den Burschen nur in der rechten Schulter getroffen hatte.

Der junge Mann war unbewaffnet gewesen. Also konnte er Marko nicht die tödliche Kugel verpasst haben.

Auf einmal wurde Toni klar, wer seinen Freund erschossen hatte.

Sie hätten Vladimir, genauso wie letztes Mal, die Beute übergeben sollen. Warum dieser nicht unten auf der U-Bahn-Plattform auf sie gewartet, sondern oben an der Rolltreppe aufgetaucht war, wusste er nicht. Doch er war überzeugt, dass Vladimir den Kurzen ausgeschaltet hatte. Nicht nur, weil er versagt hatte, sondern weil Vladimir und der Boss ihm nicht trauten. Bestimmt hatten sie befürchtet, dass Marko auspacken würde, wenn ihn die Bullen erwischt hätten. Das schien Toni die einzig mögliche Erklärung zu sein.

„Verdammte Idioten", fluchte er leise. Marko hätte niemals einen Kumpel verraten.

Und jetzt werden sie auf mich Jagd machen, dachte Toni.

Ihm wurde übel. Er ging aufs Klo. Übergab sich ins Waschbecken. Spülte das Erbrochene hinunter und warf einen Blick in den Spiegel.

Sein Gesicht war fast ebenso grau wie sein Haar. Seine Augen waren feucht.

Es war jedoch nicht der richtige Zeitpunkt, um den Tod seines Freundes zu beweinen. Er musste jetzt einen kühlen Kopf bewahren.

Toni spritzte sich kaltes Wasser ins Gesicht, wusch sich gründlich die Hände und verließ das Café Westend. Er wusste nicht, wohin. Er wusste nur, dass er Markos Tod rächen würde.

Auf der Mariahilfer Straße war um diese frühe Stunde nicht viel los. Die meisten Geschäfte hatten geschlossen.

Eine weißliche Dunstglocke lag über der Stadt.

19. Belgrad

Belgrad, oder Beograd, die weiße Stadt, kam in Sicht.

Majestätisch thronte die alte Burg hoch oben auf einem Hügel über dem Fluss. Das Labyrinth von Häusern, Kirchen und Gassen darunter schälte sich langsam aus dem morgendlichen Dunst.

Als ich mit Kaffee in der einen und Zigarettenpäckchen sowie Feuerzeug in der anderen Hand die steile Eisenstiege hinaufkletterte, begegnete mir der Erste Offizier.

Er drückte sich ans Stiegengeländer, ließ mich vorbei.

Meine langen Haare streiften sein Gesicht.

Er zuckte zurück. Erwiderte weder mein ‚Guten Morgen', noch schenkte er mir einen Blick, sondern eilte im Laufschritt weiter.

Und wer bitte steuert jetzt das Schiff, fragte ich mich. Erst als ich den bärtigen Steuermann auf der Brücke erblickte, war ich beruhigt.

Sandor stand allein an der Reling. Ich stellte mich zu ihm.

„Dort vorne, kurz vor der Brücke, ist der Zusammenfluss von Donau und Save", sagte er. „Du weißt, dass die Donau einst die Grenze zwischen der österreichisch-ungarischen Donaumonarchie und dem serbischen Königreich bildete."

„Tatsächlich? Das ist mir neu." Ich grinste ihn an.

„Verzeih." Er legte seinen Arm um meine Schultern und drückte mich an sich. „Ich vergesse immer, dass meine kluge Nichte ja eine Studierte ist. Kennst du den berühmten Triestiner Schriftsteller und Philosophen Claudio Magris?"

Ich nickte. Hatte alle seine Bücher, die ins Deutsche übersetzt worden waren, gelesen.

„Er schrieb, dass Beograd einem Chamäleon gleiche. Diese Stadt ändert angeblich permanent ihr Gesicht. Ihre

Verwandlungsfähigkeit ist wirklich erstaunlich. Ich mag Beograd. Wenn du Zeit hast, werde ich dich herumführen und dir einige historisch interessante Stadtteile und Gebäude zeigen."

„Falls uns der Käpt'n dieses Mal von Bord gehen lässt."

„Warum denn nicht? Aber lass uns zuerst frühstücken!"

Wir gingen in den Speisesaal.

Das Frühstücksbuffet für die Gäste empfing uns in all seiner Pracht. Der Saal war noch leer.

Ich folgte Sandor in die Küche.

Außer uns beiden waren nur der Chef de Service und der Erste Offizier bereits beim Frühstück.

Theodor Spiridon sprach kein Wort.

Nicolai redete dafür umso mehr. Er versuchte, mich zu einem kreislaufanregenden Gläschen Sekt zu überreden.

„Ich mag zwar alles was sprudelt, doch um diese Stunde tut es auch Mineralwasser", sagte ich.

„Mir kannst du was abgeben. Ich habe viel zu niedrigen Blutdruck." Sandor hielt Nicolai sein Glas hin.

Wir blödelten eine Weile, machten uns über den berühmten Krimsekt lustig, den, außer Sandor, keiner von uns für trinkbar hielt. Meine Scherze klangen etwas gezwungen.

Theodor lachte nicht. Er starrte konsequent auf sein Müsli, aß kaum etwas und verließ uns bald.

Nachdem ich mich mit einem köstlichen Croissant und einer flaumigen Eierspeise gestärkt hatte, ging auch ich in meine Kabine, um mich für die Arbeit umzuziehen.

„Hast du schon gefrühstückt?" Orlando empfing mich mit einem süßen Lächeln. „Luca hat mich gestern ein paar Leckerbissen, die er für heute vorbereitet hat, kosten lassen. Er ist wirklich der tollste Patissier der Welt", lobte er seinen neuen Freund.

Daniela war bereits angezogen. Wir gingen gemeinsam zur Arbeit. Orlando würde noch etwas länger im Bad brauchen.

„Meinst du, dein Freund hat sich ernsthaft in Luca verliebt?“, fragte sie mich.

Ich zuckte mit den Schultern. „Möglich wär’s. Er verliebt sich sehr schnell und leider meist in die falschen Kerle.“

„Na ja, dann wird er auch dieses Mal enttäuscht werden. Dieser Luca ist ein ganz spezielles Kapitel. Er treibt es sowohl mit Männern als auch mit Frauen. Ich glaube, das ist ihm völlig egal. Hauptsache, er kommt zu einem Fick.“

„Wie bitte?“

„Ja, du hast richtig gehört.“

„Dieses Riesenbaby?“

„Auf seinen kindlichen Charme fallen alle rein. Mit seinen großen Kulleraugen bringt er Männer- und Frauenherzen zum Schmelzen.“

„Oh nein!“

Um keinen Preis wollte ich zum x-ten Mal Orlandos Gouvernante spielen. Aber warnen sollte ich ihn. Denn das Ende dieses Dramas würde ich auszubaden haben. Orlando lebte seinen Liebesschmerz von jeher gern bühnenreif aus.

Ich konnte keinen klaren Gedanken fassen. Überhaupt waren neue Gedanken zu dieser frühen Stunde Mangelware. Nach der fast schlaflosen Nacht fühlte ich mich wie gerädert. Meine Beine drohten zu versagen als ich hinter Daniela die vielen Stiegen hinauf zur Bar wankte. Unsere Ankunft in Belgrad wollte ich jedoch um keinen Preis versäumen.

Nachdem wir die Passagiere nach dem Frühstück mit Kaffee und Tee und den ersten Bierchen versorgt hatten, nahm ich mir ein Herz und ging zur Kommandobrücke.

Der Kapitän war nirgends zu sehen, überließ es dem Ersten Offizier und dem Steuermann, in der Hauptstadt Serbiens anzulegen.

Obwohl ich mich in seiner Gesellschaft beklommen fühlte, fragte ich Theodor Spiridon geradeheraus, ob ich von Bord gehen dürfe. „Ich war noch nie in Belgrad. Möchte diese Stadt unbedingt sehen."

„Ja."

„Heißt das, ich darf von Bord?"

„Ja."

„Kann Orlando mitkommen? Daniela wird den Tagdienst locker allein schaffen. Die meisten Passagiere werden Belgrad besichtigen wollen."

„Das ist korrekt."

Oh nein, nicht schon wieder! Hatten wir nicht erst gestern ein ganz normales Gespräch miteinander geführt? Am liebsten hätte ich ihn gefragt, was mit ihm los sei.

Er hatte während dieses kurzen Gesprächs kein einziges Mal vom Bildschirm seines Laptops aufgesehen. Dieser Typ war wirklich nicht ganz dicht. Aber das war mir momentan egal. Hauptsache, ich durfte Belgrad besichtigen.

Wir legten am rechten Ufer der Save an.

Ich blieb während des Anlegemanövers in der Nähe der Steuerkabine und schaute Theodor dabei zu, wie er per Computer alles regelte. Seine Kommandos erfolgten kurz und knapp über Funk. Er schien meine Anwesenheit überhaupt nicht wahrzunehmen.

Sobald unser Schiff festgemacht hatte, ging ich zurück in die Bar und sprach mit Daniela.

Sie erklärte sich sofort bereit, den Tagdienst zu übernehmen.

Sandor wollte sich kurz hinlegen und sich erst später auf den Weg in die Stadt machen. Obwohl ich den Stadtbummel lieber allein mit Orlando und meinem Onkel gemacht hätte, schlossen wir zwei uns den Mitreisenden an. Wer weiß, ob Sandor sein Angebot, mir die Stadt zu zeigen, ernst gemeint hatte.

Die serbische Hauptstadt war eine positive Überraschung für mich. Das großstädtische Flair dieser Millionenstadt beeindruckte mich. Breite Boulevards, architektonische Prachtbauten, gepflegte Parkanlagen und überall junge Leute. Auch die ruhigen Höfe mit den kleinen Cafés und Läden hinter den undurchdringlich scheinenden Häuserfronten wirkten sehr einladend. Doch unser Reiseleiter trieb uns weiter, immer weiter. Er war Historiker wie ich. Leider ließ er sein Wissen unangenehm raushängen. Überforderte selbst mich mit Jahreszahlen und Größenangaben. Ständig verwendete er Superlative: der älteste Baum, das höchste Haus, die größte Kirche ...

Vielleicht machten das alle Reiseführer so? Ich ärgerte mich, dass ich nicht auf Sandor gewartet hatte.

Erst im Künstlerviertel Skadarlija gab es eine ‚Pipipause', wie dieser unsympathische Dragan lautstark verkündete. Ich kam mir vor wie im Kindergarten.

Orlando und ich tranken frisch gepressten Orangensaft in einem von alten Bäumen überschatteten Terrassencafé.

Als wir danach eine halbe Stunde allein zur freien Verfügung hatten, besuchten wir zwei der zahlreichen Galerien und unterhielten uns auf Englisch mit Malern, die ihre Bilder auf der Straße anboten.

Orlando machte leise abfällige Bemerkungen über die Qualität ihrer Bilder, schien aber genauso wie ich das bunte Treiben auf den Straßen zu genießen.

Die Wahrsager, Straßenmusiker, Performance-Künstler, Zauberer und kleinen Betrüger, die mit ihren Hütchenspielen massenhaft Touristen anlockten, amüsierten uns, obwohl wir uns im Grunde ja beide für cool hielten.

An manchen Häusern waren Spuren des letzten Krieges zu sehen. Eines der am schlimmsten beschädigten Gebäude hatte die Stadtverwaltung absichtlich als Mahnmal stehen gelassen. Ich musste an die Kaiser-Wilhelm-Gedächtniskirche in Berlin denken, die zu einem Wahrzeichen der deutschen Hauptstadt geworden war, und verstand, warum auch die Serben dieses von US-Bombern zerstörte Gebäude nicht abgerissen hatten.

Anschließend jagte uns Dragan in einem mörderischen Tempo durch die beliebteste Einkaufsstraße.

„Seine Hektik schadet der serbischen Wirtschaft", scherzte ich. „Wir können uns nicht einmal die Auslagen in dieser Fußgängerzone in Ruhe ansehen, geschweige denn irgendwas einkaufen."

„Gibt es hier denn Interessantes zu kaufen?", fragte Orlando.

„Sei nicht so versnobt. Zigaretten sind zum Beispiel extrem billig in Serbien."

„Wenn du weniger tschicken würdest, wärst du nicht immer die Letzte bergauf."

Orlando trippelte auf seinen hohen Hacken vor mir her den Hügel hinauf zum Dom des Heiligen Sava.

Diese größte serbisch-orthodoxe Kathedrale der Welt, wie Dragan behauptete, war noch immer im Bau. Er erzählte uns, dass mit den Bauarbeiten schon in den 1930er Jahren begonnen worden war. Ich konnte mir gut vorstellen, dass diese monströse Kathedrale niemals fertig werden würde.

Die blendend weiße, restaurierte Fassade und die gewaltige Kuppel waren fast von überall in der Stadt aus sichtbar, da die Kirche auf einem Hügel stand. Mir kam sie fast größer vor als der Petersdom in Rom.

Das Innere war leer bis auf ein drei Tonnen schweres Kreuz. Ein paar Gerüste zeugten davon, dass gerade ausgemalt wurde. Ich kam mir in dem riesigen Raum etwas verloren vor.

Zuletzt fuhren wir hinauf zur Festung, um den herrlichen Blick auf den Zusammenfluss von Save und Donau zu genießen. Von Genießen konnte allerdings keine Rede sein. Wir waren spät dran, hatten zu viel Zeit in der mächtigen Kathedrale vergeudet.

„Verdammte Hetzerei", schimpfte nun auch Orlando.

Ich kam mir vor wie eine Touristin aus den USA, die „Europe in 10 Days" gebucht hatte und wunderte mich, dass unsere älteren Passagiere nicht protestierten. Raus aus dem Bus, im Eilschritt hinauf zur Festung, kurze Besichtigung, die Stiegen hinunter und rein in den Bus ...

„Tolle Stadt! Hier ist echt was los", sagte Orlando, als wir wieder unsere Plätze im Bus einnahmen. „Ist dir aufgefallen, dass man in Belgrad mehr lachende Gesichter sieht als in Wien? Dabei sind die Leute schrecklich arm. Wenn ich an die zerbombten Häuser denke ..."

„Ich habe nur ein richtig zerbombtes Haus gesehen. Und das haben sie absichtlich als Mahnmal an den Krieg stehen gelassen. Die anderen Häuser in der Innenstadt sind ja großteils sehr schön renoviert."

Als wir zur Anlegestelle zurückkehrten, stürmten die Passagiere die kleinen Duty-Free-Läden. Auch Orlando wollte unbedingt shoppen.

„Nimm mir eine Stange Zigaretten mit", rief ich ihm nach.

„Sicher nicht!"

Eine ältere Frau und ich gingen gleich aufs Schiff. Die Steirerin erzählte mir, dass sie sich Sorgen um ihren Mann mache, der wegen seiner wehen Knie nicht von Bord hatte gehen können.

Sie hatten eine Kabine am billigen Unterdeck. Kaum hatte ich mich von ihr verabschiedet, hörte ich fürchterliches Geschrei. Sofort lief ich zurück.

Die Tür ihrer Kabine stand sperrangelweit offen.

Das Erste, was ich sah, war ein nackter, fetter, wabbeliger Männerhintern. Der Mann mit den wehen Knien kniete am Boden und hielt mit seinen dicken Pranken das zarte Hinterteil einer nur mit schwarzen Strapsen und Strümpfen bekleideten jungen Frau fest umfangen. Dann erst nahm ich die ältere Frau wahr, die mit ihrer Handtasche abwechselnd auf den Kopf des Mannes und den nackten Rücken der jungen Frau eindrosch.

Obwohl die Szene im Grunde komisch war und ich fast lachen musste, verstand ich die Arme sehr gut. Während sie sich den ganzen Tag lang Sorgen um ihren Alten gemacht hatte, trieb er es mit einem der Zimmermädchen. Ich hoffte, die resolute Steirerin hatte eine Flasche Slibowitz in ihrer Tasche.

Da inzwischen auch einige andere Passagiere an Bord zurückgekehrt waren, sprach sich der kleine Skandal rasch herum.

Die junge Bulgarin, die in Russe an Bord gekommen war und wegen der Daniela nun mit uns die Kabine teilte, war nicht sehr fesch, aber lasziv und ziemlich cool. Es schien ihr nicht peinlich zu sein, dass sie mit dem Alten erwischt worden war.

Daniela flippte aus, sobald wir allein in unserer gemeinsamen Kabine waren.

„Diese verdammte Nutte! Ich bring sie um!“

„Beruhig dich, Daniela.“

„Ich will mich nicht beruhigen. Ich habe gedacht, dass ich diese ganze Misere endlich hinter mir hätte. Nun glauben all diese alten Knacker, dass sie uns jederzeit aufs

Kreuz legen können. Blowjobs und Vögeln im Preis mitinbegriffen ...“

„Schwachsinn! Kein Mensch denkt das. Die Kleine wollte sich halt etwas dazuverdienen. Du hast ja von Anfang an behauptet, dass sie eine Professionelle sei.“

„Genau das ist sie: eine professionelle Hure. Und sie arbeitet nicht auf eigene Rechnung, sondern für den Kreuzfahrtdirektor oder den Chef de Service. Ich bin mir nicht sicher, wer von den beiden ihr Zuhälter ist.“

„Übertreibst du nicht ein bisschen?“

„Nein. Sex ist ein sehr lukratives Nebengeschäft, das brauche ich dir wohl nicht zu erklären. Auf allen Kreuzfahrten gibt es mehr oder weniger wohlhabende, allein reisende Männer. Und wie wir gerade gesehen haben, auch einige Verheiratete, die einem kleinen außerehelichen Fick nicht abgeneigt sind. Sowas ist nicht zum ersten Mal passiert. Im Sommer hat es einen ähnlichen Skandal gegeben. Natürlich ist alles vertuscht worden.“

Ich fragte nach Beweisen für diese üblen Nebengeschäfte des Chefs de Service oder des Kreuzfahrtdirektors.

„Beweise? Du willst immer Beweise? Den beiden kann man nichts anhaben. Sie sind Freunde des Kapitäns und der vertraut ihnen. Der Kapitän ist der König. An Bord hat er das Sagen!“

„Deshalb kann er seine Freunde trotzdem nicht machen lassen, was sie wollen. Schon gar keine kriminellen Geschichten. Und Zuhälterei ist kriminell.“

„Das brauchst du mir nicht zu erklären.“

„Du kannst nicht einfach jemanden beschuldigen, ohne irgendeinen Beweis oder ein Indiz ...“

„Vergiss es! Sagen wir halt, diese Tussi hat auf eigene Rechnung gearbeitet.“

„Nein. Das wollte ich damit nicht behaupten. Aber ...“

„Letztes Mal war's genauso. Das Mädchen wurde im nächsten Hafen angeblich der Polizei übergeben. Gesehen hat's zwar keiner, aber du kannst ja deinen geliebten Onkel fragen, vielleicht weiß er mehr darüber?"

Wie sollte ich diese Bemerkung verstehen?

„Willst du damit etwa andeuten, dass Sandor bei diesen Geschäften seine Finger mit im Spiel hat?"

Ich blickte sie wütend an. Ich traute meinem Onkel alles Mögliche zu, Zuhälterei gehörte aber sicher nicht zu seinem Repertoire.

„Nein. Nichts will ich andeuten. Gar nichts!" Ihre Stimme wurde plötzlich sehr laut und sehr schrill.

Ich fürchtete, sie würde jeden Moment einen hysterischen Schreikrampf bekommen. Am liebsten hätte ich sie gepackt und gebeutelt. Stattdessen ließ ich sie allein in der Kabine und ging essen.

Wir verbrachten die Nacht im Hafen von Belgrad.

Der Ehebrecher traute sich nicht, beim Dinner zu erscheinen und ließ sich auch den Rest des Abends nicht mehr blicken.

Die anderen Passagiere amüsierten sich königlich über diese peinliche Geschichte. Es war das Thema des Abends. Die betrogene Ehefrau hatte ein großes Gezeter veranstaltet, jedermann an Bord wusste Bescheid.

Daniela und ich hatten Dienst in der Bar. Sie schien sich beruhigt zu haben. Erwähnte die skandalöse Geschichte mit keinem Wort mehr.

Sehnsüchtig schaute ich hinaus auf die Uferpromenade. Wie gern hätte ich mich unter die vielen Leute gemischt. Die zahlreichen schwimmenden Restaurants waren bunt beleuchtet. Auf einigen wurde sogar getanzt.

Um Mitternacht setzten sich die Besatzungsmitglieder am Heck des Schiffes zusammen. Bernhard feierte seinen fünfundvierzigsten Geburtstag und hatte die ganze Crew auf Sekt und Torte eingeladen.

Sandor ließ sich dazu überreden, ein paar Lieder auf seiner Geige zu spielen. Die Stimmung war bestens.

Bernhard brachte mir ein Gläschen Sekt und setzte sich zu mir auf die Liege. Ausnahmsweise hielt er den Mund. Wir schauten auf den Sternenhimmel und hörten Sandor zu.

Auf einmal legte Bernhard seinen Arm um meine Schultern und zog mich an sich. Ich ließ mich von ihm küssen. Zu meiner Entschuldigung kann ich nur anführen, dass ich leicht beschwipst und wegen der Geigenklänge in sentimentaler Stimmung war.

Ausgerechnet in diesem Moment kreuzte Orlando mit dem Patissier im Schlepptau auf. Sie hatten eine Flasche Champagner und drei Gläser dabei.

„Wir wollten dich eigentlich auf ein Gläschen Champagner einladen, Kafka. Aber lass dich nicht stören", sagte er, während er betont langsam an uns vorüberging. „Komm, Luca, wir suchen uns einen weniger frequentierten Platz."

Demonstrativ ließ er sich mit dem Patissier auf einer Liege nieder, die nur wenige Meter von unserer entfernt war.

Ich befreite mich aus Bernhards Umarmung. Hatte ich vorhin schon keine große Lust gehabt, mit ihm zu schmusen, so war mir jetzt erst recht nicht mehr danach zumute.

Als mich Bernhard erneut umarmen wollte, stieß ich ihn weg und sagte: „Tut mir leid, ich kann nicht."

„Gehen wir in meine Kabine", schlug er vor.

„Nein. Lass uns vernünftig bleiben. Ich habe kein Interesse an einem One-Night-Stand. Das ist mir gerade bewusst geworden. Nicht bös sein, bitte."

„Wer redet denn von einem One-Night-Stand? Ich habe mich vom ersten Augenblick an in dich verliebt. Damals, als du in Tulcea an Bord gekommen bist ..."

„Ja, ja, ich weiß ... Vergiss es. Ich glaube nicht mehr an die Liebe auf den ersten Blick. Ich bin ein großes Mädchen", scherzte ich.

Er war verärgert. Ich sah es ihm an. Es war mir egal.

„Nochmals alles Gute zum Geburtstag", sagte ich und ging zu Orlando und Luca.

Ich bildete mir ein, auf meinen kleinen Freund aufpassen zu müssen. Der meiner Meinung nach mit allen Wassern gewaschene Patissier war nicht der geeignete Umgang für ihn. Die beiden schienen, trotz der großzügigen Einladung von vorhin, nicht gerade begeistert von meiner Gesellschaft zu sein. Immerhin schenkten sie mir ein Glas Champagner ein.

Das Geburtstagskind hatte das Deck inzwischen verlassen.

War ich zu schroff gewesen? Auf jeden Fall war es ein Fehler gewesen, mich von ihm küssen zu lassen.

Am Ufer ging es lustig zu. Lautes Gelächter und ein Gemisch aus Rockmusik und Balkanjazz drang auf unser Schiff herüber.

„Wir wollen nachher noch auf eines der Restaurantschiffe schauen. Da scheint echt was los zu sein. Magst du mitkommen?"

„Nein danke. Wenn ich ausgetrunken habe, lege ich mich aufs Ohr. War ein langer Tag."

Wir stießen miteinander an.

Luca und ich hatten uns nichts zu sagen, dafür redete Orlando umso mehr. Erzählte dem Ungarn von unseren gemeinsamen Reisen nach Florenz und in die USA und gab mit unseren Abenteuern in den Wüsten Arizonas und New Mexikos an. Falls Luca seinen Worten Glauben schenkte, musste er uns für Lara Croft und Superman halten.

Penetrant, wie ich manchmal sein kann, blieb ich so lange bei den beiden sitzen, bis die Champagnerflasche leer war.

Auf den Restaurantschiffen und in den Lokalen am Ufer gingen die Lichter aus. Die Musik war längst verstummt.

Mit süffisantem Lächeln fragte ich, wer den Champagner eigentlich bezahlen würde. Die Flasche stammte aus der Bar, und ich war eben nun mal Chef de Bar.

Luca beteuerte, mir morgen das Geld dafür zu geben und machte sich aus dem Staub.

„Das hast du ja großartig hingekriegt!“, fuhr Orlando mich an, kaum dass Luca die Stiege erreicht hatte. „Warum musst du mir bloß immer den Spaß verderben?“

„Er ist pures Gift für dich. Angeblich treibt er es mit jedem und jeder. Verwende auf jeden Fall ein Präservativ, falls du es nicht lassen kannst, mit ihm zu vögeln!“

„Du bist eine Spielverderberin, Kafka.“

„Was willst du von ihm? Glaubst du im Ernst, dass er sich mit dir begnügen wird? Bisexuelle machen Frauen und Männer unglücklich.“

„Was geht dich das an? Ich kann selbst auf mich aufpassen.“

„Das bezweifle ich. Lass uns ins Bett gehen. Diese Diskussion führt zu nichts.“

„So ein Schwachsinn, dass ich nicht lache! Ich fürchte mich nicht vor Bisexuellen. Kein Mann, der je mit einem anderen Mann gefickt hat, begnügt sich nachher noch mit einer Frau ...“, rief er mir zu, als er seinem neuen Freund nachlief.

Frustriert ging ich gegen drei Uhr früh allein in unsere Kabine.

Daniela war auch noch nicht in ihrem Bett.

Ich hatte Angst. Angst um Orlando, Angst, dass in den Morgenstunden eine zweite Wasserleiche vor dem Bullauge erscheinen würde.

20. Wien

Toni hatte Angst. Er musste dauernd an Markos Tod denken. Die Gedanken an das schreckliche Ende seines Freundes ließen sich nicht vertreiben.

Er hatte den kleinen Rumänen vor einem Jahr in einem Beisl in der Leopoldstadt kennengelernt. Er erinnerte sich nicht gern an diese verhängnisvolle Nacht. In dem letztklassigen Hotel- oder besser gesagt Bordellzimmer fiel ihm jedoch ihre erste Begegnung wieder ein.

Er hatte die Zeche nicht bezahlen können. Es war zu einer Prügelei gekommen. Der Wirt hatte gedroht, seine hübsche Visage zu Brei zu schlagen.

Da setzte Marko den Muskelprotz mit ein paar gezielten Faustschlägen außer Gefecht. Bevor die Polizei eintraf, haute er mit dem leicht verletzten Toni ab.

Sie machten die Nacht in diversen Etablissements im Prater durch.

Toni ließ seiner Wut und seinem Frust freien Lauf. Bis in die frühen Morgenstunden schwafelte er dem kleinen Rumänen die Ohren voll. Ersparte ihm kein Detail seines beschissenen Lebens.

„Ob du es glaubst oder nicht, ich war mal ein sehr bekannter Gitarrist. Bin mit meiner Band in den berühmtesten Lokalen Budapests aufgetreten. Es gibt jede Menge CDs von uns."

„Ja, ja, ist schon gut, Mann", hatte Marko gesagt.

„Im Ernst. Schuld am Ende meiner Karriere waren allein der Alkohol und die verdammten Weiber. Ich Trottel hab eine Gadje mit zwei Kindern geheiratet, weil sie von mir schwanger war. Mein Kind hat das Licht der Welt nie erblickt. Meine Ex behauptete, es verloren zu haben. Ich glaube, sie hat es abtreiben lassen. War schon mit ihren zwei Buben total überfordert. Die schöne Ilona hat sich leider gleich nach der Hochzeit als dumme Tussi entpuppt. Ihr Kaufwahn hat mich ruiniert. Da sie wegen der Kinder nicht arbeiten konnte oder wollte, ist es von Jahr zu Jahr finanziell weiter bergab gegangen. Wir haben eine Zwei-Zimmer-Wohnung am Stadtrand von Budapest gehabt. Im Sommer hat es in diesem Plattenbau über vierzig Grad gekriegt. Im Winter haben wir uns den Arsch abgefroren."

„Oh, Mann, das kenn ich. Die Winter in Bukarest waren auch scheißkalt. Heizöl war schweineteuer ...", hatte Marko eingeworfen.

„Ja, und Benzin wurde auch von Jahr zu Jahr teurer. Ich hab sogar meinen Mercedes verkaufen müssen."

„Du hast einen Mercedes gehabt? Wow, Mann. Urgeil", hatte Markos Kommentar gelautet.

„Einen schrottreifen. Trotzdem, er hätte es noch ein, zwei Jahre gemacht. Ohne Wagen war ich völlig aufgeschmissen. Bin zuhause herumgehangen und hab mir die Jammerei meiner Alten angehört. Es ging immer nur ums liebe Geld. Mit der Liebe war es bald vorbei. Nach dem Verlust unseres Babys hat sie mich kaum mehr rangelassen. Meine Band löste sich auf. Meine Freunde haben bei anderen Gipsy-Gruppen angeheuert. Und ich hab halt auf Klavier umgesattelt. Ich spiele jedes Instrument, das man mir in die Hand gibt. Angeblich habe ich das absolute Gehör. Das hat mal so ein Professor auf der Budapester Musikhochschule behauptet. Ich wollte damals studieren. Aber das ist eine andere Geschichte."

Sie spazierten durch den Wiener Wurstelprater. Vorbei an den gespenstisch in den dunklen Himmel ragenden High-Tech-Attraktionen. Nächtliche Stille breitete sich über den hohen Türmen, den Hochschaubahnen, Geisterbahnen und Spielhöllen dieses berühmten Vergnügungsparks aus. Außer ihnen torkelten nur ein paar Betrunkene die Straße des Ersten Mai entlang.

Plötzlich wurden sie von zwei spärlich bekleideten Mädchen angesprochen: „Fünfzig Euro. Wenn wir es zu viert machen, kostet es achtzig“, hatte die eine der beiden gesagt.

Toni hatte für die jungen Nutten nur einen traurigen Blick übrig gehabt.

„Die sind doch echt geil“, hatte sich Marko ereifert.

„Willst du dir unbedingt was holen? Das sind Illegale“, hatte er gesagt.

„Sei nicht so verdammt spießig, Mann. Ich hab Präser dabei“, hatte Marko erwidert.

„Ich hab keine Lust.“

„Aber ich!“

„Dann treib es allein mit den beiden. Ich warte vorne beim Riesenrad auf dich.“

Marko schien sich nicht zu trauen, es allein mit zwei Mädchen aufzunehmen. Er folgte Toni, der schnellen Schrittes dem Eingang des Praters zusteuerte.

„Erzähl weiter, Mann“, hatte Marko ihn aufgefordert, als sie wieder nebeneinander her gingen.

„Eine Zeitlang hab ich als Barpianist im Budapester Hilton oben auf der Burg gearbeitet. Kurz ging es ein wenig aufwärts. Abends bin ich immer seltener nach Hause gefahren. Der ältere Sohn meiner Frau war heroinabhängig. Der Jüngere war ein Dummkopf und ein Raufbold. Ich hatte echt keinen Bock mehr, noch länger eine Kaufwütige und zwei Versager zu finanzieren. Hab meine Gagen versoffen, anstatt sie daheim abzuliefern. Vor drei Jahren war dann Schluss mit den Engagements in den schicken Hotels. Ich hab als unzuverlässig und aufbrausend gegolten. Zuletzt habe ich in einer Hotelbar alles kurz und klein geschlagen und irgendeinen Barkeeper mit einem abgebrochenen Flaschenhals bedroht, weil er mir nichts mehr zu trinken geben hat wollen. Ich hab ein Jahr Häf'n ausgefasst wegen leichter Körperverletzung und Vandalismus ..."

„Total abgefahren!" Marko hatte ihm auf die Schulter geklopft.

„Ja, das kannst du laut sagen. Ich war ein richtiges Arschloch. Als ich im Knast saß, hat meine Frau die Scheidung eingereicht. Nach der Scheidung hab ich mit der Sauferei aufgehört, aber trotzdem keinen Job mehr bekommen. Ich war am Ende."

Sie waren bei einem Würstelstand am Praterstern angelangt. Toni bestellte eine Käsekrainer und ein Mineralwasser.

Marko bestellte das gleiche.

„Irgendwann bin ich abgehauen. Nach Wien gegangen. Als Straßenmusiker auf der Kärntnerstraße und am Graben habe ich zumindest was verdient. Hab auf meiner Gitarre die alten Hadern gespielt. Songs von Bob Dylan, Bruce Springsteen und ähnliches Zeugs."

„Aha." Marko war anzumerken gewesen, dass er nur Bahnhof verstanden hatte.

„Ich bin mir wie ein Bettler vorgekommen. Habe in einer Absteige im 15. Bezirk gehaust. Mir mit acht anderen Verlierern eine kleine Altbauwohnung geteilt. Klo am Gang. Geschlafen hab ich auf einem Klappbett in der Küche. Im Winter haben wir mit dem Backrohr vom Gasherd geheizt. Schlimmer als in Budapest. Natürlich habe ich wieder zu saufen begonnen. Ich bin nicht mehr auf die Beine gekommen. Die Österreicher hab ich bald genauso gehasst, wie ich früher die Ungarn hasste. Man sieht mir anscheinend an, dass ich kein Einheimischer bin. Vor allem, wenn ich meine Haare offen trage und mich nicht ordentlich anziehe. Ich bin mehr als einmal von kahlgeschorenen Bomberjacken in der Wiener U-Bahn angerempelt und als „dreckiger Zigeuner“ beschimpft worden. Dabei sind die meisten Österreicher und vor allem diese Glatzen auch nicht auffallend gut gekleidet. Also muss es an meiner Haarfarbe liegen. Vor zwei Tagen haben mich meine Zimmergenossen rausgeworfen, weil ich ihnen die Miete für zwei Monate schuldig war. Die letzten beiden Nächte habe ich auf einer Parkbank im Stadtpark verbracht. Jetzt fühle ich mich zu allem fähig.“

In den frühen Morgenstunden hatte Marko ihn mit nach Hause in seine Wohnung in der Brigittenau genommen.

Seit dieser langen Nacht im Wiener Prater war Marko nicht mehr von der Seite seines neuen Freundes gewichen. Tagelang hatte er ihn bearbeitet und schließlich davon überzeugt, dass ihm nichts anderes übrig bliebe, als bei seiner Bande einzusteigen.

Tonis kriminelle Energie hatte sich bisher in Grenzen gehalten. Der erste Einbruch war ihm nicht leicht gefallen. Als plötzlich eine alte Dame schimpfend aus dem Schlafzimmer kam, hatte er vor Schreck zu schreien angefangen. Zum Glück hatte die resolute Alte Marko an seine verstorbene Oma erinnert. Er hatte sein Messer stecken gelassen. Sie hatten mit leeren Händen die Flucht ergriffen.

Danach hatte sich Toni ausbedungen, nie Gewalt anwenden und nie eine Schusswaffe tragen zu müssen. Mit Drogen wollte er ebenfalls nichts zu tun haben. Wegen seines drogenabhängigen Stiefsohns.

Ihr Zusammenleben in Markos Garconniere im 20. Bezirk, gleich bei der U6-Station Jägerstraße, verlief relativ problemlos. Die Nachbarn hielten sie für schwul, gingen ihnen aus dem Weg. Das war Toni nur recht. Er wollte keinen Kontakt zu Österreichern. Er wollte seine Ruhe.

Wenn es nichts zu tun gab, spielte er Gitarre. Er hütete sich, abends zu spielen. Denn die angeblich musikbegeisterten Wiener hätten dann sicher wegen Lärmbelästigung die Polizei verständigt.

Es war ein langweiliges Leben. Und doch fand er es erträglicher als das Leben, das er vorher geführt hatte. Die Wohnungseinbrüche betrachtete er bald als reine Brot-Jobs, so wie früher seine Engagements als Unterhaltungsmusiker. In seiner Lage konnte er es sich eben nicht aussuchen, womit er seinen Lebensunterhalt verdiente. Nicht nur einmal am Tag überlegte er, warum er dieses Leben unbedingt weiter leben sollte.

21. Belgrad

„Na, du kleine Schlampe", hört sie jemanden sagen. Die Stimme kommt von weit her und ist ihr vertraut.

„Hast du im Ernst geglaubt, du könntest mich erpressen? Du hast ja keine Ahnung, worum es geht, du dumme Kuh."

Sie versucht den Kopf zu drehen. Dabei wird ihr so übel, dass sie sogleich wieder brechen muss.

Sie kotzt sich auf der Toilette der Mannschaftsräume die Seele aus dem Leib, während der Rest der Crew an Deck den Geburtstag des Kreuzfahrtdirektors feiert.

Schuld an ihrem jämmerlichen Zustand ist der Patissier mit seiner geilen Torte.

Luca hat ihr ein Stück von Bernhards Geburtstagstorte in die Kabine gebracht. Er weiß, dass sie auf Süßes steht. Sie hat ihn angefleht, ihr auch ein bisschen Gras zu geben – auf Kredit. Sobald sie in Wien ankämen, würde sie ihre Schulden bei ihm bezahlen, hat sie ihm versprochen. Er schien bester Laune zu sein und brachte ihr tatsächlich ein bisschen Stoff, aber kein Gras, sondern etwas anderes. Sie hat die weißlichen Kristalle geschnupft. Das ist das Einzige, woran sie sich noch erinnert.

In ihrem Kopf dreht sich alles. Sie ist nicht mehr imstande, einen klaren Gedanken zu fassen.

„Mir ist schlecht", stammelt sie.

„Mir auch, wenn ich dich nur ansehe."

„Hilf mir, bitte!"

„Aber gern."

Der Mann packt sie unter den Armen und zerrt sie aus der Toilette.

Sie versucht sich zu wehren. Bei der kleinsten Bewegung wird ihr erneut übel.

Ihr Herz pocht wie verrückt und ihre Beine gehorchen ihr nicht mehr.

Er schleppt sie über einen langen Gang. Ihre Beine schleifen am Boden.

Sie weiß nicht genau, was mit ihr geschieht, ihr ist einfach nur schlecht.

Schließlich landet sie auf einer weichen Unterlage.

Sie atmet tief durch, fühlt sich für ein paar Sekunden besser. Hofft, doch nicht sterben zu müssen.

Sein böses Grinsen belehrt sie eines Besseren. Sie kriegt es nun erst recht mit der Angst zu tun. Sie will um Hilfe schreien.

Eine weiße Wolke nähert sich ihrem Gesicht. Senkt sich auf ihre Nase und ihren Mund.

Sie bekommt kaum mehr Luft. Zuckt hilflos mit Armen und Beinen.

Der Druck auf Nase und Mund wird stärker.

Sie ist geschwächt durch den Brechanfall von vorhin und verkrampft sich. Adrians hübsches Gesicht taucht vor ihren Augen auf.

Ihr Pulsschlag beschleunigt sich kurz. Sie spürt ein heftiges Klopfen in ihrem Hals. Dann schlägt ihr Herz auf einmal nur mehr ganz langsam.

Nach ein paar Minuten verliert sie das Bewusstsein. Ihr Atem kommt zum Stillstand. Sie schnappt noch einmal nach Luft, bevor sie ihre Reise ins Jenseits antritt.

22. Belgrad

Am siebten Tag unserer Reise lag ich um vier Uhr morgens allein und hellwach in unserer Kabine.

Daniela hatte ich seit Dienstschluss nicht mehr gesehen. Ich hatte angenommen, sie wäre nach der Arbeit gleich zu Bett gegangen. Dass sie um Mitternacht nicht Bernhards Geburtstag mit uns feiern wollte, hatte ich mir schon gedacht. Aber wo war sie hin? War sie womöglich mit Orlando und Luca in die Stadt gegangen?

Ich konnte mir beim besten Willen nicht vorstellen, dass sich jemand freiwillig diesen beiden Turteltäubchen anschließen würde.

Orlando ging es nicht gut, als er gegen fünf Uhr früh in unsere Kabine wankte. Er war kreidebleich und hatte dunkle Ringe unter den Augen.

„Kafka, mir ist so schlecht. Ich glaube, ich muss sterben. So übel war mir selbst bei meinem schlimmsten Rausch nicht. Der arme Luca ... Ich habe fürchterlich gekotzt ..."

Mein Mitgefühl hielt sich in Grenzen. Ich hoffte, mir die Details dieser unappetitlichen Geschichte ersparen zu können.

„Hast du eine Ahnung, wo sich Daniela herumtreibt?"

„Bitte lass mich in Frieden!"

„Hab ja nur gefragt."

„Frag lieber Nicolai. Die beiden stecken in letzter Zeit öfter beisammen. – Oh Gott, ich muss mich gleich übergeben", stöhnte er und stürzte auf den Gang hinaus.

Er tat mir leid. Aber ich konnte nichts für ihn tun, außer, mich auf die Suche nach Daniela zu begeben. Wohl oder übel würde ich sie ein weiteres Mal bitten müssen, mit Orlando den Dienst zu tauschen.

Um diese frühe Stunde war es mucksmäuschenstill auf dem langen Gang. Nur hin und wieder vernahm ich das Geräusch einer Klospülung hinter einer verschlossenen Kabinentür. Ich hatte einen gewissen Verdacht, wo sich Daniela aufhalten könnte. Unlängst hatte sie mal erwähnt, dass sie sich manchmal einen ganz speziellen Schlummertrunk in der Küche genehmigte, wenn sie nicht schlafen konnte.

Auf Deck 2, wo sich die besser ausgestatteten und zum Großteil leer stehenden Kabinen befanden, bildete ich mir plötzlich ein, nicht mehr allein zu sein.

Schlurfende Schritte, gefolgt von einem leisen Quietschen.

Ich drehte mich um.

Es war niemand zu sehen. Doch da war es wieder. Kam das Geräusch von vorne, vom Speisesaal, der sich ebenfalls auf Deck 2 befand?

Auf einmal ertönte heftiges Rumoren im Bauch des Schiffes, gefolgt von lauten Motorengeräuschen und leichtem Schwanken. Die MS Kaiserin Sisi legte in Belgrad ab.

Ein Schrei. Ich erstarrte.

Der Schrei war von unten gekommen, wenn ich mich nicht irrte. Ich rannte hinunter und sah gerade noch, wie einer der Stewards die Tür einer Kabine zuschlug und in die andere Richtung davonlief.

„Halt! Bleib sofort stehen!“, rief ich.

Er blieb tatsächlich stehen und drehte sich um.

Offenbar war er erleichtert, mich zu sehen. Zögernd machte er ein paar Schritte auf mich zu, stammelte: „To ...

to ..., tot“, und deutete mit zitternder Hand auf eine der Kabinentüren.

„Was ist los?“

„Da, da drin ...“

„Gib mir deine Karte.“

Er reichte sie mir sofort.

Ich öffnete die Tür.

Und da lag sie kerzengerade in der Mitte des französischen Bettes.

Ich beugte mich über sie.

Ihr Gesicht war weiß. Nein, es schimmerte leicht bläulich.

Ich griff nach ihrer linken Hand. Kein Puls. Die Hand war kalt.

Merkwürdigerweise blieb ich ganz ruhig.

Auf den ersten Blick waren keine äußeren Verletzungen zu sehen. Weder eine blutige Wunde, noch Striemen am Hals oder sonstige Zeichen von Gewaltanwendung. Trotzdem vermutete ich, dass sie keines natürlichen Todes gestorben war.

Ihre weiße Bluse war schmutzig. Hatte gelb-bräunliche Flecken. Ich roch daran. Roch Erbrochenes. Doch sonst gab es nirgends im Zimmer Spuren von Erbrochenem.

Ich sah mir ihre Hände genauer an. Sie fühlten sich klebrig an. Der Körper war noch nicht steif. Der Tod dürfte also vor nicht allzu langer Zeit eingetreten sein.

Ich wollte den Steward bitten, den Kapitän zu verständigen, doch der Bursche hatte sich aus dem Staub gemacht. Ich würde ihn schon zu fassen kriegen, hatte ja sein Gesicht gesehen. Zum Glück hatten wir bereits abgelegt. Er konnte also nicht mehr von Bord.

Ich musste mich wohl oder übel selbst auf die Suche nach dem Kapitän begeben. Warf einen letzten Blick auf die Tote und hätte am liebsten losgeheult.

Draußen auf dem Gang lief ich Bernhard in die Arme.

Irritiert musterte er mich und öffnete dann den Mund. Dieses Mal ließ ich ihn nicht zu Wort kommen.

„Da drinnen liegt Daniela. Sie ist tot."

Ich bat ihn, vor der Kabinentür Wache zu halten und lief hinauf.

Auf der Brücke traf ich sowohl den Kapitän als auch den Ersten Offizier an.

In Kurzfassung schilderte ich ihnen, was passiert war, verlor aber kein Wort über meinen Verdacht, dass es Mord gewesen sein könnte.

„Kümmere du dich darum, Theo", sagte der Kapitän. Nicht nur sein leichter Zungenschlag, auch seine wässrigen rot geäderten Augen verrieten, dass er ziemlich illuminiert war.

Als ich gemeinsam mit dem Ersten Offizier zurück zur Kabine kam, hielt Bernhard nicht mehr Wache vor der Tür, sondern saß neben der Toten auf dem Bett. Und vor dem Bett stand Onkel Sandor. Er war fast so bleich wie die Tote.

„Herzstillstand, würde ich sagen", meinte Bernhard. Offenbar glaubte er, sein abgebrochenes Medizinstudium würde ihn dazu berechtigen, so mir nichts dir nichts die Todesursache festzustellen.

„Hast du die kleinen Blutungen in ihren Augen nicht gesehen? Sie sind nur so groß wie ein Stecknadelkopf. Nennt man das nicht Petechien? Außerdem ist ihr Gesicht leicht bläulich. Und schaut euch ihre Haut um Nase und Mund an, die ist ganz vertrocknet. Das alles könnte auf einen Erstickungstod hindeuten." Soviel medizinische Kenntnisse besaß sogar ich, ohne abgebrochenes Medizinstudium.

„Übrigens muss sie nicht in dieser Kabine gestorben sein. Jemand könnte sie hierher gebracht haben, als sie längst tot war", fuhr ich fort.

Theodor Spiridon starrte die Tote und mich abwechselnd mit weit aufgerissenen Augen an.

„Wir sollten bei der nächstbesten Schiffsstation anlegen und einen Arzt holen. Nein, am besten wir rufen sofort die Wasserpolizei“, sagte Sandor.

Nach einer Weile vernahmen wir ein leises: „Das ist korrekt.“ Die Lippen des Ersten Offiziers hatten sich kaum bewegt.

„Bis Apatin brauchen wir noch ein paar Stunden“, erwiderte Bernhard.

„Das ist korrekt“, wiederholte der Erste Offizier.

„Wir können sie doch nicht stundenlang so hier liegen lassen“, warf ich ein.

„Vielleicht sollten wir den Leichnam in den Kühlraum bringen?“, schlug Sandor vor.

„Unmöglich! Dort unten befinden sich leicht verderbliche Lebensmittel“, sagte Bernhard rasch.

„Na und? Der Tod ist nicht ansteckend“, warf ich ein.

„Ich halte das ebenfalls für keine gute Idee“, sagte Theodor Spiridon.

Er drehte die Klimaanlage auf die höchste Stufe und gab uns mit eindeutigen Handbewegungen zu verstehen, den Raum zu verlassen.

In diesem Moment fiel mein Blick auf den Polster, der neben dem Gesicht der Toten lag. Er hatte einen größeren, dunklen Fleck.

Ich berührte den Fleck. Er war feucht.

Danielas Speichel? War sie mit diesem Polster erstickt worden?

Der verdammte Champagner kam mir hoch.

Ich sagte nichts. Verließ mit den anderen die Kabine.

„Pass auf“, sagte der Erste Offizier zu Sandor, als er die Tür hinter uns schloss. „Ich muss den Kapitän informieren.“

„Und ich muss in die Bar. Orlando fühlt sich heute nicht gut."

Bernhard folgte mir und dem Ersten Offizier.

Während wir die Stiegen hinaufgingen, redete Bernhard auf mich ein. Erklärte mir, dass so ein plötzlicher Herzstillstand öfter vorkomme, als man denke. „Auch bei jungen Menschen. Genetische Defekte, unentdeckte Herzleiden und andere Minderwertigkeiten der Organe sind vor allem bei diesen Zig..."

Ich blieb stehen und drehte mich zu ihm um. Am liebsten hätte ich ihm eine geschmiert.

Mein wütender Blick ließ ihn verstummen.

Unsere Wege trennten sich am Oberdeck. Mit gesenktem Kopf ging er Richtung Restaurant und ich in die Bar.

Wir hatten einen Mörder an Bord, oder wenn mein Onkel recht hatte, eine mordende Viererbande. Ich konnte keinem mehr trauen, außer Sandor und Orlando. Aber mit dem war momentan nichts anzufangen.

In der Bar war zum Glück nichts los. Ich stellte das Schild Bar geschlossen auf die Theke und eilte hinunter in unsere Kabine.

„Endlich! Wo warst du so lange?", fragte Orlando.

Er sah erbärmlich aus.

„Daniela ist tot."

„Waas?"

Ich hielt ihm den Mund zu. „Nicht so laut. Durch diese dünnen Türen hört man draußen am Gang jedes Wort. Höchstwahrscheinlich ist sie ermordet worden. Sandor hält momentan die Stellung bei der Leiche. Der Erste Offizier verständigt gerade den Kapitän und die Wasserpolizei."

„Ermordet?"

„Vermutlich ist sie erstickt worden. Oder vergiftet. Bevor sie starb, hat sie erbrochen."

„Um Himmels willen!"

„Pst."

Er behauptete nun im Flüsterton, dass es auch jemand auf ihn abgesehen habe, denn er hätte heute Nacht ebenfalls eindeutig Vergiftungserscheinungen gehabt. Und ihm sei nach wie vor schlecht.

„Was ist denn das?" Ich deutete auf einen Teller mit völlig zermatschten Tortenresten.

„Bernhards Geburtstagstorte."

„Und was hat die in unserer Kabine verloren?"

„Weiß ich auch nicht."

„Hast du sie nicht mitgebracht?"

„Nein."

Ich wollte diese ekeligen Tortenreste in den Papierkübel werfen, doch Orlando hinderte mich daran.

„Warte! Vielleicht ist mir deswegen so schlecht. Als ich mich gestern Abend, bevor ich mit Luca ausging, umgezogen habe, lag der Teller mit der Torte auf Danielas Bett. Ich konnte nicht widerstehen und habe ein paar Bissen davon gekostet. Luca ist ja wirklich ein grandioser Zuckerbäcker."

„Ja, ja, das hast du schon öfter erwähnt."

„Jemand könnte Rattengift reingetan haben. Sie schmeckte komisch."

„Komisch?"

„Nach Mandeln würde ich sagen. Dabei ist es eine Malakoff, und da gehören meines Wissens keine Mandeln rein."

„Du redest von Arsen?"

„Und Spitzenhäubchen", kicherte Orlando, dem es anscheinend besser ging.

„Ich finde das nicht sehr spaßig. Daniela ist tot. Meinst du im Ernst, dass sie jemand mit diesem Tortenstück vergiftet haben könnte?"

„Quatsch. Glaube eher, sie hat auch Crystal Meth genommen und ist an einer Überdosis gestorben."

„Ich hatte nicht den Eindruck, dass sie auf Drogen war. Das hätte ich bemerkt."

„Möglich wär's immerhin. – Aber hast du schon mal daran gedacht, dass auf diesem Schiff Crystal Meth geschmuggelt werden könnte? Vielleicht sind Daniela und ihr Freund dahinter gekommen und deswegen ermordet worden?"

„Wir müssen sofort mit meinem Onkel reden. Verdammter Mist, es ist neun Uhr und kein Mensch ist in der Bar. Ich muss rauf. Kannst du nicht Sandor verständigen?"

„Mit dir gemeinsam, ja. Allein trau ich mich nicht aus unserer Kabine. Wenn der Mörder es auch auf mich abgesehen hat, ..."

„Wir gehen da jetzt beide raus. Ich gehe hinauf in die Bar und du gehst zu Sandor, erzählst ihm von deinem Verdacht. Danach sperrst du dich hier ein und legst dich wieder aufs Ohr. Ich schaffe den Tagdienst in der Bar allein. Und du öffnest nur mir. Okay?"

„Wie kann ich wissen, dass du es bist?"

„Sei nicht kindisch. Du kannst meine Stimme durch die Tür hören."

23. Wien

Toni hörte Stimmen. Genauer gesagt Markos Stimme: „Du brauchst keine Angst vor Vladimir zu haben. Mit dem wirst du locker fertig. George Negrescu hingegen ist ein anderes Kaliber. Ihn zu erwischen wird schwierig sein. Seine Leute passen gut auf ihn auf."

„Ich weiß, Marko", flüsterte Toni.

Hör auf, mit einem Toten zu reden, ermahnte er sich und begann zu packen.

Zuerst fuhr er zum neuen Hauptbahnhof. Gab dort seine Tasche in die Gepäckaufbewahrung. Die Gitarre passte nicht in das kleine Fach hinein. Es blieb ihm nichts anderes übrig, als sie zum Mexikoplatz mitzunehmen.

Es war purer Leichtsinn, sich dort blicken zu lassen. Negrescu hatte seine Informanten bestimmt überall. Vor allem dort, wo sich zwielichtige Gestalten herumtrieben.

Toni wusste jedoch nicht, wo er sich sonst eine Waffe hätte besorgen können.

Der Besitzer eines Altwarengeschäfts am Mexikoplatz war einer von seiner Sippe. Eine Art Onkel zweiten Grades. Toni hoffte, dass er sich auf Ferenc verlassen konnte.

„Bist du wahnsinnig! Willst du ihnen unbedingt in die Arme laufen? Euer letzter Coup ist Stadtgespräch!" Ferenc packte ihn am Arm. Zerrte ihn hinter den Vorhang, der den Laden vom Lager trennte.

„Einer von Negrescus Leuten war vor einer halben Stunde bei mir. Der mit der Boxervisage. Du kennst ihn. Er hat nach dir gefragt."

„Dann bin ich im Moment ja hier sicher."

„Ich will in diese Geschichte nicht hineingezogen werden. Angeblich hast du deinen Kumpel erschossen."

Es klang mehr wie eine Frage.

„Habe ich nicht. Ich besitze nicht einmal eine Waffe. Deswegen bin ich ja hier. Ich brauche dringend einen Revolver oder eine Pistole. Irgendwas zum Schießen halt. Kannst du mir etwas besorgen?"

Ferenc schaute ihn misstrauisch an.

„Wenn du dich mit denen anlegen willst, musst du komplett verrückt geworden sein. So einen wie dich verspeist der Negrescu vorm Frühstück."

„Das lass meine Sorge sein. Quatsch nicht soviel, sondern sag mir, ob du was für mich hast oder nicht."

„Eine alte Glock ...“

„Bestens! Her damit.“

„Die ist nicht billig.“

„Geld spielt keine Rolle.“ Toni nahm ein Bündel großer Scheine aus seiner Hosentasche.

„Wo hast du die viele Kohle her?“

„Je weniger du weißt, umso besser für dich. Glaubst du nicht auch, Onkelchen?“ Er klopfte Ferenc auf die Schulter.

„Du warst immer schon ein wilder Hund.“

„Nicht immer.“

Ferenc öffnete einen versperrten Schrank und reichte Toni eine Glock 17.

Toni begutachtete das alte Ding.

„Sie ist vollkommen in Ordnung. Ich habe auch genügend Munition dafür.“

„Perfekt.“

Toni legte ein Päckchen Scheine auf den Kohleofen. Steckte die Waffe in seinen Hosenbund und die Munition in seine Jackentasche.

„Kannst du meine Gitarre ein paar Tage bei dir aufbewahren? Ich hol sie mir wieder, wenn alles vorbei ist.“

Ferenc nickte.

„Nicht verkaufen! Sie ist das einzig Wertvolle, was ich besitze.“ Das war zwar gelogen, wenn er an die Schmuckstücke in der Gepäckaufbewahrung dachte, doch die würde er nicht so schnell zu Geld machen können.

„Du hast mich nicht gesehen, nichts von mir gehört. Alles klar?“

„Was denn sonst? Glaubst du im Ernst, ich verpfeif den Sohn meines Cousins zweiten Grades?“

Toni umarmte Ferenc flüchtig und ging raschen Schrittes hinüber zur Franz-von-Assisi-Kirche.

Die roten Dachziegel der drei massiven Türme sahen sehr dunkel aus. Ihre Farbe erinnerte ihn an vergossenes

Blut. Die Rosen im Garten rund um die Kirche waren verblüht. Der Rasen wirkte ungepflegt. Die Blätter der hohen Bäume raschelten unheimlich im Wind.

Toni fand es sehr ungemütlich in dem menschenleeren Park.

Auch die große, im rheinisch-romanischen Stil erbaute Kirche war leer. Sie wirkte düster an diesem trüben Tag. Kein Sonnenstrahl drang durch die bemalten Fenster.

Die Feuchtigkeit kroch durch seine Kleider. Das nahe Wasser war spürbar.

Toni studierte den Prospekt, erfuhr, dass die Kirche anlässlich des fünfzigjährigen Thronjubiläums von Kaiser Franz Josef erbaut worden war. Da er für Kaiser und Könige nicht viel übrig hatte, ging er hinüber ins linke Seitenschiff, in dem sich die Elisabeth-Kapelle befand. Die schöne Kaiserin war eher nach seinem Geschmack.

Kaiser Franz Josef hatte nach der Ermordung seiner Frau keine Kosten gescheut. Die Kapelle war mit viel Gold und Marmor ausgeschmückt worden.

Im ersten Moment war Toni sprachlos angesichts all dieser Pracht. Ehrfürchtig bestaunte er das wunderbare, reich vergoldete Mosaik der heiligen Elisabeth von Thüringen auf der Wölbung des Altarraums.

Er setzte sich in die letzte Bank der Jugendstil-Kapelle. Lud in aller Ruhe seine Glock. Zielte damit auf die Heilige, entschuldigte sich sogleich bei ihr und nahm den Zeigefinger wieder vom Abzug.

Er schloss die Augen, versuchte, sich zu entspannen. Sogleich tauchten Bilder des sterbenden Marko auf.

Leise Schritte. Ein unterdrücktes Räuspern. Er drehte sich um.

Kein Mensch war zu sehen.

Plötzlich ertönten Orgelklänge aus dem Hauptschiff der Kirche.

Der Organist war gut. Toni hätte ihm gern eine Weile zugehört. Hatte aber keine Zeit zu verlieren.

Bevor er die Kirche verließ, zündete er beim Eingangstor eine Kerze für den toten Marko an. Nach dem Motto: ‚Nützt es nichts, so schadet es nichts.'

Toni war katholisch erzogen worden. Heute glaubte er nicht mehr an Gott. Die Spuren einer katholischen Erziehung lassen sich jedoch niemals völlig auslöschen. In einem kurzen Gebet bat er den Herrgott um Hilfe für sein Vorhaben.

Anschließend fuhr er hinaus nach Hietzing. Er musste mehrmals umsteigen. Brauchte eine kleine Ewigkeit vom 2. bis in den 13. Bezirk, da er nach wie vor die U-Bahn mied.

Als er die Straßenbahn verließ, sah er sich vorsichtig um.

Außer ihm war kein Mensch zu Fuß unterwegs.

Er ging in das Espresso an der Straßenecke, gleich schräg gegenüber der Straßenbahnhaltestelle. Von hier aus konnte er den Eingang zur Villa des Chefs im Auge behalten.

Mit einer Zeitung setzte er sich an einen kleinen Tisch beim Fenster. Überflog die Schlagzeilen: Bankenskandal, Bürgerkrieg in Syrien, Spannungen in der österreichischen Koalitionsregierung, Wiener Burgtheater geschlossen, Italientief ... Das alles war ihm sowas von scheißegal, wie Marko gesagt hätte. Das Einzige, was ihn interessierte, war, wer die Villa verließ oder betrat.

Nach einer Stunde und zwei Großen Braunen tat sich endlich etwas im Vorgarten.

Ein vierschrötiger Typ öffnete das Gartentor.

Toni erkannte den Bodyguard, der auch letztens hier Wache geschoben hatte, sofort wieder.

Die Dämmerung senkte sich bereits über die Stadt. Nebelschwaden zogen vorüber.

Toni versteckte sein Gesicht hinter der Zeitung. Schielte über den Rand.

Vladimir kam aus dem Haus, knapp gefolgt von George Negrescu.

Der Muskelprotz hielt ihnen das Gartentor auf.

Davor parkte ein eleganter, dunkelgrauer Mercedes.

Der Bodyguard öffnete die rechte hintere Tür des Wagens für Negrescu.

Vladimir nahm auf dem Beifahrersitz Platz.

Toni sprang auf, rannte hinaus und zog im Laufen seine Pistole.

Ein Schuss brach durch den Nebel.

Ein Schrei.

Der Bodyguard sank wie in Zeitlupe zu Boden.

Der Chauffeur gab Gas.

Der Wagen raste an Toni vorbei.

Ein zweiter Schuss ließ die Spatzen im Gebüsch laut zwitschernd aufschrecken.

Toni spürte einen heftigen Schlag am rechten Oberarm. Doch er drückte ein zweites Mal ab. Toni war Linkshänder.

Seine zweite Patrone zerbarst die hintere Scheibe des Mercedes. Das Klirren von Glas klang in seinen Ohren nach.

Ihm wurde schwindlig. Er starrte auf das Blut, das sich durch den Ärmel seines Sakkos den Weg bahnte und auf den Asphalt tropfte.

Der Wagen war längst mit quietschenden Reifen auf die Hietzinger Hauptstraße eingebogen und fuhr in höllischem Tempo davon.

Toni taumelte. Ließ sich am Straßenrand nieder.

Der Kellner kam aus dem Café, er versuchte ihm aufzuhelfen, redete gleichzeitig von der Polizei.

Mit letzter Kraft raffte sich Toni auf. Stieß den Kellner weg und schrie „Hau ab!“

Daraufhin schaute der junge Mann ihn erschrocken an und lief zurück ins Lokal.

Toni torkelte auf die Hauptstraße.

Der 60er fuhr gerade in die Station ein.

Er schaffte es mit Müh und Not in den hinteren Wagen einzusteigen.

Der Waggon war fast leer. Außer ihm schlief nur ein Sandler seinen Rausch auf einer Doppelbank aus.

Toni schimpfte sich selbst einen Vollidioten. Wahrscheinlich hatte er weder den Boss noch Vladimir erwischt. Diese ganze Aktion war saublöd und dilettantisch gewesen.

Er zog sein Sakko aus. Biss die Zähne zusammen, weil jede Bewegung höllisch weh tat. Mit seiner Linken riss er einen Teil des Futters heraus und versuchte damit das Blut zu stillen. Nach ein paar Minuten warf er den blutdurchtränkten Fetzen fluchend weg. Er stöhnte vor Schmerz, als er auch aus seinem Hemd schlüpfte. Mit den Zähnen trennte er einen Ärmel ab und versuchte verzweifelt, ihn um seinen rechten Oberarm zu binden. Nachdem er das Stück Stoff endlich verknotet hatte, kam die Blutung tatsächlich zum Stillstand.

Er war froh, heute Morgen ein langärmeliges T-Shirt unter dem Hemd angezogen zu haben. Denn es war kalt geworden.

Was, wenn der Kellner die Polizei angerufen hat, fragte sich Toni. Er musste den 60er schleunigst verlassen.

Bei der U-Bahn-Station Hietzing stieg er aus. Drückte sich in eine finstere Ecke und bemühte sich, das Sakko wieder anzuziehen.

Der Schmerz beim Bewegen seines Armes war fast unerträglich. Schließlich gelang es ihm, den Ärmel über die Schusswunde zu ziehen. Er knöpfte das Sakko zu und schleppte sich zur Rolltreppe.

Als die U-Bahn einfuhr war er einer Ohnmacht nahe. Wie durch ein Wunder schaffte er es, bis zum Karlsplatz durchzuhalten und dort in die U1 umzusteigen.

Während der langen Fahrt nach Transdanubien hatte er genügend Zeit, über seine nächsten Schritte nachzudenken.

Er rief einen Bekannten an. Der Mann hob nicht ab.

Nach ein paar Minuten versuchte Toni es erneut.

„Horst Woratsch", meldete sich eine belegte Stimme.

„Ich bin's, Toni. Wann kommst du in Wien an? Ich muss schleunigst abhauen. – Ja, es ist einiges schief gelaufen. – Waaas? – Verdammt, so lange kann ich nicht warten. – Ich verstehe dich kaum. Habe schlechten Empfang. – Okay, mir wird wohl nichts anderes übrig bleiben. – Ja, melde dich aus Bratislava. Gut, wir hören voneinander ..."

Bei der Station „Alte Donau" verließ Toni die U-Bahn. Schräg gegenüber fiel ihm ein schwacher Lichtschimmer ins Auge.

Eine Imbissbude. Geschlossen. Nur die Leuchtreklame war an.

Toni brach mit der Linken den Rollladen auf und versorgte sich mit Brotscheiben, Schokoriegeln und Getränkedosen. Stopfte alles in seinen Rucksack. Als er die gespenstisch menschenleere Straße entlang wankte, erblickte er eine Apotheke.

Mit seinem mittlerweile ziemlich schweren Rucksack schlug er ein Schaufenster ein.

Die Alarmanlage ging los.

In den wenigen Minuten, die ihm bis zum Eintreffen der Bullen blieben, deckte er sich mit Nadel und Faden, Verbandszeug, Schmerzmitteln, Schlaftabletten, Vitaminen und Traubenzucker ein.

Während er den Gehweg zur Alten Donau hinuntereilte, vernahm er bereits die ohrenbetäubende Sirene eines Polizeiwagens.

Er hockte sich hinter ein Gebüsch.

Sein rechter Arm hatte wieder zu bluten begonnen. Er brauchte dringend einen Arzt.

Einen Augenblick lang überlegte er, aufzugeben, sich der Polizei zu stellen. Sie um Hilfe zu bitten. Doch die Polizei war nie sein Freund und Helfer gewesen.

24. Donau: Belgrad – Apatin

Ich musste an diesem Morgen also wieder einmal auf Orlandos Hilfe verzichten.

Vor dem Frühstück war nicht viel los in der Bar. Ein paar Morgenmenschen bestellten einen ersten Kaffee oder ein Glas frisch gepressten Orangensaft.

Als die Glocke zum Frühstück rief, leerte sich die Bar in Sekundenschnelle.

Ich räumte die Tische ab und schaltete den halbleeren Geschirrspüler ein.

Plötzlich stand Sandor neben mir.

„Wir müssen dringend reden. Lass dich von Orlando ablösen und komm zu mir in die Kabine."

„Orlando hat einen verdorbenen Magen. War er nicht vorhin bei dir und hat dir alles erzählt?"

„Genau darum geht es. Ich glaube nicht an seine Drogen-Version."

„Wir können hier reden, außer uns ist niemand da. Hast du inzwischen mit dem Kapitän gesprochen?"

„Der liegt betrunken am Boden seiner Kabine. Dürfte sich nach dem Ablegen in Beograd eine Flasche Whisky als Manöverschluck gegönnt haben. Die leere Flasche kugelt neben ihm herum. Wenn ich Theo richtig verstanden habe, ist Horst ein Quartalsäufer. Er scheint momentan seine Saufphase zu haben, nachdem er ja zu Beginn der Fahrt durchaus gut beisammen war."

„Ich habe mitbekommen, dass er säuft. Dass es so schlimm um ihn steht, habe ich jedoch nicht geahnt."

„Ich wollte Theodor helfen, den Käpt'n wieder auf die Beine zu kriegen. Habe ihn mehrmals geohrfeigt. Als das nichts gebracht hat, habe ich ihm einen Kübel kaltes Wasser ins Gesicht geschüttet."

„Sandors Radikalkur?"

„Mach dich nur lustig über mich. Wenigstens bekam er die Augen wieder auf. Mit ihm ist aber absolut nichts anzufangen. Ich sagte Theodor, dass er das Kommando übernehmen müsse. Nicht nur über das Schiff, sondern, was unsere weitere Vorgehensweise wegen Daniela betrifft. Du kannst dir nicht vorstellen, wie er reagiert hat. Er begann am ganzen Körper zu zittern. Schweißperlen erschienen auf seiner Stirn. Und er murmelte andauernd: ‚Das ist korrekt, das ist korrekt ...'

„Er ist ein Autist. Die sagen solche Standardsätze."

„Autist ist übertrieben. Manchmal gibt er ja ein paar längere Sätze von sich. Außerdem ist er ein hervorragender Seemann. Ein toller Navigator. Mich wundert, dass er auf so einem kleinen Donauschiff arbeitet. Auf den Weltmeeren wäre er besser aufgehoben."

„Trotzdem musst du zugeben, dass er sich eigenartig verhält. Er ist völlig unsozial, hockt Tag und Nacht vor seinem Laptop. Orlando nennt ihn den Grottenolm, wegen seiner vornehmen Blässe und weil er die Steuerkabine so gut wie nie verlässt."

„Ja, er ist ein Spinner, aber ich glaube mittlerweile, dass er in Ordnung ist. Mit mir unterhält er sich oft ganz normal. Vielleicht machst du ihn nervös? Ich kann mir nicht vorstellen, dass er viel Erfahrung mit Frauen hat. Und sicher sitzt er dauernd dort oben, weil er über das Alkoholproblem des Kapitäns Bescheid weiß. Wir sollten ihm eher dankbar sein, dass er den Kurs im Auge behält."

„So kann man es auch sehen."

Sandor hatte mich mit seinen Argumenten nicht ganz überzeugen können. Trotzdem war ich bereit, Theodor Spiridon eine zweite Chance zu geben.

„Hat er die serbische Polizei verständigt? Warum sind sie noch nicht da? Die haben doch Schnellboote. Ich habe in Belgrad welche gesehen."

Sandor schüttelte den Kopf.

„Ich glaube zwar nicht, dass er ein Autist ist, doch so ein Telefonat hätte ihn überfordert. Ich habe selbst sowohl die Polizei als auch die Hafenmeisterei in Apatin verständigt. Mein Serbisch ist eingerostet. Soviel ich verstanden habe, erwarten sie uns im neuen Donauhafen von Apatin."

Ich sah auf meine Armbanduhr.

„Wir sollten bald dort sein."

„Nein, wir haben Verspätung. Sind viel zu langsam unterwegs."

„Egal. Ich muss dir unbedingt was sagen. Ich mache es kurz. Gleich werden die Passagiere die Bar stürmen. Daniela hat mir erzählt, dass Bernhard sie gezwungen hätte, ihm einen zu blasen."

„Kann ich mir gut vorstellen. Bernhard kommt nicht wirklich bei den Frauen an. Das ist mir schon während mehrerer Fahrten aufgefallen. Er macht sich an jede halbwegs attraktive Frau ran. Ist auch nicht sehr wählerisch, was das Alter der Damen betrifft."

Bildete ich mir ein, dass er mir dabei einen fragenden Blick zuwarf? Hatte er letztens mitgekriegt, wie Bernhard und ich uns küssten?

„Er ist ähnlich sonderbar wie Theo. Ist dir aufgefallen, dass er einem selten direkt in die Augen schaut? Außerdem kann er nicht zuhören. Er redet wie aufgezogen. Und wenn er mal den Mund hält, dann nur, um zu verschnaufen und seinen nächsten Monolog vorzubereiten."

„Aber deswegen muss Bernhard noch lange kein Mörder sein."

„Natürlich nicht. Adrians Tod könnte durchaus ein Unfall gewesen sein oder jemand hat ihn in Notwehr getötet. Die Moldawier sind schnell mit dem Messer zur Hand. Vielleicht hat sich Bernhard nur verteidigt, und der Junge ist über Bord gestürzt?"

„Sollte er Adrian auf dem Gewissen haben, hat er auch Daniela beseitigt."

„Anzunehmen."

„Orlando glaubt übrigens, dass auch ihn gestern jemand vergiften wollte. Er war mit dem Patissier in der Belgrader Innenstadt unterwegs und hat angeblich kaum etwas getrunken, aber mehrmals erbrochen."

„Er könnte irgendein Junk Food gegessen haben."

„Mag sein. Ich nehme seine Beschwerden ja nicht wirklich ernst. Er ist sowieso ein Hypochonder."

„Oder er hat Drogen genommen?"

„Orlando hascht gern. Von stärkeren Sachen hält er sich seit Jahren fern, soviel ich weiß. Außerdem hast du vorhin selbst gesagt, dass du nichts von seiner Drogen-Theorie hältst."

„Ich kann mir nicht vorstellen, dass auf der MS Kaiserin Sisi Crystal Meth geschmuggelt wird. Wenn es sich um Heroin handeln würde, wär's was anderes. Dieses billige Glumpert bringt einfach zu wenig." Sandor hatte so leise gesprochen, dass ich ihn kaum verstanden hatte.

„In der letzten SMS, die Daniela von Adrian bekommen hat, stand: ‚Wir werden bald reich sein.' Adrian könnte das Rauschgift entdeckt und ein Säckchen als Beweis entwendet haben. Oder er hat gleich mehrere Säckchen gestohlen und woanders versteckt und wollte sie auf eigene Rechnung verkaufen?"

„Du meinst, sie haben ihn dabei erwischt, wie er das Zeug klaute? Nein, Prinzessin, das glaub ich nicht."

„Oder er hat sie erpresst. Wer auch immer sie sein mögen."

„Ich glaube, du irrst dich. Die meisten Crewmitglieder rauchen Hasch, um das Eingesperrtsein auf diesem Schiff und die monatelange Eintönigkeit besser ertragen zu können. Wenn Crystal Meth heutzutage in ist, werden sie das auch ausprobieren. Mag schon sein, dass jemand einen kleinen Vorrat dabei gehabt hat. Daraus würde ich keine große Geschichte machen."

„Diese Droge ist immens gefährlich, hat Orlando gesagt."

„Im Ernst? Ich hab gehört, dass man sich das Zeug sogar selbst herstellen kann."

Die ersten Gäste näherten sich jetzt nach dem Frühstück der Theke und bestellten Kaffee.

Sandor zwinkerte mir zu und ging mit seinem Kaffee hinauf an Deck.

Die Möglichkeit, dass Daniela, genauso wie Orlando, etwas Verdorbenes gegessen haben könnte, ist nicht auszuschließen, fand ich.

Kurz darauf hatte ich soviel zu tun, dass ich nicht mehr zum Nachdenken kam. Da ich allein in der Bar war, musste ich auch oben im Freien servieren.

Zum ersten Mal erschien der alte Sünder von gestern Nachmittag wieder an Deck – mit einem blauen Auge.

So manch anderer ältere Herr klopfte ihm verstohlen auf die Schulter. Für einige dieser Pensionisten war er der Held des Tages.

„Im Alter schlagen die Frauen eben zurück", sagte ich zu Sandor, der im Schatten saß. „Ihr Leben lang haben sie nach der Pfeife ihrer Männer getanzt. Doch nun, wenn die Alten kränklich und schwach werden, rächen sie sich. Alte Männer stehen fast immer total unter der Fuchtel ihrer Gattinnen. Hast du das noch nie bemerkt?“

„Arme Schweine.“

„Nein. Ich nenne das ausgleichende Gerechtigkeit.“

Nachdem ich Orlando drei Hilferufe per SMS geschickt hatte, löste er mich am frühen Nachmittag endlich ab.

„Entwarnung“, flüsterte er mir ins Ohr. „Das Schlagobers war hin.“

„Was? Wovon sprichst du?“

„Nicht nur ich habe gekotzt, auch ein paar anderen, die von der Torte genascht haben, ist schlecht gewesen. Luca war schwer in seiner Zuckerbäckerehre gekränkt. Es hat ihm keine Ruhe gelassen. Er hat noch mal alle Zutaten für die Torte unter die Lupe genommen und ist draufgekommen, dass das Schlagobers verdorben war. Da er selbst kein Schlagobers mag, hat er nicht gekostet, bevor er es auf die Tortenstücke gegeben hat. Es ist übrigens nur denen übel gewesen, die die Malakoff mit Schlag gegessen haben.“

„Dann ist Daniela auch nicht vergiftet worden. Na ja, die Gerichtsmedizin wird die Todesursache schon feststellen.“

„Vergiss nicht das Crystal Meth ...“

„Das Säckchen, das ich bei den Sachen der Matrosen gefunden habe, war fest verschlossen. Am besten geben wir es in Danielas Tasche. Darum kann sich dann die Polizei kümmern.“

Orlando blickte mich schuldbewusst an.

„Was hast du nun wieder angestellt?“

„Ich habe das Säckchen gerade über Bord geworfen.“

„Spinnst du komplett? Du hast ein eventuell sehr wichtiges Beweismittel vernichtet.“

„Wenn die Bullen an Bord kommen, will ich nicht, dass sie ausgerechnet in unserer Kabine Drogen finden. Ich wollte das Zeug aber auch niemand anderem unterjubeln. Deshalb hab ich es weggeschmissen."

Ich sah ein, dass er gar nicht so unüberlegt gehandelt hatte. Auch ich wollte wegen der paar Gramm keine Scherereien mit der serbischen Polizei bekommen.

„Wenn tatsächlich Drogen auf diesem Schiff geschmuggelt werden, dann größere Mengen. Die Bullen werden das schon klären", beruhigte ich Orlando, der mich nach wie vor betroffen ansah.

„Ich muss mich hinlegen. Ich bin total fertig."

„Ja, tu das. Ich kümmere mich schon um alles, Schätzchen."

Todmüde wankte ich in unsere Kabine.

Obwohl ich nichts anderes im Sinn hatte, als ein kleines Nickerchen zu machen, bevor wir in Apatin anlegten, war ich neugierig und durchsuchte rasch Danielas Sachen.

Der Inhalt ihres Rucksacks war nicht gerade weltbewegend: Unterwäsche, Klamotten, Kosmetika und ein paar Kondome. In einem Seitenfach entdeckte ich schließlich ein Döschen mit der Aufschrift Beluga-Kaviar. Wo hatte sie den bloß her?

Ich steckte die Fünfzig-Gramm-Dose zwischen die Schmutzwäsche in meiner großen Reisetasche. Bei Gelegenheit wollte ich diesen Schatz im Angedenken an Daniela mit Sandor und Orlando teilen.

Ich fragte mich, wie viel dieses unscheinbare Döschen wohl wert sein mochte.

25. Wien

Mein Leben ist nicht mehr viel wert, dachte Toni.

Er hockte nach wie vor hinter dem Gebüsch. Seinen Schwächeanfall hatte er überwunden. Er hatte sich inzwischen mit einer Cola und zwei Scheiben Brot gestärkt.

Nachdem sich der Polizeiwagen mit eingeschaltetem Blaulicht entfernt hatte, verband er notdürftig seinen rechten Oberarm. Dankte dabei dem Herrgott, dass er Linkshänder war.

Bevor er vorsichtig das Sakko anzog, nahm er ein schmerzstillendes Mittel.

Es wirkte nicht so schnell, wie er gehofft hatte.

Hier konnte er nicht bleiben.

Fluchend schleppte er sich weiter.

Von den schmucken Gartenhäuschen in den Schrebergartensiedlungen entlang der Alten Donau schienen einige bewohnt zu sein. Hinter den dichtverhangenen Fenstern schimmerten vereinzelt Lichter. Schüsse und Geschrei drangen bis zu ihm auf den Weg hinaus. Anscheinend lief gerade ein Kriminalfilm im Fernsehen.

Zurück auf der Hauptstraße winkte er ein Taxi heran.

Der Fahrer war ein Schwarzer mit Dreadlocks. Er quatschte nicht viel, sondern hörte laut Reggae-Musik.

Toni ließ sich an die richtige Donau fahren.

„Stört's dich, wenn ich rauche?", fragte der Schwarze.

„Nein. Hast du für mich auch eine?"

Der Fahrer gab ihm eine von seinen Zigaretten. Toni hob sie sich für später auf.

Kurz vorm Alberner Hafen, bei den letzten Häusern am Straßenrand, schälte er sich mit stechenden Schmerzen im Oberarm aus dem Wagen. Er gab dem Schwarzen ein fürstliches Trinkgeld.

Sobald die Rücklichter des Wagens verschwunden waren, ging er am Straßenrand entlang Richtung Hafen. Auf der Straße war ihm zu viel los, deshalb beschloss er, sich durch das unwirtliche Gestrüpp zum Flussufer durchzuschlagen. Der Mond leuchtete ihm den Weg aus.

Am Ende des Trampelpfades duckte sich eine einsame Fischerhütte unter eine üppige, alte Weide. Dichtes Gebüsch schützte sie vor Blicken vom Wasser her.

Das Vorhängeschloss stellte kein Problem für ihn dar.

Drinnen gab es kein Licht.

Er zündete sein Feuerzeug an.

Die Hütte war ordentlich aufgeräumt. Der Besitzer hatte sie bereits winterfest gemacht.

Neben der Tür stand ein Spind. An der gegenüber liegenden Wand lehnten eine zusammengeklappte Liege, ein Stuhl und ein Camping-Tischchen.

Auf dem Regal darüber entdeckte Toni einen kleinen Gaskocher und daneben eine dicke Kerze. Er zündete sie an. Wollte sich nicht länger Finger und Daumen mit der Flamme seines Feuerzeugs verbrennen.

Dann entblößte er seinen linken Oberarm, besah sich die Wunde genauer. Die Kugel hatte ihn zum Glück nur gestreift. Nachdem er sie bei Kerzenschein desinfiziert, mit vier Stichen genäht und verbunden hatte, war er so erschöpft, dass er auf dem Campingsessel einschlief.

Sein knurrender Magen weckte ihn schon nach wenigen Minuten.

Die beiden Schokoriegel hatte er sich eigentlich für morgen aufheben wollen. Er machte sich auf die Suche nach etwas Essbarem.

In dem alten Spindkasten fand er unten am Boden ein paar Konservendosen.

Er schnappte sich eine Dose Ravioli. Wärmte sie auf dem Gaskocher.

Die Ravioli schmeckten scheußlich, beruhigten aber seinen Magen.

Die Schmerzen in seinem rechten Arm ließen nicht nach.

Er nahm eine zweite Schmerztablette. Bald konnte er seine Augen kaum mehr offen halten.

Der Fischer hatte auch Ölzeug, Gummistiefel und einen grünen Armeeschlafsack in seinem Spind gelassen.

Toni klappte die Campingliege auf und schlüpfte in den Schlafsack.

Im Halbschlaf erschien ihm das schöne, ebenmäßige Antlitz seiner ersten großen Liebe.

Ihre leicht schräg stehenden grünen Augen sahen ihn ernst und liebevoll an. Ihre prachtvollen, rot gelockten Haare streiften sein Gesicht. Und ihre Lippen formten sich zu einem Kuss, als sie sich über ihn beugte.

Er wollte ihre Lippen berühren. Je näher er ihr kam, desto weiter wich sie von ihm zurück.

Zwischen ihren bildschönen Brüsten baumelte das herzförmige Medaillon, das er für sie gestohlen hatte. Als er nach ihren Brüsten greifen wollte, entschwand ihr Körper ebenso schnell wie vorhin ihr Gesicht.

Sie durfte nicht gehen. Er hatte Angst zu sterben, wenn sie ihn verließ.

Unruhig wälzte er sich im Schlaf.

„Bleib, Liebes, bleib bei mir“, stöhnte er.

Seine eigene Stimme weckte ihn.

Die Erinnerung an seinen Traum war noch da. Sie war seine erste große Liebe gewesen, und die erste Liebe vergaß man nie.

Er fragte sich, ob er sie je wiedersehen würde. Warum begegnete sie mir ausgerechnet heute Nacht? Das musste etwas zu bedeuten haben. Vielleicht habe ich hohes Fieber? Womöglich befinde ich mich im Delirium? Lasse, bevor ich sterbe, die glücklichsten Momente meines Lebens vor meinen Augen Revue passieren?

Anstatt zu sterben, schlief er ein.

26. Apatin, Serbien

Ein kurzes Schläfchen ging sich nicht mehr aus. Ich hatte das dringende Bedürfnis, mich zu duschen. Ich war nicht nur verschwitzt, sondern bildete mir auch ein, nach Tod zu riechen.

Ich hatte eine Tote berührt. Laut meiner Großmutter brachte das Unglück. Obwohl ich nicht abergläubisch war, ging ich in unser Gemeinschaftsbad. Es gab nicht einmal getrennte Kabinen für Frauen und Männer. Dennoch genoss ich den heißen Wasserstrahl auf meinem Körper und summte ein altes, ungarisches Lied.

Anschließend cremte ich mich von unten bis oben ein.

Plötzlich hatte ich das Gefühl, dass mich jemand beobachtete.

Ich zog den Duschvorhang beiseite und bedeckte meine Brüste und meine Scham mit meinen Händen.

Im Vorraum war niemand.

Die Tür zum Badezimmer stand offen. Ich war mir sicher, sie zugemacht zu haben. Leider fehlte der Schlüssel.

Irgendjemand war hier gewesen, hatte mir beim Duschen zugesehen.

„Verdammter Perversling", schimpfte ich und musste sogleich an den berühmtesten aller Hitchcock-Filme denken. Der Mord in der Dusche war wahrscheinlich bis heute die nervenaufreibendste Szene der Filmgeschichte.

Was soll's, es ist ja zum Glück nichts passiert, dachte ich und wollte die Tür schließen. Warf aber davor noch einen Blick auf den Gang und sah einen Mann, der sich schnellen Schrittes entfernte. Er war groß und schlank und weit weg.

Es konnte fast jeder sein. Bernhard, der Erste Offizier, oder auch der Chef de Service. Sie waren alle drei groß und schlank.

Ich schlüpfte rasch in meine Klamotten.

Apatin ist eine kleine Stadt in der autonomen Provinz Vojvodina.

Alle Einwohner dieser Stadt schienen sich vor der Anlegestelle versammelt zu haben. War heute irgendein Feiertag oder wussten die Leute, dass wir eine Leiche an Bord hatten und waren schlicht und einfach sensationslüstern?

„Dieses Städtchen in der westlichen Batschka hat früher zu Ungarn und damit zur Habsburger Donaumonarchie gehört", sagte Sandor. „Im 18. Jahrhundert wurden hier Donauschwaben angesiedelt. 1954 ist die deutschstämmige Bevölkerung von den jugoslawischen Partisanen vertrieben worden. Viele von diesen Donauschwaben waren begeisterte Nazis, aber nicht alle. Heute leben nur mehr etwa hundertvierzig Deutsche hier."

Mein Onkel schien historisch gebildet zu sein. Vielleicht hatte ich das Interesse an Geschichte von ihm geerbt.

Wir standen gemeinsam mit Orlando am Sonnendeck und starrten hinunter auf die Einheimischen, die uns fröhlich zuwinkten.

Also sind sie nicht wegen der Leiche gekommen, dachte ich und winkte erleichtert zurück.

Am Donauufer waren Marktstände aufgebaut worden. Bäume und Fassaden der Häuser waren mit bunten Ketten geschmückt. Die meisten Einheimischen trugen Tracht. Vor allem Frauen und Mädchen hatten farbenprächtige Kleider an. Alle lächelten freundlich, als die MS Kaiserin Sisi anlegte.

„Was ziehen sich die Leute nicht alles an, um ein paar Touristen-Euros zu ergattern“, stänkerte Orlando.

„Sei nicht so streng. Bei uns sind Trachten auch seit Jahren der letzte Schrei. Und in Wien rennen die Keiler für Konzertveranstaltungen als Mozart verkleidet herum.“

Vor der Landungsbrücke herrschte großes Gedränge. Zwei Uniformierte und zwei Männer in dunklen Anzügen hatten alle Mühe, sich durch die Menschenmenge auf die MS Kaiserin Sisi durchzuschlagen.

Unsere Passagiere waren informiert worden, dass sie das Schiff nicht sofort verlassen durften, dennoch drängelten auch sie schon beim Ausgang.

„Machen Sie bitte Platz für die Herren von der Polizei“, rief Bernhard.

Seine Worte gingen im Geschimpfe der Leute unter.

Bis die serbische Polizei an Bord gelangte, dauerte es eine Weile.

Der Kapitän hatte sich umgezogen, rasiert und garantiert ein paar Tassen starken Kaffee getrunken. Jedenfalls sah er halbwegs passabel aus.

Horst führte die Polizisten persönlich hinunter in die Kabine, in der die tote Daniela lag.

Die beiden Uniformierten kehrten nach kurzer Zeit mit dem Kapitän zurück.

Horst Woratsch verkündete über Bordmikrophon, dass nun alle Passagiere an Land gehen dürften. Nur die Crew müsse nach wie vor an Bord bleiben.

Die Herren in den schlecht sitzenden schwarzen Anzügen, die mich eher an Totengräber als an hohe Polizeibeamte erinnerten, nahmen unsere Aussagen in der Bar auf.

Auch die Uniformierten waren nun wieder zugegen. Einer von ihnen führte Protokoll. Der andere stand an der Tür und ließ die Leute nur einzeln zum Verhör vor.

Ich machte meine Aussage auf Englisch. War bemüht, kein Detail auszulassen. Erwähnte sogar die Flecken des Erbrochenen auf Danielas Bluse und die Petechien in ihren Augen. Denn ich war mir nicht sicher, ob diese nach all den Stunden, die seit der Auffindung der Leiche vergangen waren, noch deutlich sichtbar waren.

Die Blicke, die sich die beiden Beamten während meiner ausführlichen Schilderung zuwarfen, sprachen Bände.

Sie nahmen mich offenbar nicht ernst.

Wie sich während meiner Befragung herausstellte, war nur einer der beiden ein Kriminalbeamter. Der andere war Polizeiarzt. Und dieser unterbrach in relativ gutem Deutsch meine detaillierte Berichterstattung.

„Dem jungen Fräulein ist wahrscheinlich der Stress zu viel geworden. Es ist anzunehmen, dass sie ein schwaches Herz gehabt hat. Sowas kommt bei Angehörigen dieser Rasse öfter vor. Das ist genetisch bedingt. Zigeuner sind eben nicht sehr widerstandsfähig. Und sie sind nicht an harte Arbeit gewöhnt. Sie halten es nie lange in einem Job aus ...“

Fast wäre ich explodiert vor Wut. Am liebsten hätte ich diesen rassistischen, alten Arzt geohrfeigt. Ein Blick auf Onkel Sandor, der in der Tür stand und mich beschwörend ansah, brachte mich zu Vernunft.

Ich riss mich zusammen. Fragte den Kriminalbeamten demonstrativ auf Englisch, ob er mich noch brauchen würde oder ob ich gehen dürfe.

Er entließ mich mit einer eindeutigen Handbewegung und starrte dabei auf meinen Busen. Auch diesem Idioten hätte ich am liebsten eine saftige Ohrfeige verpasst.

Am Gang begegnete ich Bernhard. Er streckte mir seine Arme entgegen, so als wolle er mich trösten.

Ich wich ihm aus. Hatte keine Lust auf sein blödes Gequatsche. Immerhin hatte er ja ähnlich Abfälliges über

Roma und Sinti geäußert wie dieser faschistoide Polizeiarzt.

Die Leiche wurde schließlich hochoffiziell vom Kapitän den serbischen Behörden übergeben. Daniela wurde in einem blechernen Sarg von Bord gebracht.

Ich stand weinend an Deck und sah zu, wie der Sarg in einen großen, schwarzen Leichenwagen geschoben wurde. In diesem Moment beschloss ich, nicht aufzugeben. Ich würde mich in Wien an die Polizei wenden und auf einer sorgfältigen gerichtsmedizinischen Untersuchung von Danielas Leichnam beharren. Ich verlor zu niemandem ein Wort über meinen Vorsatz. Nicht einmal Orlando erzählte ich davon. Orlando war ein Tratschweib. Er konnte schwer etwas für sich behalten. Wenn er mal in Fahrt kam, redete er, ohne nachzudenken, und man musste damit rechnen, dass er alles ausplauderte, was ihm zu Ohren gekommen war.

Ich ließ mich weder von ihm noch von Sandor dazu überreden, an dem folkloristischen Empfang in Apatin teilzunehmen. Gab vor, schreckliche Kopfschmerzen zu haben, und ging in die Bar. Räumte ein bisschen auf und machte mir einen doppelten Espresso.

Die festliche Stimmung an Land war durch den Abtransport der Leiche leicht getrübt. Sobald der Leichenwagen verschwunden war, bemühte sich eine Blaskapelle für gute Laune zu sorgen. Als eine Volkstanzgruppe traditionelle Tänze zum Besten gab, schien die Welt in Apatin wieder in Ordnung zu sein.

Manchmal warf ich durch das Panoramafenster einen Blick hinaus auf das Spektakel.

Ich war nervös. Sehnte nichts mehr herbei als unsere baldige Rückkehr nach Wien. Wir hatten allerdings noch einige Tage vor uns. Mir graute, wenn ich daran dachte. Was würde in diesen Tagen womöglich noch alles passieren? Es würde nicht bei den zwei Toten bleiben. Sechster Sinn hin oder her. Mein Gefühl hatte mich bisher nur selten getäuscht. Leider hatte ich nach wie vor keinen blassen Schimmer, was hier an Bord vor sich ging. In welch dunkle Machenschaften wer von meinen Kollegen oder Vorgesetzten verwickelt war.

„Sind Sie allein?"

Ich stand hinter dem Vorhang in dem winzigen Lagerraum der Bar und zuckte zusammen, als ich die fremde Männerstimme vernahm. Ich hatte mich tatsächlich allein gewähnt.

Verzweifelt sah ich mich nach einem Gegenstand um, der mir als Waffe dienen könnte. Mein Blick fiel auf einen martialisch aussehenden Dosenöffner. Zu wenig schwer und zu wenig spitz. Auch den Korkenzieher fand ich ungeeignet. Ich schnappte mir eine Magnum-Flasche Sekt und packte sie mit beiden Händen.

Als der Vorhang beiseite gezogen wurde, holte ich aus.

Beim Anblick des eher klein gewachsenen, aber dickbäuchigen Herrn Funke ließ ich meine Arme sinken.

„Mein Gott haben Sie mich er... schreckt", stammelte ich.

„Verzeihen Sie. Das war nicht meine Absicht. Ich hörte ein Geräusch hinter dem Vorhang und wollte mich nur bemerkbar machen. Gut, dass ich Sie treffe, junge Frau. Ich möchte schon lange einmal in Ruhe mit Ihnen reden."

Bitte nicht, flehte ich insgeheim. Obwohl dieser deutsche Ornithologe ein angenehmer Gast war.

„Ich erlaube mir, gleich in medias res zu gehen, wie wir alten Lateiner sagen."

Oh Gott, verschon mich bitte!

Meine Bitte wurde nicht erhört.

„Meines Wissens fanden Sie die Leiche der jungen Kellnerin. Fiel Ihnen denn nichts Absonderliches an dem Leichnam auf?"

Ich schüttelte den Kopf.

„Verzeihen Sie, ich habe mich noch nicht vorgestellt. Mein Name ist Hans-Dieter Funke. Dr. Funke. Ich war Professor für Zoologie an der Universität Essen. Meine große Leidenschaft ist die Ornithologie, vor allem seit ich emeritiert bin. Ich widme mich ..."

Um zu verhindern, dass ich mir seine ganze Lebensgeschichte anhören musste, unterbrach ich ihn rasch: „Wieso denken Sie, dass mir an der Leiche etwas auffallen hätte sollen?"

„Ich glaube, es ist nicht der erste Todesfall an Bord seit Beginn unserer Kreuzfahrt. Es fehlt auch einer der jungen Matrosen. Aber man hat nie etwas darüber erfahren. Das ist doch sehr verdächtig. Wahrscheinlich ist dieser Junge auch tot. Ich filmte die komplette Besatzung zu Beginn der Reise. Und eines der Gesichter ist spurlos verschwunden. Ich bin ein guter Beobachter, beobachte nicht nur Vögel. Hihihi", kicherte er in seinen ungepflegt aussehenden Vollbart.

Ich machte mir noch einen Espresso.

„Möchten Sie auch einen", fragte ich ihn eher unwillig.

„Bemühen Sie sich nicht, junge Frau. Ich möchte Ihnen nur meine Erkenntnisse mitteilen. Ich kam nämlich zu dem Schluss, dass es mehr als unwahrscheinlich ist, dass zwei junge Menschen innerhalb von wenigen Tagen verschwinden beziehungsweise eines natürlichen Todes sterben. Außerdem beobachtete ich Sie genau. Sie stellten Fragen, seit der junge Mann nicht mehr an Bord ist. Deshalb wagte ich es auch, Sie jetzt anzusprechen. Denken Sie nicht auch, dass es auf diesem Schiff nicht mit rechten Dingen zugeht?"

Die Antwort gab er sich gleich selbst.

„Ich dachte zuerst an Menschenhandel. Vielleicht werden unten in den Lagerräumen Illegale versteckt? Man liest immer wieder, auch in seriösen Tageszeitungen, dass Tschetschenen, Afghanen und Angehörige diverser Turkvölker auf den verschiedensten Verkehrswegen nach Europa geschleppt werden."

Ich wollte gerade sagen, dass so ein Kreuzfahrtschiff ungeeignet für den Transport von illegalen Einwanderern sei, weil in den Lagerräumen zu wenig Platz war, und das Schiff außerdem an den Grenzen von den Zollbehörden streng kontrolliert wurde, als Herr Professor Funke praktisch dasselbe sagte. „Nein, es muss sich um Kleineres als Menschen handeln. Etwas, das man ganz leicht schmuggeln kann."

„Pst!", sagte ich, denn ich hatte ein Geräusch vernommen. Aus den Augenwinkeln nahm ich eine Bewegung in der offenen Glastür wahr.

Ich schob Funke beiseite und lief auf den Gang hinaus. Sah gerade noch zwei Hosenbeine auf der Treppe zum Sonnendeck verschwinden. Uniformierte Hosenbeine.

Nur zwei Männer an Bord trugen eine solche Uniform: der Kapitän und der Erste Offizier.

„Wir müssen sehr vorsichtig sein", sagte ich zu Herrn Funke, der mir gefolgt war. „Bitte erzählen Sie einstweilen niemandem von Ihrem Verdacht. Und versuchen Sie nicht, auf eigene Faust Nachforschungen anzustellen. Ich schlage vor, dass wir uns gemeinsam bei unserer Ankunft in Wien an die Polizei wenden. Solange wir unterwegs sind, sollten wir besser schweigen."

Der kleine Mann schien sich diebisch über mein Eingeständnis, dass er mit seinem Verdacht nicht allein war, zu freuen. Er bestand darauf, mich auf ein Gläschen Slibowitz einzuladen.

Ich nahm seine Einladung unter der Voraussetzung an, dass wir beide ab nun kein Wort mehr über dieses Thema verlieren würden.

Wie zu erwarten gewesen war, hielt er sich nicht daran, sondern entwickelte die abenteuerlichsten Theorien, sprach von illegaler Einfuhr gentechnisch veränderter Samen, von Opium aus Afghanistan oder der Türkei und vom Transport seltener vom Aussterben bedrohter Vögel ...

Es lag mir auf der Zunge, ihm zu sagen, dass er einen Vogel habe.

Orlando erlöste mich schließlich von der Gesellschaft dieses kleinen, sehr fantasievollen Herrn Professors.

„Ich übernehme jetzt, Kafka. Hau dich hin. Du hast viel Schlaf nachzuholen. Die anderen machen gerade eine Stadtbesichtigung in Apatin." Er gähnte demonstrativ.

Kirchen und Rathäuser waren nicht Orlandos Ding.

Ich nahm die Gelegenheit, Funke loszuwerden, wahr, verabschiedete mich sehr freundlich von ihm und überließ ihn Orlando. Die beiden würden einander an absurden Spekulationen übertreffen. Ich war überzeugt davon, dass der Herr Professor meinem Rat nicht Folge leisten und auch mit Orlando über seine wilden Vermutungen sprechen würde.

Beim Anblick von Danielas Sachen, die nach wie vor auf ihrem Bett in unserer Kabine lagen, kamen mir wieder die Tränen.

Ich legte mich hin. Sogleich tauchte vor meinem inneren Auge das bleiche Gesicht der Toten auf.

27. Wien

Der Alberner Hafen tauchte aus dem Morgennebel auf.

Riesige Getreidesilos, die aus der Nazizeit stammten, ragten bedrohlich in den grauen Himmel.

Toni sah durch das Fenster der Hütte nur einen kleinen Ausschnitt des Himmels. Ein dunkelgraues Viereck. Alles schien friedlich zu sein, aber eben grau in grau.

Sie jagen mich. Sie wissen nicht, dass auch ich sie jage. Die Jagd beginnt erst, wenn ich dazu bereit bin, dachte er.

Ein Blick auf Markos Rolex. Er trug sie als Erinnerung an seinen Freund.

Zwölf Stunden hatte er durchgeschlafen. Hatte geschlafen wie ein Toter. Nicht einmal die Kälte und die Feuchtigkeit hatte er gespürt.

Toni fühlte sich benommen und wollte, bevor er aufstand, eine Schmerztablette einwerfen. Irritiert stellte er fest, dass erst eine Pille aus der Packung fehlte.

Er öffnete die zweite Tablettenschachtel. Unwillkürlich musste er grinsen. Gestern Abend hatte er, statt eines zweiten Schmerzmittels, eine Schlaftablette genommen. Kein Wunder also, dass er so lange geschlafen hatte.

Er blieb noch eine Weile liegen. Während er im Halbschlaf dahindämmerte, begann er, seinen Rachefeldzug neu zu planen. Da er nicht mehr richtig einschlafen konnte, griff er nach seinem Handy.

Er versuchte es wieder bei Horst Woratsch. Der Kapitän war momentan seine letzte Hoffnung.

Das Handy war tot. Kein Empfang.

„Verdammter Mist“, fluchte Toni.

Als er sich von dem Campingbett erhob, merkte er, dass er auf sehr wackeligen Beinen stand.

Er ging vor die Hütte. Zündete sich die Zigarette an, die ihm der nette Taxifahrer geschenkt hatte, und versuchte, seine Gedanken zu ordnen.

Unweit der Hütte entdeckte er Eisenbahnschienen, überwachsen mit Gras. Sie endeten hier im sumpfigen Augebiet.

Die Fischerhütte befand sich gefährlich nahe am Hafen. Das hatte er gestern Abend nicht bemerkt. Er würde vorsichtig sein müssen. Ein Hafen bedeutete Menschen. Selbst wenn es sich hauptsächlich um Touristen mit einem Hang zum Morbiden handelte, die den berühmten Friedhof der Namenlosen besuchten.

Menschen zählten momentan nicht zu seinen Freunden. Biber, Fischotter, Wasserratten, ja selbst die Schlangen, die sich in den Donauauen tummelten, waren ihm lieber als seine eigenen Artgenossen. Ausgenommen die toten.

Der Friedhof der Namenlosen war in seinen Augen ein ganz besonderer Ort. Kurz nachdem er in Wien angekommen war, hatte er ihn besucht. Welche Stadt besaß schon einen eigenen Friedhof für Selbstmörder, die unbekannt bleiben wollten?

Die einfachen Gräber, die alle mit einem silbern gestrichenen Christus am schwarzen Kreuz geschmückt waren, hatten ihn eigenartig berührt. Die meisten dieser Lebensüberdrüssigen hatten sich von der Reichsbrücke gestürzt und waren hier durch einen Strudel an die Oberfläche des Flusses gezogen worden. Der Friedhof war längst aufgelassen, wurde aber nach wie vor gepflegt.

Der Gedanke, sich selbst zu töten, war ihm nicht fremd. Er fühlte sich all den Seelen, die dort begraben waren, verwandt. Ins Wasser zu gehen wäre nicht die schlechteste Lösung für all meine Probleme, dachte er. Aber zuerst hatte er noch etwas zu erledigen.

Er verdrängte die Gedanken an die Verzweifelten und an seine eigene Verzweiflung. Besann sich wieder auf seinen Racheplan.

Er bräuchte dringend Handgranaten. Aber zu Ferenc traute er sich nicht mehr. Ein Benzinkanister und Streichhölzer werden auch genügen müssen, um Negrescus Villa in Brand zu stecken.

Zu allererst brauchte er aber Proteine, um zu Kräften zu kommen.

In der Hütte gab es mehrere Angeln.

Die Erde war durch den letzten Regen aufgeweicht. Er fand jede Menge Würmer. Gab sie in eine Kaffeetasse. Legte einen Teller drauf, damit sie nicht entschlüpfen konnten.

Als die Sonne herauskam, setzte er sich an die Uferböschung. Befestigte einen Wurm am Haken und warf die Angel aus.

In den folgenden Tagen ernährte er sich von Fischen, Dosenbohnen und Schmerztabletten. Nur der Kaffee ging ihm ab. Seit er den Alkohol aufgegeben hatte, war er sozusagen koffeinsüchtig.

Wasser holte er sich in der Dämmerung im Hafengelände.

Mit dem Kübel in der Hand fiel er nicht weiter auf. Er trug Fischerkleidung. Der breitkrempige, grüne Regenhut verdeckte sein halbes Gesicht.

Die wenigen Arbeiter, denen er begegnete, beachteten ihn nicht weiter. Hielten ihn für einen Angler.

Er hatte sich schon fast an das einfache Leben am großen Fluss gewöhnt.

Ein Tag verging wie der andere. Das Wetter war wechselhaft. Die Laubbäume am Ufer hatten sich bereits verfärbt. Glänzten golden in der Mittagssonne.

Morgens, wenn er sich normalerweise draußen aufhielt, war es meist nebelig.

Am vierten Tag fühlte er sich schließlich stark genug, um die Realisierung seines Plans in Angriff zu nehmen. Seine Schusswunde tat kaum mehr weh.

Er räumte die Hütte auf. Seine wenigen Sachen stopfte er in den Rucksack. Gegen Mittag verließ er sein Versteck.

Seinen Plan hatte er mittlerweile geändert. Ihm war bewusst geworden, dass er keine Chance hatte, so nahe an das Haus des Chefs heranzukommen, um es in Brand stecken zu können.

Er musste sich diese Schweine einzeln vornehmen. Als Erster würde Vladimir dran glauben müssen. Danach erst wollte er sich überlegen, wie er den Chef zur Strecke bringen würde.

Er nahm sich vor, dieses Mal höllisch aufzupassen, dass bei der geplanten Aktion nicht wieder alles drunter und drüber gehen würde.

28. Donau: Apatin – Budapest

Als wir ablegten, ging auf einmal alles drunter und drüber an Bord.

Einige der Passagiere waren beschwipst und fürchterlich aufgebracht wegen des Todesfalls. Obwohl Daniela bei den Gästen nicht sonderlich beliebt gewesen war, schienen doch fast alle entsetzt zu sein, dass diese junge Frau so plötzlich gestorben war.

Ich hatte große Mühe, die aufgebrachten Gemüter zu besänftigen.

Vor dem Abendessen ist in der Bar meistens der Teufel los. Happy-Hour. An diesem Abend fand ich den Ansturm besonders unerträglich.

Ich verzichtete auf das Dinner, knabberte ein paar Nüsse, leerte eine Dose Oliven, die mit Anchovis gefüllt waren, und stärkte mich mit einem doppelten Espresso.

Zum Glück hatten die meisten Gäste schon vor dem Abendessen so viel getrunken, dass wir am späteren Abend fast nichts mehr zu tun hatten.

Orlando schlug vor, die Bar bald dichtzumachen.

Ich bestand darauf, dass er bis Mitternacht allein den Dienst versah.

Seit wir diesen Job angenommen hatten, war er die meiste Zeit unpässlich gewesen. Es war an der Zeit, dass er mich einmal entlastete.

Seinen heftigen Protest versuchte ich zu ignorieren.

Er gab nicht so schnell auf.

„Du bist so gemein! Du weißt genau, dass ich mit Luca verabredet bin."

„Wenn er wirklich ein Freund ist, kann er dir ja in der Bar helfen."

Darauf wusste er keine Antwort.

Aus Gründen der Pietät war das abendliche Unterhaltungsprogramm entfallen. Die Anordnung kam angeblich von ganz oben, vom Kapitän.

Sandor hatte also heute frei.

Horst Woratsch hatte sich nach dem festlichen Empfang in Apatin nicht mehr blicken lassen. Der Erste Offizier hatte das Kommando übernommen.

Ich setzte mich mit Sandor ans Heck des Schiffes. Wir drehten die beiden Liegen um, sodass wir mit dem Rücken zum restlichen Deck saßen, weit weg von den wenigen Passagieren, die so wie wir die milde Abendluft genossen oder ihre abendlichen Walking-Runden drehten.

Was für ein einzigartiges Licht! Neben dem prallen Mond erstrahlte die Venus in vollem Glanz.

„Deine Großmutter hat oft behauptet, wir müssten nur lange genug den Abendstern betrachten, um mit unseren geliebten Toten in Kontakt treten zu können."

„Du meinst, sie sind dort oben?"

„Behauptete sie jedenfalls."

„Und sie hatte immer recht."

Wir lächelten einander an und starrten schweigend auf das Firmament.

„Ist nicht das dort drüben die Venus?"

Ich deutete auf einen anderen Stern, der sich weiter links befand und ebenfalls stark leuchtete.

„Nein. Das ist der Polarstern. Er ist der hellste im Sternbild Kleiner Bär oder Kleiner Wagen. Er befindet sich in der Nähe des Nordpols, deswegen wird er auch Nordstern oder Polaris genannt. Früher war er außerordentlich wichtig für die Seefahrt. Damals, als es noch kein GPS gab."

Alles sah verändert aus bei Vollmond. Eine völlig neue Landschaft tat sich vor uns auf. Der Fluss schimmerte milchig weiß. Das Mondlicht wurde vom Wasser reflektiert. Die Uferböschungen glänzten silbern. Es war schön und unheimlich zugleich.

Das stetige, gleichförmige Rauschen des Wassers schläferte mich fast ein.

Sandor öffnete die Flasche Weißwein, die ich aus der Bar mitgebracht hatte, und schenkte uns ein.

„Prost", sagte er und stieß mit mir an.

Ich richtete mich auf, nahm einen kräftigen Schluck.

„Schau, was ich bei Danielas Sachen gefunden habe." Ich nahm das Kaviardöschen, das ich in Danielas Gepäck entdeckt hatte, aus meiner Jackentasche und zeigte es Sandor.

„Oh, là, là! Alle Fische legen Eier, aber die russischen, rumänischen und bulgarischen legen sogar Kaviar. Als echten Kaviar bezeichnet man übrigens nur die Rogen, also die unbefruchteten Eier vom weiblichen Stör."

„Ich weiß."

„Die wichtigsten Kaviarproduzenten sind Russland, der Iran und die Anrainerstaaten des Schwarzen Meeres."

„Du kennst dich mit Kaviar aus?" Es war mehr eine Feststellung als eine Frage. „Geht so. Ich weiß, dass es auf der Nordhalbkugel siebenundzwanzig Arten von Stören gibt. Der Beluga gehört jedenfalls zu den drei klassischen Kaviarsorten. Die anderen beiden, Ossietra und Sevruga, gehen auf gleichnamige Störe zurück und sind weniger wertvoll. Der Beluga ist der einzige Raubfisch unter den Stören. Er ist der größte und schwerste und liefert eben die besten und größten und teuersten Kaviarkörner."

„Merci, merci. Du brauchst mir jetzt keinen Vortrag über Kaviar zu halten. Orlando hat mir bereits alles darüber erzählt, was er im Internet gefunden hat."

„Verzeih, aber ich bin ein absoluter Beluga-Fan."

„Dann lass uns die Dose endlich öffnen."

„Warte, nicht so schnell. Du darfst diese Delikatesse nicht einfach auslöffeln wie ein Glas Kompott."

„Alles klar. Du sagst an, wie wir ihn essen werden."

„In Margots Bar in Marseille sind die Gäste ganz wild auf Kaviar."

Margot war seine Lebensgefährtin. Ich hatte sie leider bisher nicht persönlich kennengelernt.

„Margot würde ein Vermögen für so ein Döschen bezahlen, oder auch nicht. Sie kauft ja nur bei biologisch einwandfreien Züchtern. Manchmal nervt sie mich, ehrlich gesagt, mit ihrem ökologischen Getue."

„So wie Orlando ..."

„Ah, ist der auch ein Grüner?"

Ich fröstelte, obwohl ich mich in eine blaue Kunststoffdecke eingewickelt hatte.

„Ist dir kalt, Prinzessin?"

Sandor gab mir seine Decke ab.

„Deine Margot scheint eine toughe Frau zu sein", sagte ich grinsend.

„Tja, ehrlich gesagt ist sie mir öfters ein wenig zu tough."

Ich klopfte meinem Onkel auf die Schulter und sagte: „Genau so eine Frau brauchst du, mein Lieber! Hoffentlich werde ich sie bald kennenlernen. Besucht mich doch mal gemeinsam in Wien."

„Sie glaubt, ihr Bistro keinen Tag allein lassen zu können."

„Dann muss ich halt euch besuchen. Ich mag Marseille."

„Du bist jederzeit herzlich willkommen. Natürlich auch mit Orlando."

„Wir werden sehen. Erzähl mir mehr über diesen gezüchteten Kaviar."

„Selbst am Schwarzen Meer setzt man mittlerweile verstärkt auf Farmstör. Störwilderei und Kaviarschmuggel florieren dennoch, weil das schwarze Gold aufgrund seiner Verknappung noch wertvoller geworden ist."

Während ich ihm, eingemummt in zwei Decken, kaum mehr zuhörte, kam mir langsam ein furchtbarer Verdacht. Ich ließ ihn aber weiterreden.

„Der bedeutendste Zuchtstör ist übrigens der sibirische Stör. Er wird meistens bearbeitet, damit er so schmeckt wie der wilde Kaviar in den 1920er und 1930er Jahren. Malossol zum Beispiel wird nach russischer Methode mild gesalzen und St. James wird nach persischer Methode mit ein wenig iranischem Salz und Borax behandelt."

„Da also die Störe im Kaspischen und Schwarzen Meer sowie in Donau und Wolga, vom Aussterben bedroht sind, züchtet man heute Störe. Ich hab's kapiert. Aber woher, glaubst du, hat Daniela die Dose? Kann mir nicht vorstellen, dass sie diesen Beluga legal erstanden hat. Sie hätte ihn sicher nicht bezahlen können."

„Wahrscheinlich hat sie das Döschen in irgendeinem Laden im Delta gestohlen. Der Unterlauf der Donau ist der einzige Laichplatz der Schwarzmeerstöre. Bulgarien und Rumänien sind also die einzigen EU-Länder, in deren Gewässern es nach wie vor lebensfähige wildlebende Störpopulationen gibt. Seit der Einführung des Störfangverbotes wurde kein Wilddieb mehr dort auf frischer Tat gefasst. Das bedeutet aber bei Gott nicht, dass das Verbot eingehalten wird. Lassen wir das, wir essen jetzt. – Halt, warte, wir brauchen Toast und Butter und mindestens eine Flasche Krimsekt."

„In der Küche ist niemand mehr, und die Schlüssel für die Wein- und Sektstellagen hat der Sommelier."

„Und Onkel Sandor."

Sein spitzbübisches Grinsen brachte mich zum Lachen.

„Du bist unverbesserlich. Wo hast du den her?"

„Hab einen nachmachen lassen."

„Wie bitte?"

„Was siehst du mich so an? Das ist wirklich keine große Sache."

„Alter Gauner! – Schau bitte, ob du da unten nicht einen anderen Sekt findest ..."

„Sag bloß, du magst auch keinen Krimsekt? All diese Snobs hier an Bord verabscheuen ihn. Ich sag dir, als alter Säufer vor dem Herrn: zu Unrecht. Dieses Gesöff ist gar nicht so übel. Soll ich dir eine Zitrone für den Kaviar mitbringen? Mir ist er lieber ohne. Dann schmeckt man nur das Salz und das Meer."

Sandor blieb lange weg. Ich begann mir Sorgen zu machen. Womöglich hatte ihn der Koch oder gar der Chef de Service bei dem kleinen Diebstahl ertappt?

Als er endlich mit einer Sektflasche und zwei Gläsern in der einen sowie einem Brotkörbchen in der anderen Hand zurückkam, drückte ich erleichtert meine Zigarette aus.

„Musste ein bisschen warten. Der Patissier war in der Küche, hat seine Torten für morgen dekoriert und dabei ständig davon genascht. Wenn dieser Kerl so weitermacht, wird er bald genauso fett sein wie seine tödliche Malakofftorte."

„Bitte lass diese makabren Scherze! Die Malakoff war nicht Schuld an Danielas Tod."

„Reg dich nicht auf, Kleines. War ein blöder Witz."

Sandor fischte eine Kerze aus dem Brotkörbchen, zündete sie an und öffnete mit leicht theatralischer Geste die Dose.

In der offenen Blechdose vor meiner Nase erstrahlten die kostbaren anthrazitfarbenen Perlen wie Kronjuwelen im Kerzenlicht.

„Hoffentlich ist er nicht zu lange im Warmen gewesen. Das schwarze Gold hat es gerne kühl. Wird am besten zwischen null und minus zwei Grad Celsius gelagert."

Behutsam, damit die zarten Eier nicht platzten, löffelte er eine Portion heraus und legte sie auf seinen Handrücken.

„Kaviar degustiert man à la royale, d.h. auf der Hand. Der Handrücken darf danach nicht fischig schmecken. Nur dann sind die Körner frisch und gut. Hier, probier mal."

Er streckte mir seinen Handrücken entgegen.

Mit zitternden Lippen näherte ich mich den wertvollen Rogen. Plötzlich brach ich in lautes Gelächter aus. „Du glaubt nicht im Ernst, dass ich dir die Hand küsse, Sandor. Gib mir gefälligst den Löffel."

Ich nahm eine Toastscheibe aus dem Brotkörbchen und bediente mich selbst aus der kleinen Dose.

„Hey, nicht so gierig. Dieser Beluga ist wirklich eine der teuersten Delikatessen der Welt."

„Na und? Muss ich deshalb jetzt vor Ehrfurcht erstarren? Du hast mir gerade erklärt, dass diese verdammten Fischeier deshalb so teuer sind, weil es nur mehr wenige davon gibt. Da kann ich nur hoffen, dass die Züchter Erfolg haben werden. Denn sobald der gezüchtete Kaviar genauso gut schmeckt wie der von wilden Stören, werden sich diese kriminellen Geschäfte erübrigen und der Preis wird fallen."

„Du bist und bleibst naiv, Katharina. Die Jagd nach dem echten Kaviar wird nie aufhören, solange es frei lebende Störe gibt."

Ich beschloss, meinem Onkel doch meinen Verdacht mitzuteilen. Selbst wenn er mich auslachen sollte.

„Könntest du dir vorstellen, dass Adrian und Daniela wegen dieser kleinen Eier sterben mussten?"

„Du meinst, unser Kapitän führt illegalen Kaviar auf dem Schiff mit?"

„Nicht der Kapitän. Ihm traue ich solche kriminellen Machenschaften nicht zu. Außerdem ist er sowieso die meiste Zeit abwesend oder besser gesagt, im Öl."

„Na und? Glaubst du im Ernst, Alkoholiker sind nicht zu kriminellen Handlungen fähig? Da irrst du gewaltig, mein Schätzchen."

„Ich halte Alkoholkranke einfach nicht per se für kriminell. Sie jagen ja nur dem Alkohol nach."

„Und wer bitte sollte sonst diesen Kaviarschmuggel auf dem Gewissen haben?"

„Keine Ahnung. Irgendwer vom Personal. Jemand, der Zutritt zu den Lagerräumen hat."

„Also fast ein jeder. Auch ich, dank meines Zauberschlüssels."

„Ich habe befürchtet, dass du meine Theorie als Hirngespinst abtun wirst. Ist ja auch nur so eine Idee gewesen. Die Wiener Polizei wird schon herausfinden, was auf diesem verdammten Schiff vorgeht. Ich werde sie morgen anrufen und über die beiden mysteriösen Todesfälle an Bord informieren."

„Daran habe ich auch schon gedacht. Aber einen Anruf von einem obskuren Zigeuner-Musiker wie mir, mit ungarischer Staatsbürgerschaft, würden sie nicht sehr ernst nehmen. Es ist also besser, du rufst sie an, Frau Magister."

„Mache ich. Trotzdem würde ich gern selbst dahinterkommen, was auf diesem Schiff los ist. Und vor allem möchte ich wissen, wer hinter den Morden steckt. Dieses Schwein soll teuer für Danielas und Adrians Tod bezahlen!"

29. Wien

Toni zahlte in einem Stundenhotel unweit des Pratersterns wieder in bar für eine Nacht im Voraus.

Der Portier verlangte keinen Ausweis, schaute nicht einmal von seinem Computerspiel auf, als er ihm den Schlüssel reichte.

Das Zimmer war eine Katastrophe. Schlimmer als das in dem Bordell am Neubaugürtel.

Das Nachtkästchen und der Tisch waren mit einer zentimeterdicken Staubschicht bedeckt. Der graue Teppichboden war voll dunkler Flecken. Selbst die Bettwäsche sah nicht frisch aus, der Polster hatte kleine dunkelrote Flecken.

Wahrscheinlich hat irgendein Freier den Polster einer Hure unter den Hintern geschoben und sie brutal gefickt, dachte Toni. Er warf das blutbefleckte Kissen auf den Boden.

Das Fenster schloss nicht ordentlich. Der stürmische Wind brachte es ständig zum Klappern. Das Geräusch machte ihn nervös. In diesem Drecksloch konnte er nicht in Ruhe nachdenken.

Er hatte beschlossen, auf die Ankunft der MS Kaiserin Sisi zu warten. Inzwischen hatte er noch einmal kurz mit dem Kapitän telefoniert. Horst Woratsch hatte unbedingt wissen wollen, wo er sich momentan aufhielt. Das war Toni verdächtig vorgekommen. Allerdings hatte Horst ihn beschworen, in seinem Versteck zu bleiben und erst kurz vor der Abfahrt des Schiffes an Bord zu kommen. Das hatte Toni wieder beruhigt.

Er wollte sozusagen als blinder Passagier bis Budapest mitfahren. Seine Rachepläne hatte er noch nicht aufgegeben. Allerdings hatte er mittlerweile vehemente Zweifel, ob er es allein mit George Negrescu und seinen Männern aufnehmen würde können.

Er wagte es nicht, ein zweites Mal hinaus nach Hietzing zu fahren. Seine erste Aktion war eine Art Selbstmordkommando gewesen. Zudem würde die Villa inzwischen sicher besser bewacht werden.

Erst als es dunkel wurde, wagte sich Toni auf die Straße. Ein anderer Portier saß jetzt in der Rezeption. Auch er schenkte ihm keinerlei Beachtung.

In einer Tankstelle auf der Lassallestraße besorgte sich Toni alles, was er für seine geplante Aktion brauchte.

Den ganzen nächsten Tag verbrachte er in dem scheußlichen Hotelzimmer. Die zahlreichen Kirchenglocken in der Umgebung, die ihn in aller Herrgottsfrüh geweckt hatten, verrieten ihm, dass Sonntag war.

Er schaltete den Fernseher ein. Sah sich eine Kultursendung an. Ein Porträt des legendären Gitarristen Django Reinhardt.

So gut wie der bin ich auch, dachte Toni. Nur hat mich bisher leider keiner dieser mächtigen Konzertmanager entdeckt.

Er rauchte eine Zigarette nach der anderen. Ernährte sich von den Wurstsemmeln, die er sich gestern auf der Tankstelle besorgt hatte. Pappige Semmeln, die nach nichts schmeckten und dürftig belegt waren. Zwei Blatt Wurst pro Semmel. Der Eiskaffee war in Ordnung. Er trank drei Dosen hintereinander.

Gegen Mittag rief er Vladimir an.

Der Adlatus des Chefs hob erst nach dem fünften Klingeln ab: „Hallo."

„Ich bin's, Toni."

Schweigen am anderen Ende.

Toni schlug ihm ein Geschäft vor: „Mein Leben und lächerliche zwanzigtausend Euro in kleinen Scheinen für die Beute, die wir bei der Rathaus-Gala abgestaubt haben. – Ja, da staunst du, Mann. Das waren Marko und ich.

Wer hat dir von diesem Coup erzählt? – Egal, du musst es mir nicht sagen. Glaub mir einfach, die Klunker sind mindestens das Sechsfache wert." Toni war mittlerweile alles egal. Der Chef konnte ruhig von dem großen Coup, den er mit Marko auf eigene Faust durchgezogen hatte, erfahren.

„Rede mit dem Boss. Ich rufe in fünf Minuten wieder an."

Toni glaubte, sich auf die Gier seiner Gegner verlassen zu können. Er wollte sich mit Vladimir für den frühen Abend im Schweizerhaus im Prater verabreden. Dort war immer viel los.

Nicht einmal Vladimir wird es in diesem Trubel auf eine Schießerei ankommen lassen, hoffte er.

Unwillkürlich fielen ihm die tödlichen Schüsse am Stephansplatz ein. Einem brutalen Typen wie Vladimir war es vollkommen egal, wenn Unschuldige dran glauben mussten. Trotzdem, der Boss würde keine erneute öffentliche Schießerei wünschen. Am Stephansplatz hatte Vladimir verdammtes Glück gehabt. Auch so ein Idiot wie er sollte sein Glück nicht überstrapazieren.

Toni schielte auf die alte Glock am Nachtkästchen. Er wusste, dass er ein guter Schütze war. Die zwei Jahre Militärdienst bei der ungarischen Armee waren zwei vergeudete Jahre gewesen. Aber Schießen hatte er gelernt.

Exakt fünf Minuten später meldete sich Toni wieder mit seinem neuen Wertkartenhandy bei Vladimir.

Dieser hob bereits nach dem Ertönen des ersten Klingeltons ab.

Toni ließ ihn gar nicht erst zu Wort kommen. „Machen wir das Geschäft oder nicht?"

„Wo bist du?"

„Hältst du mich für völlig verblödet? Wollt ihr die Juwelen? Ja oder nein?"

„Ja. Aber ..."

„Kein aber. Wir treffen uns um neunzehn Uhr im Schweizerhaus im Prater. Du erscheinst allein. Solltest du nicht allein sein, wirst du mich nicht zu Gesicht bekommen."

30. Donau: Ungarn

Den Strahl seiner Taschenlampe auf den Konstruktionsplan des Schiffes gerichtet, tappt er im Dunkeln durch den leeren Speisesaal.

Der junge Mann hat ihm den Plan für zwanzig Euro überlassen. „Ist nur geborgt", hat er grinsend gesagt. Wahrscheinlich hatte er den Plan geklaut. Aber das interessiert ihn momentan nicht. Zwanzig Euro sind eben eine Menge Geld für so ein Bürschchen aus dem Osten, denkt er.

Er wagt es nicht, Licht anzumachen, obwohl er auf dem Plan fast nichts erkennen kann.

Die Küchentür ist abgesperrt. Mit dem Schlüssel, den er dem Typ um weitere fünfzig Euro abgeknöpft hat, sperrt er sie auf. Der Bursche hat ihm also den richtigen gegeben. Obwohl er anfangs eher misstrauisch war. Erst als er ihm erklärt hat, dass er den Bauch des Schiffes filmen wolle, und mit dem rötlichen Schein gewunken hat, ist er mit dem Schlüssel herausgerückt.

Er setzt seine Lesebrille auf und studiert den Plan genauer.

Von der Küche aus scheint eine Treppe hinunter in den Maschinenraum und in die Lagerräume zu führen.

In dem großen mittleren Raum werden die weniger verderblichen Lebensmittel gelagert, nimmt er an. Rechts davon befindet sich ein Tiefkühlraum und links noch ein weiterer kleiner Kühlraum.

Er zückt seine Kamera, macht ein paar Aufnahmen mit Blitzlicht vom Herd und den Stellagen, bevor er zur Tür im hinteren Teil der Küche geht.

Töpfe und Pfannen beginnen laut zu klappern, als er mit seinem Ellbogen an ein Regal stößt.

Der Schlüssel passt auch in dieses Schloss. Es scheint sich um einen Universalschlüssel zu handeln.

Er leuchtet mit seiner Taschenlampe die schmale, eiserne Wendeltreppe aus.

Fragt sich, ob er es schaffen wird, die Stiege hinunterzukommen. Fürchtet, mit seinem Bauch zwischen Wand und Geländer eingeklemmt zu werden, wenn er sich da hinunterwagt.

Ein lauter Knall.

Erschrocken dreht er sich um.

Die Tür hinter ihm ist zugefallen.

Er will sie wieder öffnen. Doch sie hat auf dieser Seite nur einen Knauf, der sich nicht drehen lässt. Es gibt auch ein Schloss. Aber vor lauter Aufregung hat er den Schlüssel draußen stecken gelassen.

Offensichtlich ist er nun hier unten eingesperrt.

Darüber macht er sich aber keine großen Sorgen. Irgendwer wird ihn schon finden. Spätestens morgen Früh. Der Junge weiß ja, dass er den Bauch des Schiffes filmen wollte.

Bevor er die erste Stufe nimmt, beleuchtet er die beiden Türen am unteren Ende. Eintritt strengstens verboten steht darauf in mehreren Sprachen. Auf einer der Türen befindet sich ein Achtung Starkstrom – Zeichen. Das muss der Maschinenraum sein, denkt er.

Trotz seiner Schwerhörigkeit empfindet er den Lärm bereits im Vorraum als unerträglich.

Nachdem er die ersten Stufen hinter sich gebracht hat, öffnet sich die Tür hinter ihm einen Spalt. Er bemerkt es nicht wegen der Motoren. Außerdem konzentriert er sich auf den steilen Abgang.

Plötzlich trifft ihn ein heftiger Stoß am Rücken. Er verliert das Gleichgewicht und stürzt laut schreiend kopfüber die extrem steile Wendeltreppe hinunter. Unten angekommen zucken seine Arme und Beine ein paarmal, dann liegt er still.

Der andere Mann eilt die Stiegen hinunter. Beugt sich über den regungslos am Boden Liegenden, nimmt ihm die Taschenlampe aus der Hand und beleuchtet damit sein Gesicht.

Es ist das Gesicht eines Toten. Bleich, ein starrer zur Decke gerichteter Blick.

Der Lichtschein streift eine bräunliche breiige Flüssigkeit, die von der letzten Stufe auf den Boden tropft.

Angewidert wendet sich der Mann ab und greift nach seinem Handy. Erzählt jemandem, was gerade passiert ist.

„Was hätte ich sonst machen sollen? Wäre es dir lieber gewesen, er hätte weiter herumgeschnüffelt?“

„Das ist deine Schuld. Ich habe dir gesagt, du sollst niemanden in die Lagerräume lassen.“

„Unser Sonnyboy war heute mit dem Aufpassen dran. Ich kann mich nicht rund um die Uhr allein um alles kümmern.“

„Du weißt, dass auf den kein Verlass ist. Ich will damit jedenfalls nichts zu tun haben. Schau, wie du die Leiche möglichst rasch loswirst. Und mach schnell. Wir erreichen bald Budapest.“

„Du musst mir helfen. Alleine kriege ich diesen fetten Kerl die steile Treppe nicht hoch. Außerdem hat er sich auf einer der scharfen Kanten den Schädel aufgeschlagen. Die Hälfte seines Gehirns ist ausgetreten. Eine Riesen-Schweinerei! Echt ekelhaft!“

„Das ist dein Problem. Wisch auf. Oder willst du eine Putzfrau holen?“

„Und unsere wertvolle Fracht ist auch mein Problem?“

Ein paar Sekunden herrscht Schweigen. Dann ertönt ein zögerliches: „Ich komme.“

Zu zweit schaffen sie es immerhin, den Toten an Deck zu befördern.

Es wird bald hell werden. Der Morgenstern ist bereits am Himmel erschienen.

Der ältere der beiden Männer starrt eine Weile auf das dunkle Gewässer.

„Sollten wir ihn nicht irgendwie beschweren, damit er schneller untergeht?", fragt er.

„Nein. Wir werfen ihn auf der Steuerbordseite rein. Durch die Strömung wird er hoffentlich in die Schiffsschraube geraten."

Das Platschen des Körpers, als er auf der Wasseroberfläche aufprallt, ist laut und weithin vernehmbar. Außer ihnen ist zu dieser frühen Stunde kein Mensch an Deck.

31. Budapest

Ich erwachte viel zu früh. Hatte meinen Wecker auf sieben Uhr gestellt. War um sechs Uhr hellwach und schaute aus dem Bullauge.

Der Frühnebel über dem Wasser lichtete sich.

Ich hatte schlecht geträumt. So viele Fischeier am Abend waren nicht gerade zuträglich für einen ruhigen Schlaf.

Im Traum hatte ich ein riesiges Fischmaul vor meinem Bullauge gesehen, das nach mir schnappte. Fast hatte es so ausgesehen, wie wenn mir der große Fisch Küsschen schicken würde.

Es war nicht bedrohlich gewesen, sondern einfach komisch. Doch plötzlich hatte sich das Wasser der Donau blutrot verfärbt und der dicke Fisch sich in ein Gerippe verwandelt.

Als ich aufwachte, war ich schweißnass.

Um acht Uhr morgens erreichten wir Budapest.

Wieder einmal durfte keiner der Besatzung von Bord gehen. Befehl vom Kapitän.

Mir war das egal. Ich interessierte mich ohnehin nicht für die Stadtrundfahrt.

Ich kannte Budapest seit meiner Kindheit und hatte momentan kein besonderes Bedürfnis, diese Stadt zu besuchen. Das Orban-Regime und die Jobbik-Partei jagten mir Angst ein.

Orlando war jedoch total aufgebracht und schimpfte auf den tyrannischen Kapitän.

„Budapest soll angeblich die schönste Stadt an der Donau sein. Schöner noch als Wien, wo ja nur die Außenbezirke an der Donau liegen", jammerte er.

„Und wieso warst du bisher nie in Budapest? Mit dem Zug oder Auto sind es keine drei Stunden von Wien. Die Stadt ist schön, da gibt es gar keine Diskussion. Trotzdem ist mir Wien um Häuser lieber. Die Budapester Burg ist nicht mehr als eindrucksvoller Kitsch in meinen Augen. In der ungarischen Hauptstadt wurde eine Unzahl von Baustilen imitiert, ähnlich wie auf unserer Ringstraße. Das Parlament ist neogotisch-neobarock, die Oper im Stil der Neo-Renaissance und die meisten Häuserfassaden in der Innenstadt wirken äußerst theatralisch. Eine tolle Bühnenkulisse eben. Gigantomanie, Klassizismus und Historizismus ..."

„Nerv mich nicht mit diesem kunsthistorischen Geschwafel, Kafka."

Ich hielt meinen Mund, fand aber, dass die schwerfälligen, mit viel Dekor überladenen Bauten im Morgenlicht vom Schiff aus betrachtet zudem extrem künstlich wirkten.

Während die Passagiere ihre Stadtrundfahrt antraten, machte ich mir einen Kaffee und setzte mich damit aufs Sonnendeck.

Die Margareteninsel, das Freizeitparadies der Budapester, lag schräg vor uns. Rosengärten, Parkanlagen, Gasthöfe, hübsche Brunnen und Pavillons aus der Belle Époque.

Zigeunerkapellen spielten schon mittags dort auf. Verliebte Paare tanzten zu den romantischen Klängen.

Ich musste unwillkürlich an einen anderen Zigeuner-Musiker denken. An die wunderbaren Klänge, die er seiner Gitarre entlockte. Er war meine erste große Liebe gewesen. Und wie viele Frauen trauerte auch ich meiner ersten Liebe bis heute nach.

Ich erinnerte mich noch sehr gut an jene wunderbare Sommernacht am Ufer der Donau, als ich zum ersten Mal mit ihm geschlafen hatte. Stechmücken hatten uns das Leben schwer gemacht. Unsere Leidenschaft war jedoch stärker als die Mückenplage gewesen.

Er hatte mich eine Ewigkeit gestreichelt, mich fast um den Verstand gebracht mit seinen geschickten Händen und seinen weichen Lippen. Vielleicht war er der beste Liebhaber, den ich in meinem an Liebhabern nicht gerade armen Leben gehabt habe. Bis heute war ich ihm dankbar dafür, dass er so sanft und zärtlich mit mir umgegangen war. Ich bildete mir sogar ein, dass ich deswegen Sex bis heute so genießen konnte.

Ich dachte an seinen Mund, seine Augen, seine langen schlanken Finger, an seinen fast unbehaarten Körper, seine kräftigen Schenkel, seinen festen kleinen Hintern, und wenn ich nicht an Deck gelegen wäre, hätte ich mich auf der Stelle selbst befriedigt.

Die Mittagssonne brannte erbarmungslos auf mich herab. So schnell bekam ich zum Glück keinen Sonnenbrand. Meine olivfarbene Haut würde höchstens eine Spur dunkler werden, aber nicht knallrot.

„Na, überarbeitet sich Madame schon wieder?“

Beim Klang dieser Stimme zuckte ich zusammen.

Bisher hatte mich der Chef de Service mit seinen blöden Sprüchen halbwegs verschont. Die Schonzeit schien jedoch nun zu Ende.

Ich blickte mich nicht einmal nach ihm um.

Nicolai war nicht mein Chef. Das hatte ich von Anfang an klargestellt. Ihm unterstand nur das Restaurantpersonal.

Er setzte sich auf die Nachbarliege und stänkerte weiter: „So schön wie ihr Bardamen möchte ich es auch einmal haben. Während wir uns im Speisesaal zu Tode hetzen, genießt ihr das Dolce Vita oder steht stundenlang unter der Dusche und pflegt eure Schönheit."

„Nur kein Neid", sagte ich. Da fiel mir ein, dass mich unlängst jemand in der Dusche beobachtet hatte. Und dieser jemand war höchstwahrscheinlich Nicolai gewesen. Ich spürte, wie ich vor Wut errötete.

„Hast wohl keine Lust mehr herumzuspionieren, seit es die kleine Nutte erwischt hat?", fuhr Nicolai fort, mich zu provozieren.

Mir lag schon eine scharfe Antwort auf der Zunge, als plötzlich eine riesige Kochmütze in der Luke erschien, die von der Küche aus aufs Deck führte.

Nicolai war meinen Blicken gefolgt.

„Was hast du hier oben verloren? Nichts zu tun um die Mittagszeit?", schnauzte er den Koch an.

Hannes ignorierte ihn und fragte mich: „Was möchtest du essen, Kafka? Es gibt Coq au vin oder gebackenen Zander mit Erdäpfelmayonnaisesalat."

Ich entschied mich für den Zander wegen des Erdäpfelmayonnaisesalates.

„In einer Viertelstunde? Nein, sagen wir in zwanzig Minuten?"

„Danke!"

„Und was willst du, Bernhard?", fragte Hannes den Kreuzfahrtdirektor, der unter dem Sonnendach saß und Nicolai und mich nicht zu beachten schien. Seit ich ihn zurückgewiesen hatte, mied er meine Nähe.

„Schon wieder Zander?“, meckerte Bernhard. „Ich versuch dein Coq au vin. Aber ich warne dich, versalz es ja nicht!“

„Bitte auch ohne Rattengift für die Herrschaften“, rief Nicolai dem Koch nach, der wieder unter der Luke verschwand.

Ich wusste, dass an Bord nach wie vor das Gerücht die Runde machte, Daniela wäre vergiftet worden.

„Du glaubst also auch an das Märchen von der vergifteten Zigeunerin? Hätte dich für schlauer gehalten“, attackierte ich Nicolai, der keine Anstalten machte, an die Arbeit zu gehen. Im Speisesaal saßen bestimmt schon einige der Passagiere, die nicht an der Stadtrundfahrt in Budapest teilnahmen.

Er antwortete nicht, grinste mich nur blöde an.

„Sie ist mit einem Polster erstickt worden. Die Gerichtsmediziner werden das bei der Obduktion feststellen. Mach dich schon mal auf ein stundenlanges Verhör gefasst“, legte ich noch ein Schäuflein nach.

„Schau her. Ich zittere vor Angst.“ Er fuchtelte mit seinen Händen vor meinem Gesicht herum und lachte sehr laut. Seine Augen lachten nicht.

„Lass sie in Frieden! Verschwinde, Nicolai!“

Im ersten Moment dachte ich, Bernhard wäre mir zu Hilfe gekommen.

Aber es war nicht Bernhards Stimme. Der Erste Offizier hatte ein Machtwort gesprochen.

Nicolai sprang sofort von der Liege auf und suchte wortlos das Weite.

Ich wunderte mich, dass er Schiss vor dem Ersten Offizier hatte.

„Danke“, sagte ich leise.

Theodor bot mir einen von seinen Zigarillos an.

Ich schüttelte den Kopf. War verwirrt. Hätte Theodor soviel Autorität gar nicht zugetraut. Andererseits machte es ihn in meinen Augen auch verdächtig. War er der Anführer dieser Bande?

„Ich wollte Sie fragen, ob wir gemeinsam essen gehen. Ich habe mir Zander bestellt“, sagte er.

„Ich auch. Aber wir haben noch eine Viertelstunde Zeit, hat Hannes gesagt.“

Ich steckte mir eine Zigarette in den Mund.

Er gab mir Feuer. Unsere Hände berührten sich.

Während ich rauchte, betrachtete ich ihn mit halbgeschlossenen Lidern.

Er sah verdammt gut aus. Groß, dünn, schwarzhaarig, bleiche, aber ebenmäßige Gesichtszüge ... Ein schöner Mann, der sich seiner Schönheit so gar nicht bewusst ist. Schade, dass er für mich zu den Verdächtigen zählte.

Ich versuchte, ihn möglichst raffiniert und unauffällig auszufragen.

„Wie lange kennen Sie und der Kapitän sich schon?“

„Seit dem Studium.“

„Sie haben zusammen in Bukarest studiert?“

„Das ist korrekt.“

Bitte nicht schon wieder!

„Und Sie sind richtig gute Freunde?“

„Nein.“

Bevor ich ihn fragen konnte, wieso nicht, kam er mir zuvor.

„Ich habe keine Freunde.“

Ich wagte es nicht mehr, ihn zu fragen, warum er keine Freunde hatte.

„Er hat Ihnen diesen Job auf der MS Kaiserin Sisi verschafft?“

„Ja.“

„Wo haben Sie vorher gearbeitet?“

„Für eine Hamburger Reederei.“

„Ah, deshalb sprechen Sie so gut Deutsch. Wo wohnen Sie, in Hamburg oder in Bukarest?“

Schweigen.

„Ich habe eigentlich keinen festen Wohnsitz“, sagte er nach einer Weile. „Ich bin bei meinem Vater in Bukarest gemeldet. Und werde auch irgendwann mal seine Wohnung erben. Er war bei der Securitate und hat eine große Wohnung am Bulevardul Unirii, dem Boulevard der Einheit, zu kommunistischen Zeiten ‚Boulevard des Sieges des Sozialismus‘ genannt. Sie waren in Bukarest? Das ist die große Straße, die von dem monströsen Präsidentenpalast wegführt.“

„Sie meinen den Palast des Größenwahns? Den habe ich mir von außen angesehen. Innen muss er ja noch verrückter sein.“

„Das ist korrekt.“

Oh, nein! Er fing doch jetzt nicht wieder mit dieser Floskel an. Rasch redete ich weiter. „Und in einem dieser schönen Häuser an dieser prachtvollen Allee wohnt Ihr Vater?“

„Ja. Dort wohnen bis heute hauptsächlich ehemalige Securitate-Leute.“

„Haben Sie deshalb keinen Kontakt mit ihm? Weil er beim rumänischen Geheimdienst war?“

Er beantwortete meine Frage nicht.

„Ich bin ein Reisender“, sagte er nach einer Weile. „Es wird oft behauptet, dass Reisende vor der Tristesse des Alltags und vor der Routine fliehen und die Vergangenheit vergessen wollen. Ich glaube, das trifft auch auf mich zu.“

„Bei mir ist das ähnlich. Zwar lebe ich in Wien, aber ich fühle mich nirgends und gleichzeitig fast überall zuhause. Am liebsten wäre ich dauernd auf Reisen. Früher hab ich gedacht, das hätte mit meiner Herkunft zu tun."

Ich lächelte ihn an.

Er erwiderte mein Lächeln nicht.

„Was haben Sie auf so einem alten Kahn verloren? Mein Onkel meint, Sie seien ein hervorragender Seemann und gehörten auf die großen Meere."

„Das ist korrekt." Nach diesem blöden Satz stand Theodor auf und ging. Ließ mich einfach sitzen.

Was hatte ich nun wieder falsch gemacht? War ich ihm mit meiner letzten Frage zu nahe getreten?

Der Typ ist einfach schwer gestört!

Ich begab mich in die Küche. Genoss meinen Zander allein.

Nicolai war zum Glück weder in der Küche noch im Speisesaal. Von wegen, sich bei der Arbeit überanstrengen!

Professor Funke erschien nicht beim Abendessen.

Elisabeth, die mit ihm am Tisch saß, sprach mich nach dem Essen auf seine Abwesenheit an.

„Ich habe ihn den ganzen Tag lang nicht gesehen. Er war weder beim Frühstück noch hat er die Stadtrundfahrt mitgemacht. Das hat mich sehr gewundert. Er hat doch andauernd alles fotografiert und gefilmt und war überaus neugierig. Dass er sich ausgerechnet Budapest entgehen hat lassen, kann ich nicht glauben. Womöglich hat er gesundheitliche Probleme? Er ist nicht mehr der Jüngste."

Sie schien sich ernsthaft Sorgen um ihn zu machen.

Ich fand es rührend, dass die Alleinreisenden so gut aufeinander aufpassten.

„Ich werde ihn finden", versprach ich ihr.

Ein paar Minuten später bat ich Orlando, die Bar zu übernehmen und machte mich auf die Suche nach dem alten Professor.

Herr Funke war jedoch weder in seiner Kabine noch am Sonnendeck.

Ich wandte mich an Bernhard. Seit unserer unsäglichen Schmuserei sprach ich zum ersten Mal wieder mehr als nur ein paar belanglose Worte mit ihm.

„Der Professor könnte in der Stadt geblieben sein, ohne sich extra abzumelden. Dieser komische alte Kauz scheint für hübsche junge Mädchen viel übrig gehabt zu haben, hat sie andauernd gefilmt. Vielleicht ist er irgendeiner jungen Prostituierten auf den Leim gegangen?"

„Das meinst du nicht im Ernst?"

„Sowas ist schon öfter passiert. Außerdem kreuzt er eventuell ja noch auf. Wir werden erst um fünf Uhr früh ablegen. Schlimmstenfalls muss er halt morgen von Budapest aus einen Flug nach Düsseldorf oder Dortmund nehmen", scherzte Bernhard.

„Lass diese Witze. Herr Funke ist ein sehr distinguierter, netter Herr. Ich habe mich gestern lange mit ihm unterhalten."

„Du passt, meiner Meinung nach, nicht unbedingt in sein Beuteschema, aber Frau ist eben Frau, vor allem für so alte Knacker wie ihn."

Nach dieser aggressiven Bemerkung verstärkte sich bei mir der Verdacht, dass Bernhard etwas mit dem Verschwinden des alten Herrn zu tun haben könnte.

Ich musste mit Sandor reden. Ließ Bernhard stehen und machte mich auf die Suche nach meinem Onkel.

Er war nicht in seiner Kabine und auch sonst nirgends an Bord zu finden. Schien ebenfalls wie vom Erdboden verschluckt.

Mir reichte es für heute. Ich gab die Suche nach den beiden Männern auf und zog mich, bewaffnet mit Elias Canettis biografischem Roman, in meine Koje zurück.

32. Wien

Toni verließ das Stundenhotel bewaffnet mit einem Plastiksack. In dem Sack befanden sich der blutbefleckte Polsterüberzug und eine Flasche, die zu zwei Drittel mit Motoröl und einem Drittel mit Benzin gefüllt war. Die Flasche war nur zur Hälfte voll.

Seine Glock hatte er in seinen Hosenbund gesteckt.

„Du bist in großer Gefahr, Toni. Hörst du, was ich sage, Mann?“

Toni ignorierte die Stimme seines toten Freundes.

Als er den Praterstern überquerte, sah er sich jedoch mehrmals um.

Das Wetter hatte sich beruhigt. Gegen Abend kam jetzt sogar die Sonne raus.

Im Wurstelprater war die Hölle los. An diesem milden Herbstabend tummelten sich Tausende in dem grandiosen Wiener Vergnügungspark.

Er war früh dran. Es war erst achtzehn Uhr.

Beim Riesenrad blieb er kurz stehen. Gern wäre er einmal damit gefahren. Gemeinsam mit seiner großen Liebe. Sein Fiebertraum fiel ihm ein. War es ein prophetischer Traum gewesen? Würde er sie eines Tages wiedersehen?

Es ist nicht der richtige Moment, um sich romantischen Tagträumen hinzugeben, ermahnte er sich selbst und ging weiter.

Die neuen Attraktionen lockten mit Superlativen: Die modernste Geisterbahn Europas, die sensationellste Discovery Schaukel der Welt, das höchste Kettenkarussell, Europas größter Windtunnel ... Ihm dröhnten die Ohren. Und ihm wurde fast übel, als er den Burschen und Mädchen dabei zusah, wie sie sich beim Bungee-Jumping aus schwindelerregender Höhe an einem Gummiseil kopfüber hinunterließen.

Um das Schweizerhaus machte er einen großen Bogen. Wer weiß, vielleicht waren die anderen auch früher gekommen. Er war überzeugt davon, dass sich Vladimir nicht an seine Bedingungen halten würde. Doch das spielte keine Rolle. Sein Plan war perfekt.

Um halb sieben bezog Toni Stellung hinter dem Pavillon des Ponykarussells, schräg gegenüber vom Eingang des Schweizerhauses. Er ließ den Eingang nicht aus den Augen, während er die nötigen Vorbereitungen traf.

Viertel vor sieben. Er hielt die Warterei kaum mehr aus. Am liebsten hätte er sich ein bisschen die Beine vertreten.

18 Uhr 50: Ein großer, neuer, dunkler Mercedes, E-Klasse, parkte knapp neben dem Ponykarussell ein.

Erschrocken machte Toni ein paar Schritte zurück, lugte hinter dem Pavillon hervor.

Er wurde ganz ruhig. So war es immer gewesen. Auch bei seinen Auftritten. Er hatte seit jeher unter schrecklichem Lampenfieber gelitten. Sobald er aber auf der Bühne stand, war jegliche Nervosität wie weggeblasen gewesen.

Vladimir und der Chauffeur verließen den Wagen.

Toni musste grinsen. Er hatte damit gerechnet, dass Vladimir nicht allein aufkreuzen würde.

Er zog die schwere Glock aus seinem Hosenbund.

Vladimirs breiten Rücken im Visier, legte er den Zeigefinger auf den Abzug.

Man erschießt niemanden von hinten. Nicht einmal einen Bösewicht wie Vladimir, meldete sich seine innere Stimme zu Wort.

Toni ließ die Waffe sinken.

Er konnte es nicht tun. Er war kein kaltblütiger Killer. Würde es nicht einmal schaffen, Vladimir zu erschießen, wenn er sich umdrehte und mit seiner Waffe auf ihn zielte. Oder doch? Er wollte es lieber nicht so genau wissen.

Den Gastgarten des Schweizerhauses betrat Vladimir allein. Der Chauffeur folgte ihm bis zum Eingangstor. Hielt dort Wache.

Die Gelegenheit, Vladimir zu beseitigen, ohne einen Unschuldigen zu gefährden, war vorüber.

Aber so schnell gab Toni nicht auf. Er wollte wenigstens eine Art Visitenkarte hinterlassen. Im Schutz der Dunkelheit schlich er fast auf allen vieren näher an den Mercedes heran. Nahm die Flasche mit dem Benzin und dem Motoröl aus dem Plastiksack, steckte den Polsterzipfel in den Flaschenhals, zündete ihn an und schleuderte den Molotowcocktail mit voller Wucht auf die Motorhaube des Mercedes. Dann suchte er, so schnell er konnte, das Weite.

Die Explosion des Molly war fast im ganzen Prater zu hören. Übertönte den höllischen Lärm der Hochschaubahnen und Karussells.

Die Leute stürzten aus den Gastgärten. Gekreische und aufgeregte Stimmen verfolgten Toni, der um sein Leben rannte. Zum Glück war es außerhalb des Vergnügungsparks stockfinster. Der Mond blieb die meiste Zeit hinter unruhigen schwarzen Wolken verborgen.

Als er fast beim Messegelände angelangt war, blickte er sich zum ersten Mal um. Kein Mensch weit und breit. Er verlangsamte sein Tempo. Ging normalen Schrittes weiter. Den Plastiksack stopfte er in eine blaue Mülltonne. Seit er in Wien lebte, hatte er gelernt, den Müll brav zu trennen.

War es ihm gelungen, dieser mörderischen Bande Angst einzujagen? Der neue Mercedes war jedenfalls hinüber. Es war schon der zweite Wagen Negrescus, den er zerstört hatte. Sie wussten nun zumindest, dass mit ihm zu rechnen war. Dennoch verfluchte er sein Zögern von vorhin. Was war er nur für ein Waschlappen? Im Fall, dass Vladimir ihn getötet hätte, hätte Marko bestimmte keine Sekunde gezögert, abzudrücken.

Demnächst würde Vladimir doch dran glauben müssen. Und danach auch George Negrescu. Das war er seinem Freund schuldig.

Toni wusste, dass er schleunigst verschwinden sollte. Er fühlte sich momentan weder in einem Stundenhotel noch an irgendeinem anderen Ort in Wien sicher. Doch er hatte nun einmal beschlossen, auf die Ankunft des Schiffes zu warten. Ihm war klar, dass er es Negrescu und seinen Handlangern damit leicht machte. Rechnete sogar damit, dass ihn sein Freund, der Kapitän, verraten würde. Denn einem Säufer und Spieler konnte man nicht trauen.

Er überlegte, hinaus zu der Fischerhütte zu fahren. Da kam ihm eine bessere Idee. Er wusste jetzt, wo er die heutige Nacht halbwegs in Sicherheit verbringen konnte.

Die Abendmesse in der wunderschönen Franz-von-Assisi-Kirche am Mexikoplatz war gerade zu Ende gegangen. Die meisten Gläubigen hatten das Kirchenschiff verlassen.

Toni drückte sich an der Wand entlang und verschwand in einem Beichtstuhl.

Kirchen bieten seit Jahrhunderten Verfolgten Asyl, dachte er. Duckte sich aber lieber und hielt den Atem an, als der Messner, der die Kerzen auslöschte, am Beichtstuhl vorbeiging.

33. Donau: Budapest – Esztergom

Er wagt nicht mehr zu atmen, als er einen Luftzug spürt.

In aller Herrgottsfrüh, als alles an Bord noch schlief, ist er hinunter in den Lagerraum gegangen und hat probeweise einige Kisten geöffnet. Er hat nichts Verdächtiges entdeckt.

Als er im Kühlraum endlich fündig wird, vernimmt er Schritte.

Die Schritte kommen rasch näher.

Er duckt sich hinter einen Stapel von Lebensmittelkartons.

Doch der andere Mann hat ihn längst entdeckt.

„Komm sofort heraus", ertönt eine ihm bekannte Stimme.

Er rührt sich nicht.

Kurz darauf dreht sich ein Schlüssel im Schloss. Nun sitzt er wie eine Maus in der Falle.

Nach einer Viertelstunde oder waren es nur ein paar Minuten – er hat jedes Zeitgefühl verloren –, öffnet sich die Tür wieder.

Nun sind sie zu zweit. Die Deckenbeleuchtung geht an.

Er weiß, wann es an der Zeit ist aufzugeben. Verlässt sein unsicheres Versteck und schaut in die Mündung einer Pistole.

Instinktiv hebt er die Hände.

„Beruhigt euch. Ist doch nichts passiert", sagt er leise.

Jetzt ja keine falsche Bewegung machen und kein falsches Wort sagen, denkt er.

„Nein!", schreit der Mann, der später hereingekommen ist. „Bring ihn nicht um. Um Himmels willen!"

„Du solltest auf den Chef hören", sagt der Mann mit den erhobenen Händen.

„Meinetwegen sperren wir ihn einstweilen ein. Aber wir sollten uns gut überlegen, was wir mit ihm machen, bevor wir in Wien ankommen."

„Ich bin kein Mörder ..."

„Ich weiß. Die Drecksarbeit lässt du lieber mich erledigen."

„Die anderen gehen allein auf dein Konto ..."

„Und wer hat mich für ihr Verschwinden bezahlt? Ich schwöre dir, für den Kerl hier wirst du brennen wie ein Lüster."

„Nicht so schnell. Wie viel wollt ihr? Ich zahle jeden Preis, wenn ihr mich am Leben lasst."

„Halt den Mund, verdammter Zigeuner."

„Lass ihn ausreden. Vielleicht hat er ja wirklich Kohle."

„Das glaubst du nicht im Ernst? Und selbst wenn er Kohle haben sollte, wir können uns keine Zeugen leisten."

„Eure Geschäfte sind mir sowas von egal. Ich habe in meinem Leben selbst so manche Kiste am Zoll vorbei nach Frankreich gebracht."

Sandors Worte prallen an dem Mann mit der Pistole ab.

Ich bin so gut wie tot, befürchtet er. Sonst hätten sie nicht so offen über die anderen Morde gesprochen.

Sandor denkt an seine Geige, an Wien, an seine Margot, an seine kluge Nichte, und zwar in dieser Reihenfolge. Dann schließt er die Augen. Er will den Tod nicht kommen sehen.

Der Mann mit der Pistole macht kurzen Prozess mit ihm.

Sandor spürt noch, wie die Haut auf seiner Stirn platzt, dann wird alles um ihn herum schwarz.

34. Esztergom

Mir platzte der Kragen, als der Kapitän über das Bordmikrophon verkündete, dass wir kurz Halt in Esztergom, dem offiziellen Sitz des Primas von Ungarn, machen werden. Hatte ich doch gehofft, dass wir auf schnellstem Weg nach Wien zurückkehren würden.

Die gewaltige klassizistische Kathedrale thront hoch oben auf einem Hügel am Ufer der Donau.

Ich hielt dieses monströse Bauwerk kunsthistorisch für nicht besonders interessant.

Elisabeth, die neben mir an der Reling stand, fürchtete, dass sie den steilen Aufstieg mit ihrer kaputten Hüfte nicht schaffen würde.

Ich riet ihr davon ab, den Ausflug mitzumachen. „Nichts weiter als ein kaltes, totes, monumentales Bauwerk, das die Macht der Kirche demonstriert", sagte ich.

Da sie religiös war, ging sie trotz ihrer Hüftschmerzen mit an Land.

Sobald die Passagiere von Bord waren, suchten Orlando und ich Sandor auf, um ihm von dem verschwundenen Professor zu erzählen.

Sandors Kabine war leer. Das Bett war gemacht.

„Vielleicht ist er mit von Bord gegangen und treibt sich in Esztergom herum?", sagte Orlando.

„Eine Kirche wird sich dieser Atheist nicht freiwillig ansehen und sonst gibt es dort nichts, was man besichtigen könnte. Nicht einmal gute Lokale."

Als Sandor am Abend, nach der Rückkehr der Passagiere, noch immer nicht aufgetaucht war, obwohl er beim Abschiedsdinner des Kapitäns seinen großen Auftritt gehabt hätte, wurde ich nervös. Ich hatte es ein paar Mal auf seinem Handy versucht, vergeblich. Sandor hatte allerdings sein Handy so gut wie nie bei sich.

Bernhard war ebenfalls ungehalten. „Wo bleibt dein Onkel? Er sollte längst spielen", fuhr er mich an.

„Bin ich für ihn verantwortlich?"

„Nein. Aber es geht gleich los. Der Käpt'n hat bereits seine Ansprache gehalten. Alles wartet auf den Teufelsgeiger."

„Ich weiß", murmelte ich und ließ ihn einfach stehen.

Ich wurde immer unruhiger. Schließlich bat ich Orlando die Bar zu übernehmen und ging zum Ersten Offizier in die Steuerkabine.

„Haben Sie Sandor irgendwo gesehen? Ich suche ihn seit Stunden. Er scheint nicht an Bord zu sein."

Er sah mich völlig verdattert an. Obwohl wir bald ablegen würden, machte er sich sofort gemeinsam mit mir auf die Suche nach meinem Onkel.

Theodor besaß einen Zentralschlüssel, kam überall rein. Wir durchsuchten alle Kabinen, alle Lagerräume und zuletzt gingen wir sogar in den Maschinenraum.

Ich hielt mir die Ohren zu und wollte rasch kehrt machen, nachdem wir uns flüchtig umgesehen hatten. Da deutete Theodor auf eine riesige, eiserne Kiste, die ganz im Dunkel an der hinteren Wand stand.

Die Kiste hatte regelmäßig angeordnete Löcher im oberen Bereich. Sie diente der Aufbewahrung von Seilen und anderem Material, das Sauerstoff brauchte. Und sie war mit einem Vorhängeschloss versehen.

Theodor brach das Schloss mit einem Stemmeisen auf.

Beim Anblick von Onkel Sandor, der zusammengeschnürt wie ein Paket und mit Tesastreifen um Augen und Mund in der Kiste lag, schrie ich laut auf.

Theodor hielt mir die Hand vor den Mund.

„Bitte sei still“, schien er zu sagen. Der Lärm der Motoren schluckte jedes andere Geräusch.

Gemeinsam befreiten wir Sandor von Klebebändern und Fesseln.

Er taumelte, als wir ihm aus der Kiste halfen. Doch er schien nicht ernsthaft verletzt zu sein.

Ich umarmte ihn stürmisch.

Seine Augen waren feucht. „Ich wusste, dass auf meine kleine Prinzessin Verlass ist“, sagte er, sobald wir den Maschinenraum verlassen hatten. Theo und ich hatten Sandor in unsere Mitte genommen. Er war etwas wackelig auf den Beinen und bewegte sich nur sehr langsam.

„Wir sollten rasch von hier verschwinden“, ermahnte uns der Erste Offizier.

„Ja, bitteschön. Mein Trommelfell ist bereits geplatzt“, sagte Sandor.

„Wir gehen zu mir“, flüsterte mir Theodor ins Ohr, als wir Sandor die Wendeltreppe hinaufschleppten.

Er spielte die Vorhut, sah sich in der Küche und am Gang um, bevor er uns holte.

Ohne dass uns jemand begegnet war, landeten wir in seiner Kabine.

Theodor sperrte von innen zu und bot Sandor als Erstes einen Schnaps an.

„Wasser wäre mir lieber. Ich bin völlig ausgetrocknet."

Wir blieben alle drei bei Wasser.

„Wer hat dich da unten eingesperrt? Nein, sag nichts, ruh dich lieber aus. Wir können nachher reden", beteuerte ich nach einem Blick auf Sandors von Schmerz und Erschöpfung gezeichnetes Gesicht.

Doch meine Neugier war größer als mein Mitgefühl: „Du musst nichts sagen. Lass mich einfach raten. Es waren Nicolai und Luca, stimmt's?"

Er schüttelte den Kopf.

„Nein? Dann war's der Kapitän. Das hätte ich mir eigentlich denken können. Auf einem Schiff passiert nichts ohne das Wissen des Kapitäns."

„Nicolai hat mich unten in den Lagerräumen erwischt. Er hat mich niedergeschlagen und dann sofort Horst verständigt. Eigentlich verdanke ich Horst mein Leben. Nicolai hätte mich sofort umgebracht, wenn Horst es ihm nicht ausdrücklich verboten hätte. Ich bin mir sicher, dass er vorhatte, mich heute Nacht zu beseitigen. Egal, was Horst ihm befohlen hatte ..."

Sandors an sich kräftige Stimme war ziemlich schwach. Seine Hände zitterten.

„Ich glaube, mein Onkel braucht jetzt doch einen Schnaps", sagte ich zu Theodor.

Er holte eine Flasche A.E. DOR Cognac aus seinem Kasten und schenkte nicht nur Sandor, sondern auch sich selbst und mir großzügig ein. Dazu reichte er uns eine große Packung Schokoladenkekse.

„Woher hast du diesen Balsam für meine Wunden?", fragte Sandor.

Ich dachte, er meinte die Kekse, doch die beiden begannen nun über die Qualität diverser Cognac-Marken zu plaudern.

„Schluss jetzt", unterbrach ich sie. „Wir haben Wichtigeres zu besprechen. Ich habe schon seit längerem den Eindruck, dass unser Chef de Service dem Kapitän auf dem Kopf herumtanzt."

„Dem ... dem Horst ist inzwischen alles über den Kopf gewachsen ..., der Alkohol, seine Schulden ..., er ist ein sehr kranker Mann", warf Theodor stockend ein.

„Und dein Freund aus Studienzeiten, ich weiß", sagte ich. „Aber das interessiert mich momentan nicht wirklich."

„Mit der Ermordung von Adrian und Daniela wollte Horst nichts zu tun haben. Er wusch seine Hände in Unschuld", sagte Sandor. Seine Stimme klang nach dem zweiten Schluck von dem hervorragenden Cognac bereits etwas kräftiger.

„Dennoch hat er sie geschehen lassen. Hätte er Nicolai nach dem Mord an Adrian der Polizei ausgeliefert, wären Daniela und wahrscheinlich auch der deutsche Professor noch am Leben", entgegnete ich.

„Welcher Professor?", fragte Sandor.

„Der kleine Deutsche, der andauernd gefilmt hat. Ist er dir nicht aufgefallen?"

„Ich weiß, wen du meinst. Ist er auch tot?"

„Höchstwahrscheinlich."

„Und du glaubst, dass ihn ebenfalls Nicolai auf dem Gewissen hat?"

„Das ist korrekt", antwortete der Erste Offizier statt mir.

Am liebsten hätte ich Theo geschüttelt und ihn gezwungen, uns endlich zu sagen, was er wusste.

„Worum geht es eigentlich? Warum wurden all diese Menschen ermordet und warum wollten sie dich umbringen, Sandor?", fragte ich stattdessen.

„Kaviar."

„Waaas?"

„Ja, du hattest recht mit deinem Verdacht. Es geht schlicht und einfach um die Jagd nach dem schwarzen Gold.

„Du hast dort unten tatsächlich Kaviar gefunden?"

„Ja, im Kühlraum. Zwar nur eine Schachtel, aber bestimmt handelt es sich um eine größere Menge. Ich hatte leider keine Zeit, um weiterzusuchen."

Er stärkte sich mit einem Schluck Cognac und fuhr fort: „Seit Jahren herrscht auf der Donau ein erbitterter Kaviar-Krieg. Die EU erlässt immer strengere Gesetze und Vorschriften für die Kennzeichnung. Das nützt aber alles nichts. Der Kaviarschmuggel blüht und gedeiht. Mit diesen Fischeiern werden Millionengeschäfte gemacht. Die Dealer sind sehr rabiat, da es sich, wie gesagt, um Unsummen handelt."

Er verstummte kurz und warf einen Blick auf Theodor.

„Das ist korrekt."

„Und?" Ich schaute Theodor auffordernd an.

„Ich habe Horst schon länger in Verdacht, für diese Kaviar-Mafia zu arbeiten", sagte er.

„Bei diesem üblen Geschäft kassieren viele mit", fuhr Sandor fort, der mit der langsamen Sprechweise von Theodor offensichtlich Schwierigkeiten hatte. „Die Wildererfamilien fangen den Stör, töten ihn, salzen den Rogen in Heimarbeit und verkaufen ihn an die Zwischenhändler. Die lassen die Ware in Fabriken in Dosen abpacken und nachher für konfisziert erklären. Geteilt wird mit allen: Fischereiaufsicht, Lebensmittelbehörde, Miliz, Grenzschützern und Inlandsgeheimdienst. Mit gefälschten Zertifikaten und Touristenbussen oder eben auf Donauschiffen gelangen diese wertvollen Fischeier dann nach

Österreich, Deutschland und in andere EU-Staaten. Die Wasserschutzpolizei versucht zwar den Wilderern und Schmugglern das Handwerk zu legen, aber meistens erfolglos. Schusswechsel mit Toten und Verletzten sind dabei keine Seltenheit."

„Das ist korrekt."

„Verdammt noch mal, sag doch nicht immer, das ist korrekt. Was soll das überhaupt heißen?"

Theodor sah mich erschrocken an.

„Die Gewinnspannen sind enorm hoch", fuhr mein Onkel, meinen kleinen Ausbruch ignorierend, fort. „Ein Kilo Kaviar kostet bei einem Wildfischer im Delta rund zweihundert Euro. Der Großhandelspreis in Moskau bewegt sich von achthundert Euro aufwärts und auf westlichen Märkten lassen sich sogar sechstausend Euro pro Kilo erzielen. Eine Hundert-Gramm-Dose kann also je nach Sorte leicht sechshundert Euro kosten."

„Wahnsinn!", rief ich.

„Die Kaviar-Piraten sind die wahren Herren auf dem Schwarzen Meer und in der Kaspischen See. Die örtliche Polizei steckt oft mit ihnen unter einer Decke. Deutschland ist übrigens, vor Frankreich, den USA und der Schweiz, der größte Kaviar-Importeur der Welt. Ein Großteil der Ware kommt per Schiff über den Hamburger Hafen ins Land. Nun scheint auch Wien ein Umschlagplatz zu werden. Der Weitertransport nach Deutschland erfolgt mit LKWs oder ebenfalls per Schiff, nehme ich an. Die EU und die Schweiz sind also nicht nur wichtige Verbraucher, sondern auch wichtige Transitregionen."

Onkel Sandor schien bestens informiert zu sein.

Ich kam aus dem Staunen nicht mehr raus. „Woher weißt du das alles?"

„Nach unserem letzten Gespräch habe ich stundenlang mit Margot telefoniert. Sie hat sich intensiv mit dieser

Kaviar-Mafia beschäftigt. Ich habe dir erzählt, dass sie eine militante Umweltschützerin ist."

„Margot ist seine Lebensgefährtin. Sie hat eine Bar in Marseille", klärte ich Theodor auf.

„Margot hat mir erzählt, dass weltweit jedes Jahr mehrere hundert Millionen Euro umgesetzt werden. Allein der französische Markt wird zu neunzig Prozent mit Schmuggelware beliefert", fuhr Sandor fort. „Es interessiert weder die osteuropäischen Oligarchen in ihren Domizilen in Wien, Berlin, Paris oder Nizza noch die Spaß-Gesellschaft in Westeuropa, woher ihr geliebter Kaviar kommt. Sie wollen keinesfalls auf die teuerste Delikatesse der Welt verzichten."

„Und werden dabei oft betrogen", warf Theodor ein. Das ironische Lächeln, das bei diesen Worten auf seinen schmalen Lippen erschien, gefiel mir.

„Wie bitte?", fragte ich.

Er ließ sich etwas Zeit mit seiner Antwort.

„Zum Beispiel werden Eier des vom Aussterben bedrohten Sibirischen Störs, der zurzeit nicht gefangen werden darf, als Produkte des russischen Störs ausgegeben. Oder man erklärt Eier des russischen Störs zum Beluga, weil der deutlich teurer ist. Oder die Händler versehen Kaviar von wildlebenden Stören mit Etiketten eines Zuchtstörproduzenten." Erschöpft hielt er inne.

„Die Gewinnspannen für das schwarze Gold liegen auf dem Schwarzmarkt jedenfalls höher als beim Waffenhandel. Lediglich die Gewinne aus Drogenschmuggel und Prostitution können mit den Einnahmen aus dem Kaviarschmuggel verglichen werden", sagte Sandor.

„Und wegen dieser beschissenen Delikatesse mussten Adrian, Daniela und der neugierige Professor sterben? Das darf einfach nicht wahr sein", sagte ich. „Wir müssen unbedingt die Polizei verständigen."

„Mein Interesse, ein ungarisches oder slowakisches Gefängnis von innen kennenzulernen, hält sich in Grenzen“, sagte Sandor. „Haben wir die slowakische Grenze bereits passiert?“ Er sah Theodor fragend an.

Der Erste Offizier nickte.

Ich wusste nicht mehr weiter. Meine Verzweiflung war mir bestimmt anzumerken.

Sandor legte seinen Arm um meine Schultern und zog mich an sich.

„Wir werden sie kriegen, Prinzessin. Vertrau deinem alten Onkel. Ihr müsst nur irgendein Versteck für mich finden. Die heutige Nacht und den morgigen Tag sollte ich, wenn möglich, überleben.“

Theodor lud ihn sofort ein, in seiner Kabine zu übernachten.

Sandor nahm das Angebot dankend an.

Ich ließ die beiden bald allein und ging in meine eigene Kabine.

Orlando empfing mich aufrecht im Bett sitzend. Er rauchte einen Joint.

Ich war so fertig, dass ich nicht einmal fragte, woher er das Gras hatte.

„Wieso kommst du erst jetzt? Warst du wieder bei diesem Bernhard?“, fauchte er mich an.

Ich erzählte ihm die schreckliche Geschichte in Kurzfassung. Teilte ihm auch meinen Verdacht mit, dass Adrian gleich zu Beginn der Reise dahinter gekommen war, dass auf der MS Kaiserin Sisi Kaviar geschmuggelt wurde.

„In derselben Nacht wurde der Junge beseitigt. Daniela scheint geahnt zu haben, warum Adrian sterben musste, nachdem sie das Beluga-Döschen bei seinen Sachen gefunden hatte. Sie stellte auf eigene Faust Nachforschungen an und wurde prompt ebenfalls umgebracht. Ermordet hat die beiden der Chef de Service. Der Kapitän wusste aber Bescheid. Das hat Sandor mit eigenen Ohren gehört", sagte ich. „Und der alte Professor, dieser passionierte Filmer, der heute nicht mehr aufgetaucht ist, wird wohl auch tot sein. Ich nehme an, er hat ebenfalls eine der Kaviar-Kisten entdeckt."

Daraufhin war Orlando nicht mehr zurückzuhalten. Er bestand darauf, dass wir beide in dieser Nacht den Lagerraum genauer inspizieren sollten.

„Vielleicht ist der alte Herr noch nicht tot. Sie könnten ihn auch irgendwo dort unten eingesperrt haben, so wie deinen Onkel."

Sein Verdacht war nicht völlig abwegig. Ich überlegte kurz, den Ersten Offizier und Sandor zu bitten, mit uns zu kommen. Verwarf diese Idee jedoch wieder. Vor allem Sandor würde nach diesem Schock seinen Schlaf brauchen. Außerdem fürchtete ich mich nicht mit Orlando als Begleiter. Ich wusste aus Erfahrung, dass er in wirklich brenzligen Situationen kein Feigling war.

Bevor wir loszogen, vergewisserten wir uns, dass sowohl der Kapitän als auch Nicolai in ihren Kabinen waren.

Das Schnarchen des Kapitäns hörte man bis auf den Gang hinaus.

Nicolai teilte seine Kabine mit dem Patissier. Ich überließ es Orlando, nachzusehen, ob dieser skrupellose Mörder in seinem Bett lag.

„Es kann eine Weile dauern. Falls Luca wach ist, muss ich zumindest mit ihm schmusen, sonst wird er sich fragen, was ich um diese Uhrzeit bei ihm will", flüsterte Orlando.

„Beeil dich trotzdem. Wir haben nicht mehr viel Zeit. Es wird bald hell. – Und sei bloß vorsichtig!"

„Geh du einstweilen in die Küche und hol das schärfste Messer, das du finden kannst."

„Bist du verrückt? Ich hasse Messerstechereien."

„Ich auch, Süße. Aber hast du daran gedacht, dass wir eventuell irgendwelche Seile oder sonst was durchschneiden müssen?"

Es dauerte gute zehn Minuten, bis Orlando wieder bei mir in der Küche erschien.

„Alles in Ordnung. Die Tür war nicht abgesperrt. Beide schlafen tief und fest. Stell dir vor, Luca schnarcht erbärmlich. Das halte ich nicht aus. Ich glaube, ich muss mir noch mal überlegen, ob ich wirklich in ihn verliebt bin. Ein Mann, der schnarcht, igitt, igitt ..."

„Du schnarchst auch."

„Sei nicht so gemein." Er boxte mich in die Seite und kicherte.

„Schau, was ich gefunden habe." Triumphierend hielt er ein durchsichtiges Säckchen mit weißlichen Kristallen in die Höhe.

„Hab ich's mir doch gedacht. Dein Luca steht auch auf Crystal Meth. Stimmt's?"

„Noch schlimmer, meine Liebe. Er scheint damit zu dealen. Die Tasche unter seinem Bett war halboffen. Ich konnte es mir nicht verkneifen, einen Blick hineinzuwerfen. Da drinnen sind mindestens zehn, wenn nicht mehr, solche Säckchen."

„Gut gemacht, Orlando! Du entwickelst dich noch zu einem richtigen Drogenfahnder!" Ich klopfte ihm auf die Schulter.

„Spotte ruhig. Du bist ja nur neidisch, weil ich diese Drogengeschichte aufgeklärt habe und nicht du. Ich wette, der hat sich das Crystal Meth schon auf der Hinfahrt in Bratislava besorgt und es sukzessive an die Crew verscherbelt. Denn dieses Zeug wird vorwiegend in Tschechien und in der Slowakei produziert."

„Mag sein. Aber Adrian und Daniela sind nicht wegen dieser synthetischen Droge ermordet worden. Lass uns jetzt endlich den Professor suchen."

Zuerst inspizierten wir, bewaffnet mit einer Taschenlampe und einem scharfen Messer, den Maschinenraum. Es gab dort unten noch eine zweite große Kiste. Sie war bis obenhin voll mit Ersatzteilen und Tauen.

Im Lagerraum machten wir Licht an und schlitzten verschiedene größere Kartons auf. Mittlerweile war es uns völlig egal, wenn diese Schweine es merkten, dass jemand hier unten herumgeschnüffelt hatte. Wir fanden jedoch keine Spur von Professor Funke.

Zuletzt nahmen wir uns auch den Tiefkühlraum und den weniger niedrig temperierten Kühlraum gründlich vor. Wir machten auch dort Licht an.

Orlandos Blick fiel sofort auf eine Palette mit etwa zwanzig großen Schachteln: Campel's Soup, Leberpasteten, Corned Beef, Sardinen, Konfitüre und Fruchtsalate.

„Wieso liegen diese Lebensmittel alle durcheinander? Sonst herrscht hier unten doch eine gewisse Ordnung. Außerdem schreibt man Campbell's mit zwei l und pb. Erinnerst du dich an die berühmten Campbell's Soup Cans von Andy Warhol? Sage nur Tomato Soup. Diese Etiketten sind eindeutig gefälscht."

Er schnitt mit dem Küchenmesser eine der Campbell's-Soup-Schachteln auf. Die Schachtel war offensichtlich schon einmal geöffnet und nur notdürftig wieder zugeklebt worden war.

„Oh, là, là!"

„Was ist? Lass mich sehen!"

Ich beugte mich über seine Schulter.

Statt Suppendosen befanden sich hellblaue und strahlend blaue Dosen verschiedener Formate, von 5,5 cm bis

15,5 cm Durchmesser, mit der teuersten Delikatesse der Welt in der Schachtel.

Wir rissen noch einige andere Kisten auf. In allen befand sich das Gleiche: Kaviar, nichts als Kaviar.

Orlando fotografierte die Schmuggelware mit seinem Handy.

Plötzlich hatte ich das Gefühl, nicht mehr mit Orlando allein hier unten zu sein.

Ich deutete ihm, sich zu ducken.

Zum Glück stellte er keine Fragen.

Eine mir nicht ganz unbekannte Stimme fragte: „Ist hier jemand?"

Verdammter Mist. Natürlich gab es noch einen Komplizen. Sandor hatte von Anfang an eine Viererbande in Verdacht gehabt.

Offensichtlich war nur ein Mann in den Kühlraum gekommen. Mit dem würden Orlando und ich schon fertig werden.

Wir verständigten uns lautlos. Ich deutete Orlando, sich auf die linke Seite zu begeben und schlich mich selbst von der rechten Seite, im Schutz der übereinandergestapelten Kisten, an den Eindringling heran.

Plötzlich sah ich ihn. Es war tatsächlich Hannes, unser Koch.

Ich machte ein paar Schritte auf ihn zu und richtete die Spitze des Küchenmessers auf seine Brust. Im selben Moment stürzte sich Orlando von hinten auf ihn und drehte ihm die Arme auf den Rücken.

„Was macht ihr hier unten? Seid ihr verrückt geworden?", fauchte er uns an.

Mir fiel es wie Schuppen von den Augen. Selbstverständlich hatte der Koch den Schlüssel zum Lager- und zu den Kühlräumen. Mir war mehrmals aufgefallen, dass keiner der Küchenangestellten allein ins Lager gehen durfte. Hannes, Luca oder der Chef de Service kamen immer mit.

Orlando und ich zwangen Hannes, sich auf den Boden zu setzen und nahmen ihn ins Gebet.

Er versicherte uns, dass er nur heruntergekommen wäre, weil er fürs Frühstück Butter und Eier holen hatte wollen. Es war fast fünf Uhr morgens.

Als ich ihn direkt fragte, warum er seine Küchenhilfen nie allein in den Lagerraum gehen ließ, antwortete er prompt: „Es wird zu viel gestohlen. Die Angestellten versorgen in den diversen Häfen ihre Verwandtschaft mit unseren Lebensmitten."

Sowohl Orlando als auch ich fanden seine Erklärungen plausibel. Dennoch quälten wir ihn weiter mit unseren Fragen.

Schließlich rückte er mit der Sprache raus und gestand uns, dass er zwei Kisten Wodka hier unten versteckt hatte. Er hatte sie um wenig Geld bei einem Händler in Tulcea gekauft und hoffte, sie in Wien um den doppelten Preis verscherbeln zu können.

Sein Geständnis entlockte mir ein mildes Lächeln. Der arme Kerl konnte von mir aus Tonnen von Wodka schmuggeln, das tat keinem weh, außer der Zollbehörde und den Alkoholikern.

Ich glaubte nicht mehr, dass er in den Kaviarschmuggel verwickelt war. Möglicherweise ahnte er, was sich in den Lebensmittelkartons mit den sonderbaren Aufschriften befand. Doch er hätte nicht ein paar Flaschen Wodka schmuggeln müssen, wenn er in das große Geschäft involviert gewesen wäre. Der Wodka brachte ihm nicht viel mehr als ein paar hundert Euro ein.

Trotzdem fragten wir ihn, was sich in den Kartons in den hinteren Regalen des Kühlraums befände.

„Das ist die eiserne Reserve. Die darf ich nur auf Befehl vom Kapitän anrühren, falls uns alle anderen Lebensmittel ausgehen sollten."

Ich merkte Orlando an, dass auch er dem Koch glaubte.

Bevor wir Hannes gehen ließen, baten wir ihn, niemandem von unserem nächtlichen Rendezvous zu erzählen.

Orlando verfiel auf die glorreiche Idee, Hannes gegenüber anzudeuten, dass wir vermuteten, auf dem Schiff würden Drogen geschmuggelt und dass wir bereits die Polizei in Wien verständigt hätten.

Hannes verdrehte die Augen und schwor sofort, dass er mit niemandem über unseren Verdacht sprechen würde.

„Ich muss noch mal mit Theo und Sandor reden", sagte ich, nachdem Hannes weg war.

„Ich komme mit."

„Ich bin es, Katharina", flüsterte ich, als ich an Theodors Kabinentür klopfte.

Es dauerte eine Weile, bis Theodor öffnete. Er hatte einen eleganten, bordeauxroten Morgenmantel an und wirkte putzmunter, als er uns hereinbat.

Sandor richtete sich in seinem Bett auf und schaute uns verschlafen an.

„Wir haben den ganzen Kaviar gefunden. Es sind mindestens zwanzig Kisten. Wert – ein paar hunderttausend Euro, schätze ich. Sollen wir sie über Bord werfen, um deinen Freund, den Kapitän, zu schützen?", fragte ich Theodor.

Sein verletzter Blick ließ mich meine zynischen Worte sogleich bereuen.

Plötzlich fing er jedoch laut zu lachen an. Kriegte sich kaum mehr ein vor Lachen.

Verblüfft starrte ich ihn an. Teilte dieser unmögliche Mensch womöglich meinen Sinn für Humor?

„Kaviar zu Fischfutter machen, halte ich für eine grandiose Idee“, sagte er lachend.

„Wir könnten auch eine Kaviar-Party mit den Passagieren veranstalten, bevor wir Wien erreichen. Eine Kiste kriegen wir locker leer“, fuhr ich fort.

„Halt dein loses Mundwerk, Katharina“, schimpfte Onkel Sandor.

„Im Ernst, was sollen wir mit dem Zeug anfangen? Es den österreichischen Behörden übergeben, damit die dann fröhliche Partys feiern?“

Ich war völlig überdreht, konnte nicht aufhören zu blödeln.

„Schluss jetzt!“, sagte Sandor.

„Ich rufe die Wiener Polizei an. Wähle einfach den Notruf“, sagte ich.

„Das wird nichts bringen. Wir sind noch in der Slowakei.“ Orlando nahm mir das Handy aus der Hand.

Er tippte eine Weile darauf herum, bevor er es mir zurückgab.

„Drück auf grün. Habe dir die Nummer der Kriminalpolizei eingespeichert.“

Nach mehrmaligem Klingeln hob endlich jemand ab.

„Hallo, mein Name ist Katharina Kafka. Ich befinde mich auf dem Kreuzfahrtschiff MS Kaiserin Sisi. Wir werden heute früh im Hafen von Nussdorf ankommen. Auf diesem Schiff befindet sich Schmuggelware, und zwar Kaviar, im Wert von mehreren hunderttausend Euro ...“

Ich hatte alle Mühe, meinen Gesprächspartner am anderen Ende der Leitung davon zu überzeugen, dass es sich nicht um einen Scherz oder eine besoffene Geschichte handelte. Schließlich gelang es mir, ihn zu überreden, seinen Chef zu informieren.

Nach diesem Telefonat brachte Theodor Orlando und mich zu unserer Kabine.

Ich hatte keine Lust, mich hinzulegen. In zwei Stunden musste ich sowieso wieder aufstehen.

Ich sagte Orlando Gute Nacht. Ausnahmsweise protestierte er nicht, sondern wünschte Theodor und mir viel Spaß.

Nachdem ich die Tür unserer Kabine zugezogen hatte, fragte ich den Ersten Offizier, ob er mir bei einem Absacker Gesellschaft leisten wolle.

Er nahm meine Hände in seine und sah mir zum ersten Mal lange in die Augen. Dann begleitete er mich in seinem schicken, seidenen Morgenmantel hinauf in die Bar.

Meine Angst war wie weggeblasen, seit ich die Wiener Polizei verständigt hatte. Weder der Kapitän noch sein Mann fürs Grobe konnten mir jetzt noch etwas anhaben. Das einzige Problem, das ich hatte, war der dritte Mann. Ich war überzeugt, dass Sandor mit seinem Verdacht richtig gelegen hatte. An den kriminellen Machenschaften auf diesem Schiff waren nicht nur der Kapitän und der Chef de Service beteiligt, sondern mindestens noch ein oder zwei andere. Und ich konnte nach wie vor nicht ausschließen, dass auch Theodor in die krummen Geschäfte involviert war.

Ich mixte uns zwei Rusty Nails. Wir setzten uns damit hinauf aufs Sonnendeck.

Der Kapitän war nirgends zu sehen.

Boris, der bärtige Zweite Offizier, steuerte, wie fast während der ganzen Reise, das Schiff.

Theodor und ich machten es uns auf den Liegen gemütlich. Ich prostete ihm zu und bot ihm ganz offiziell das Du-Wort an, obwohl wir uns ja vorher schon die ganze Zeit geduzt hatten.

Sein Kuss traf mich völlig unvorbereitet. Ich hatte nicht damit gerechnet, dass er es wagen würde, mich zu küssen. Und ich war völlig überrascht, wie gut er küsste.

Reiß dich zusammen, Kafka, ermahnte ich mich.

Nach dem langen Kuss war Theodor auf einmal wie ausgewechselt. Die Worte sprudelten förmlich aus seinem Mund. Er erzählte mir von seiner gemeinsamen Studienzeit mit Horst Woratsch an der Schiffsingenieurschule in Bukarest. Erwähnte, dass Horst schon damals ein Spieler und dem Alkohol nicht abgeneigt gewesen sei. Trotzdem hatte er diesen Mann anscheinend bewundert.

Er sprach so nett von seinem ehemaligen Studienfreund, dass ich fast auf die Morde, die dieser mit zu verantworten hatte, vergessen hätte.

Wir hatten bereits die österreichische Grenze überquert.

Als die blinkenden Lichter der Freudenauer Schleuse vor uns auftauchten und die ersten technikinteressierten Passagiere an Deck lockten, umarmte ich Theodor und drückte ihm einen Kuss auf die Wange.

„Lass uns abhauen, bevor sie uns entdecken. Ich habe keine Lust, die Bar zu öffnen“, sagte ich.

Theodor ließ mich nicht gleich aufstehen, presste seine Lippen auf meinen Mund und küsste mich, bis mir fast schwindlig wurde. Er küsste mich, wie mich noch nie ein Mann geküsst hatte. Allerdings kann man sich in meinem Alter nicht mehr an alle Küsse erinnern. Theodor küsste jedenfalls wahnsinnig gut.

Er strich mir eine Strähne aus dem Gesicht und sagte mir leise, dass er mich liebe.

Ich war völlig perplex. Und mir fiel nichts anders ein, als ihm meine Telefonnummer zu geben.

Daraufhin gab er mir auch seine Nummer.

Wir tippten die Nummern in unsere Handys ein.

Plötzlich stand Bernhard vor uns.

Sofort musste ich daran denken, dass Sandor ihn ursprünglich verdächtigt hatte, der Kopf dieser Verbrecherbande zu sein.

Ich schenkte Bernhard einen bösen Blick. Doch der schien seine Wirkung verloren zu haben.

„Was macht ihr hier?“, fragte er uns barsch.

„Verzieh dich“, sagte Theodor.

Am liebsten wäre ich ihm um den Hals gefallen.

Bernhard starrte den Ersten Offizier nun ebenfalls wütend an, zog aber wortlos ab.

Zum zweiten Mal war ich überrascht von Theodors Autorität. Die Männer an Bord schienen ihn nicht nur zu respektieren, sondern sogar zu fürchten.

Als mich die ersten Passagiere fragten, ob sie einen Kaffee bekommen könnten, sagte ich: „Die Bar ist noch geschlossen.“

Bald darauf verließen wir das Oberdeck.

Theodor bestand darauf, mich zu meiner Kabine zu bringen, bevor er sich Umziehen ging. Er musste auf die Brücke, um den Schleusenvorgang zu überwachen.

Vor der Tür küsste er mich noch einmal und streichelte zärtlich meinen Nacken. Als seine Hände unter meinen Sweater glitten und meine Brüste berührten, stöhnte ich leise.

Wenn er so weitermachte, würde ich mich noch ernsthaft in ihn verlieben.

Ich hatte absolut keine Lust, mich von ihm zu trennen. Wir könnten es hier am Gang miteinander treiben, überlegte ich. Abgesehen davon, dass uns jederzeit einer der Passagiere entdecken konnte, war Theodor sicher nicht für so eine schnelle Nummer zu haben. Er hatte von Liebe gesprochen.

Wehmütig küsste ich ihn ein letztes Mal und öffnete dann die Tür meiner Kabine.

Es war kurz vor sechs Uhr früh. Und ich wusste, es würde ein harter, kalter und unfreundlicher Tag werden.

35. Wien

Scheiß-Kälte, würde Marko sagen, dachte Toni.

In der Kirche war es auch nicht gerade warm gewesen. Dank der Vorhänge, die er von den Beichtstühlen heruntergerissen hatte, war er nicht völlig durchgefroren. Auge hatte er aber auf der Kirchenbank keines zugetan.

Eingewickelt in einen dieser lila Vorhänge hockte er nun seit fast einer Stunde im feuchten Gras am Ufer der Donau, nahe der Anlegestelle in Wien-Nussdorf. Sehnsüchtig wartete er auf die Ankunft des Kreuzfahrtschiffes MS Kaiserin Sisi.

Die Zigaretten waren ihm ausgegangen. Seine Hände zitterten. Er brauchte dringend einen starken, heißen Kaffee.

Ein PKW nach dem anderen wurde an der Uferstraße abgestellt.

Angehörige, die ihre Lieben nach der großen Reise abholen wollten?

Ein Kleinbus mit Grazer Kennzeichen und ein paar dunkle Vans parkten direkt vor der Anlegestelle.

Toni legte den lila Vorhang zusammen und verzog sich in den Laubwald auf der anderen Seite der Straße. Er nahm einen kleinen Umweg in Kauf, um nicht gesehen zu werden.

Es hatte zu nieseln begonnen.

Er setzte sich auf den Vorhang, damit wenigstens sein Hosenboden trocken blieb. Das dichte Laub schützte ihn vor den zarten Tropfen. Er hoffte, dass der Regen nicht stärker werden würde.

Das leise, monotone Geräusch drohte ihn einzuschläfern. Er war total übermüdet.

Als sich die Konturen des Kreuzfahrtschiffes endlich aus dem Morgennebel abhoben, verließen die Leute ihre

Autos und begannen zu winken. Der Chauffeur des steirischen Kleinbusses und die Insassen der Vans ließen sich nicht blicken.

Das Anlegemanöver dauerte eine Weile.

Toni froren fast die Finger ab. Auch seine Nase war eiskalt.

Endlich war es soweit. Daheimgebliebene und Reisende fielen sich in die Arme. Küsschen links und rechts oder auf den Mund. Lautes, aufgeregtes Gequatsche, ein paar Tränen und selten ein Lacher.

Einige Leute tippten aufgeregt auf ihren Handys herum. Bestellten ein Taxi oder sagten irgendjemandem Bescheid, dass sie gut angekommen waren.

Den Kapitän hatte er kurz oben auf der Brücke gesehen. Er würde, wie es sich gehörte, als Letzter sein Schiff verlassen.

Toni ermahnte sich selbst, geduldiger zu sein.

Als alle Wagen, außer den Vans, die Anlegestelle verlassen hatten, begann er langsam zu begreifen, was hier los war.

Kaum hatte er sich auf dem gut ausgetretenen Weg ein Stück weiter in den dichten Laubwald zurückgezogen, stürzten schwarz uniformierte Männer aus den Vans: Mit vor der Brust gehaltenen Waffen stürmten sie das Schiff.

Die ganze Aktion dauerte keine zehn Minuten und ging ziemlich lautlos vonstatten.

Einige Matrosen schienen sich zu wehren. Protestierten lautstark. Einer brüllte: „Lasst mich los, ihr Schweine!“

Der junge Mann erinnerte Toni an Marko.

Plötzlich sah er sie: Eine große, schlanke Rothaarige, die von einem der Bullen abgeführt wurde. Er konnte ihr Gesicht nicht genau erkennen. Er war zu weit weg. Doch er war sich sicher, dass sie es war. Ihr Gesicht, ihren wundervollen Körper und ihre prächtigen Locken hatte er nie vergessen können.

Der Schrei blieb in seiner Kehle stecken, als er mitansehen musste, wie sie, gemeinsam mit einer kleineren Kopie von ihr, in einen der Vans verfrachtet wurde.

Er sprang auf, wollte ihr zu Hilfe eilen. Kapierte in letzter Sekunde, dass das keine gute Idee war.

Und dann erblickte er noch ein bekanntes Gesicht. Was machte der große Meister an Bord dieses Schiffes?

Toni registrierte so nebenbei, dass der Teufelsgeiger ebenso in Handschellen abgeführt wurde wie der Kapitän. Seine Gedanken waren noch immer bei der schönen, rothaarigen Frau.

Mittlerweile hatten sich drei weitere Kleinbusse bei der Anlegestelle eingefunden.

Männer in weißen Overalls und ein paar andere offiziell aussehende Typen gingen an Bord der MS Kaiserin Sisi, nachdem die Vans abgefahren waren.

Ein paar Sonnenstrahlen wagten sich durch die Wolkendecke.

Toni fror nach wie vor. Wenigstens wurde er jetzt aber nicht mehr nass.

Er sah zu, wie eine Menge Kisten vom Schiff in die Kleinbusse verladen wurden.

Drogen, vermutete er.

Aber das war ihm momentan alles egal. Er musste die ganze Zeit an diese rothaarige Frau denken.

War sie es wirklich? Oder war es eine Art Fata Morgana? Er hatte vierundzwanzig Stunden lang nicht geschlafen und kaum etwas gegessen. Es wäre kein Wunder, wenn er Halluzinationen gehabt hätte.

Nachdem die Spurensicherung das Schiff verlassen und die Fahnder es rundum mit rot-weißen Absperrbändern versehen hatten, kehrte Ruhe am Ufer des großen Flusses ein.

Toni wagte sich aus seinem Versteck hervor. Schlüpfte unter den Absperrbändern durch und ging aufs Schiff.

Er hoffte ein paar Stunden Zeit zu haben, um sich aufzuwärmen. Bestimmt würde er auch Essbares an Bord finden. Vor allem wollte er endlich ein paar Stunden schlafen und von seiner schönen Rothaarigen träumen.

36. Wien

Ich dämmerte vor mich hin, träumte im Halbschlaf von dickbäuchigen, schwangeren Stören und winzig kleinen, anthrazitfarbenen Körnern. An richtigen Schlaf war nicht zu denken.

Die MS Kaiserin Sisi legte morgens gegen acht Uhr früh in Nussdorf an.

Ich hatte meine Sachen gepackt und ging an Deck. Konnte es kaum mehr erwarten, von Bord zu kommen.

Orlando war noch mit seiner Morgentoilette beschäftigt, leistete mir aber ein paar Minuten später in einem hinreißenden, weißen Kleid Gesellschaft.

Die Bullen hatten sich in Vans versteckt, die genauso aussahen wie die Autos, mit denen die meisten der Passagiere abgeholt wurden.

Erst nachdem alle Passagiere das Schiff verlassen hatten, wurde es von einer Sondereinheit der Wiener Polizei gestürmt.

Sie nahmen den Kapitän und die gesamte Besatzung fest. Auch Orlando und ich wurden in einem Polizeiwagen abtransportiert. Darauf hatte ich bei meinem Telefonat mit diesem schwerfälligen Wiener Polizisten bestanden.

Anscheinend hatte er letztendlich doch kapiert, worum es ging.

Orlando, Sandor und ich wurden nach unserer Einvernahme am Nachmittag desselben Tages wieder auf freien Fuß gesetzt. Ebenso der Rest der unschuldigen Besatzung.

Nach Sandors Aussage würden die Hauptverdächtigen wohl eine Weile in Haft bleiben. Dieser Gedanke beruhigte mich.

Theodor Spiridon kam am übernächsten Tag frei. Er rief mich sofort an.

Orlando und ich trafen uns mit ihm im Café Westend, gegenüber vom Westbahnhof.

Theodor war durch den Anwalt, der sowohl ihn als auch Horst Woratsch vertrat, über alles informiert und gab diese Informationen an Orlando und mich weiter.

Angeblich leugnete der Kapitän anfangs, von dem Kaviarschmuggel gewusst zu haben. Er beschuldigte den Chef de Service und den Patissier diese üblen Geschäfte hinter seinem Rücken getätigt zu haben.

„Und du glaubst ihm das?“, fragte ich.

„Nein. Aber die beiden Beschuldigten schwiegen bisher hartnäckig.“

„Horst hat mir gegenüber allerdings angedeutet, dass ein in Wien lebender Rumäne die Kaution, egal in welcher Höhe, für ihn bezahlen würde. Er scheint hochverschuldet bei diesem Rumänen zu sein und hat deshalb für ihn gearbeitet. Wahrscheinlich hoffte er, mit dem Gewinn aus dem Kaviarschmuggel einen Teil seiner Spielschulden abbezahlen zu können. Ich nehme an, er hatte Angst, sonst demnächst liquidiert zu werden.“

„Das heißt, der Kapitän wird bald auf Kaution freikommen?“, fragte Orlando.

„Und dann beseitigt werden“, sagte ich.

Theodor zog es vor, unsere Bemerkungen nicht zu kommentieren.

Sowie Orlando und ich uns von Theodor verabschieden wollten, begann der Erste Offizier wieder einmal zu stammeln. Es war offensichtlich, dass er mich nicht gehen lassen wollte.

„D... d... darf ich euch zum Ess... Essen einladen?“, fragte er.

Da Sandor zuhause in meiner Wohnung im Margaretner Schlossquadrat auf uns wartete, sagte ich: „Danke, vielleicht ein anderes Mal. Wir haben leider schon eine Verabredung für heute Abend.“

Die Enttäuschung war Theodor deutlich anzusehen.

Mir war wahrlich nicht nach einem romantischen Abend zumute. Ich musste dauernd an die vielen abgeschlachteten Fische denken und vor allem an die drei Menschen, die der Gier dieser Kaviar-Mafia zum Opfer gefallen waren. Für mich gab es keine Zweifel mehr, dass diese Mafiosi nicht nur Adrian und Daniela, sondern auch den neugierigen deutschen Professor auf dem Gewissen hatten. Bestimmt würden die Reste seines Körpers eines Tages auftauchen. Die meisten Donauleichen wurden irgendwo angeschwemmt.

Als wir nach Hause kamen, war Sandor nicht da. Wir suchten ihn in allen Lokalen des Schlossquadrats. Kein Mensch hatte ihn gesehen. Er war spurlos verschwunden. Ich rief ihn mehrmals auf seinem Handy an. Erreichte nur seine Mailbox und hinterließ ihm mehrere Nachrichten und SMS.

Ich machte mir große Sorgen.

Orlando versuchte mich zu trösten, meinte, Sandor sei eben ein Freigeist und dürfte es in meiner kleinen Wohnung nicht ausgehalten haben.

„Wahrscheinlich treibt er sich am Naschmarkt oder in der Innenstadt herum“, sagte er.

„Hoffentlich“, seufzte ich. Aber ich hatte keine Ruhe, lief auf der Pawlatsche vor meiner Wohnung hin und her und rauchte, trotz Orlandos heftiger Proteste, eine Zigarette nach der anderen. Alle paar Minuten schaute ich auf mein Handy.

„Glaubst wohl, du kannst es zum Klingeln bringen, wenn du es lange genug anstarrst?“, pflanzte mich Orlando. „Lass uns ins Cuadro was trinken gehen.“

Ich schüttelte den Kopf.

„Du brauchst ein kleines Bierchen. Beruhigt die Nerven.“

In diesem Augenblick kündigte ein leiser Klingelton den Eingang einer SMS an.

„Na endlich!“, rief ich. „Das wird er sein.“

„Sitze im Nachtzug nach Marseille. Den Rest schaffst du allein. Gruß an Orlando. Dein Lieblingsonkel.“

Fluchend schleuderte ich mein Handy durch das offene Fenster auf mein Bett.

„Auf Sandor war noch nie Verlass. Typisch, dass er abhaut, wenn es brenzlig wird. Was sollen wir jetzt bloß machen? Er hat diese verdammte Kaviar-Geschichte ins Rollen gebracht. Wie soll ich der Polizei jetzt alles erklären?“

„Brauchst du nicht. Die Bullen wissen mehr darüber als wir. Glaub mir“, sagte Orlando.

„Seit wann hältst du unsere Bullen für so clever?“

„Es geht nicht um clever. Der illegale Handel mit Kaviar gehört, soviel ich begriffen habe, zu den großen, internationalen Verbrechen in der EU. Darum werden sich ganz andere Spezialeinheiten als unsere Cobra kümmern.“

„Wenn ich geahnt hätte, dass sich Sandor aus dem Staub macht, wäre ich mit Theodor Essen gegangen.“

„Sei lieber ein wenig vorsichtiger, was ihn betrifft. Die ganze Crew der MS Kaiserin Sisi ist verdächtig. Du siehst ja, selbst mein süßer Luca hat ganz schön Dreck am Stecken. Wie kann man nur mit so einem Teufelszeug dealen? Er hat anscheinend nicht nur die gesamte Mannschaft mit Crystal Meth versorgt, sondern das Zeug auch in allen Städten, in denen wir angelegt haben, verkauft."

„Woher weißt du das?"

„Ich habe eben meine Verbindungen zur Polizei."

„Das darf nicht wahr sein! Ist dein Ex-Lover Daniel jetzt bei der Drogenfahndung gelandet? Hat sich der nicht selbst andauernd eingeraucht, als er noch mit dir zusammen war?"

„Ein Gentleman genießt und schweigt." Orlando grinste übers ganze Gesicht.

Froh, dass er diesem doofen Luca keine Träne nachweinte, lud ich nun ihn auf ein Gläschen ins Cuadro ein. In diesem Café im Schlossquadrat hatten wir uns einst näher kennengelernt.

37. Wien

Obwohl ich Theodor gern näher kennengelernt hätte, dachte ich am nächsten Tag keine Sekunde an ihn, bis er mich am frühen Nachmittag anrief.

Er teilte mir mit, dass der Kapitän heute freikommen würde.

Dieser mysteriöse Rumäne, namens Negrescu, hatte eine hohe Kaution hinterlegt.

Orlando war mit seinem Ex, dem netten Bullen, unterwegs. Sie hatten sich in einem neuen In-Lokal am Karmelitermarkt verabredet. Er hatte betont, es würde sich um ein rein freundschaftliches Treffen handeln und mir versprochen, Daniel mehr Informationen über die Kaviar-Affäre zu entlocken.

Er hob nicht ab, als ich ihn anrief.

Ich hinterließ ihm eine Nachricht, sagte, dass ich zum Landesgericht in der Josefstadt fahren würde, um Horst Woratsch im Auge zu behalten.

Eine halbe Stunde später parkte ich mein Auto ein paar Meter vor dem Eingang zur Justizanstalt. Blieb im Wagen sitzen und beobachtete die Leute, die dort ein- und ausgingen.

Sobald Woratsch aus dem Tor trat, fuhr eine schwarze Limousine vor und hielt direkt neben dem Eingang.

Der Käpt'n stieg vorne ein. Auf den Rücksitzen saß niemand.

Ich folgte der Limousine hinaus auf den Gürtel. Bald begann ich zu ahnen, wohin die Reise gehen würde. Daraufhin verlangsamte ich mein Tempo. Ließ mich einige Wagen hinter ihrem zurückfallen.

Als der Kapitän bei der Anlegestelle in Nussdorf ausstieg, bremste ich am Anfang der Zufahrtstraße und schaltete den Motor ab.

Ich wartete, bis die Limousine an mir vorbei zurück Richtung Stadt fuhr. Erst dann ließ ich meinen Skoda mit ausgeschaltetem Motor die Straße zum Ufer hinunterrollen.

Oben auf dem Sonnendeck standen zwei Männer. Der eine war Horst Woratsch. Der andere große, schlanke Mann kam mir ebenfalls bekannt vor.

Sie schienen in einen heftigen Disput verwickelt. Rempelten einander an und gestikulierten wild.

Ich parkte meinen Skoda unter einer Weide mit tief herabhängenden Zweigen. Die Dämmerung senkte sich über den Fluss. Sicherheitshalber schnappte ich mir die Taschenlampe aus dem Handschuhfach, bevor ich mich vorsichtig dem Schiff näherte.

Keiner der beiden sah zu mir her. Sie waren zu sehr mit sich selbst beschäftigt. Ihre lauten Stimmen drangen bis zu mir herunter.

Die angenehme tiefe Stimme des fremden grauhaarigen Mannes hatte ich schon irgendwann mal gehört. Früher, vor vielen, vielen Jahren.

Dieser Mann sagte nun laut und deutlich: „Du musst mich nach Budapest bringen. Das bist du mir schuldig."

„Ich bin dir überhaupt nichts schuldig. Du bist ein Wahnsinniger. Hast nicht nur deinen Kumpel erschossen, sondern auch den Chef um ein Vermögen gebracht. Ich habe selbst genug Probleme. Kann mich nicht auch noch um deine kümmern. Verlass sofort mein Schiff!"

„Und wenn ich es nicht verlasse? Was machst du dann? Rufst du die Polizei?"

Das Gesicht von Horst Woratsch rötete sich vor Zorn. Er ballte seine Rechte und versetzte dem grauhaarigen Mann einen Faustschlag in den Magen.

Der taumelte, ging aber nicht zu Boden.

Woratsch holte ein zweites Mal aus und schlug dem Grauhaarigen seine Rechte ins Gesicht.

Ich brauchte keine zwanzig Sekunden, um das Sonnendeck zu erreichen. Verpasste dem Kapitän von hinten eine mit meiner schweren Stablampe.

Nun geriet er ins Wanken, während sich der andere Mann wieder aufrappelte.

Jetzt sah ich sein Gesicht aus nächster Nähe. Ich konnte es nicht fassen, dass er es wirklich war.

„Toto", schrie ich, „halt ihn fest!"

Zu zweit gelang es uns, den Kapitän zu überwältigen.

Während Toni sich auf die Brust von Horst Woratsch kniete und seine Arme am Boden festhielt, lief ich hinüber zum Beiboot und holte eine Rettungsweste.

Gemeinsam schafften wir es, Horst die Weste anzuziehen und seine Hände mit den langen Bändern zu fesseln.

Ich besorgte noch ein Seil. Wir verknoteten es um seine Füße.

Erst nachdem wir Horst doppelt und dreifach verschnürt hatten, schaute ich mir Toni genauer an.

Meine erste große Liebe sah verdammt alt aus mit den kurz geschnittenen, grauen Haaren, dem Dreitagebart und der altmodischen Nickelbrille. Er erinnerte mich an Leo Trotzki. Obwohl er viel schöner gewachsen war als dieser russische Revolutionär.

Ich hatte ihn nicht gleich erkannt. Erst als ich seine Stimme gehört hatte, war mir der Gedanke gekommen, dass er es sein könnte.

Mit blutverschmiertem Gesicht – das Cut über seinem linken Auge blutete schrecklich –, kam er zögernd auf mich zu.

„Toto“, flüsterte ich.

„Katharina“, stöhnte er.

„Verdammt noch mal, das darf nicht wahr sein!“

Ich umarmte ihn, drückte mich so fest an ihn, dass ihm die Luft zum Atmen wegblieb.

„Was machst du hier“, fragte ich ihn leise.

„Ich habe auf dich gewartet. Mein Leben lang“, sagte er.

Obwohl ich wusste, dass er log, küsste ich ihn so leidenschaftlich, wie ich nicht einmal Theodor, geschweige denn einen anderen Mann in letzter Zeit, geküsst hatte.

„Alter Schwindler“, sagte ich und küsste ihn noch einmal.

„Oh Katharina“, murmelte er verzückt. „Wie kommst du hierher?“

Er hielt mich mit ausgestreckten Armen von sich weg und musterte mich von oben bis unten.

Auch ich sah ihn mir genauer an.

Mein geliebter Toni sah krank aus. Das Leben ohne mich schien ihm nicht gut bekommen zu sein. Die vielen Falten um Augen und Mund und die grauen Haare machten ihn für mich jedoch noch interessanter, ließen ihn intellektueller aussehen. Er war ein sehr schöner Jüngling gewesen, als ich mich vor über zwanzig Jahren in ihn verliebt hatte. Und er war auch heute noch verdammt gutaussehend, aber eben mittlerweile ein vom Leben gezeichneter Mann.

„Wir müssen rasch weg von hier, Liebes", sagte er.

„Warum? Wegen dem doch nicht." Ich deutete auf den Kapitän, den wir zu einem dicken Bündel verschnürt hatten.

„Sie wissen, dass er hier ist. Bestimmt werden sie bald zurückkommen."

„Wer wird kommen?"

„Negrescu und seine Leute."

„Negrescu? Ich kenne nur ein berühmtes Hotel in Nizza, das so ähnlich heißt."

„Ach Katharina, hör bitte auf zu blödeln. Glaub mir, wir müssen schleunigst von hier verschwinden. Wir haben es mit einer mächtigen, kriminellen Organisation zu tun. Die rumänische Mafia versteht keinen Spaß."

Und dann gestand er mir die Einbrüche und Überfälle auf die beiden Juweliere in der Wiener Innenstadt, sprach von der Ermordung seines Freundes, von Vladimir, dem Mann fürs Grobe, und erzählte mir, was er bisher alles durchgemacht hatte in Kurzfassung.

Am liebsten hätte ich ihn in die Arme genommen und getröstet.

Doch Toni fuhr fort, mir den Ernst unserer Lage begreiflich zu machen. Er sprach etwas wirr. Oder ich hörte ihm nicht richtig zu, weil ich ständig an unsere gemeinsame Vergangenheit denken musste.

„Das Diebesgut wurde zum Großteil auf Kreuzfahrtschiffen nach Rumänien beziehungsweise in die Ukraine gebracht. Sie lagern die Juwelen gemeinsam mit dem Schmuck der Passagiere in den Tresoren der Schiffe. Selbst der schärfste Zollbeamte hätte nicht den geringsten Verdacht geschöpft. Denn für diese armen Schweine sind Kreuzfahrtpassagiere ja immens reiche Leute."

„Diese Organisation, für die du arbeitetest, ist also nicht nur für den Kaviarschmuggel auf der Donau verantwortlich, sondern auch für Einbrüche und Raubüberfälle in Wien?"

„Kaviarschmuggel?"

„Der Kapitän und der Chef de Service haben Unmengen von Kaviar auf der MS Kaiserin Sisi geschmuggelt und drei unschuldige Menschen mussten deswegen dran glauben. Sie haben diese Leute einfach umgebracht. Ermordet. Abgemurkst. Kapierst du?", schrie ich.

„Erklär mir das alles später. Horst und dieser Chef de Service sind nur Handlanger von Negrescu. Und der wird hier bald mit seinen Leuten auftauchen. Sie werden Horst wieder abholen. Mir ist nicht ganz klar, warum sie ihn aufs Schiff zurückgebracht haben. Glaubst du, er könnte hier etwas Wichtiges versteckt haben? Die Polizei hat doch das Schiff gründlich durchsucht ..."

„Vielleicht haben sie nicht alles gefunden? Womöglich ist die Leiche des alten Professors noch an Bord? Sie könnten ihn in eine der unzähligen Kisten gesteckt haben so wie Onkel Sandor."

„Deinen Onkel habe ich gleich erkannt. Macht der jetzt Kreuzfahrten?"

„Nein, er spielte an Bord. Aber das erzähle ich dir ein anderes Mal."

Ich entfernte mich ein paar Schritte vom Kapitän. Toni folgte mir.

„Wir sollten versuchen, Horst ein Geständnis zu entlocken“, sagte ich leise.

„Um etwas aus ihm herauszubekommen, müssten wir ihn foltern.“

„Blödsinn. Das ist doch ein Weichei.“

„Hast du Adrian, Daniela und den Professor umbringen lassen, weil sie dahintergekommen sind, dass du Kaviar schmuggelst?“, fragte ich den Kapitän, als wir wieder zu ihm zurückkehrten.

„Ich habe niemanden umgebracht“, sagte er.

„Egal, wer die Morde begangen hat. Drei Menschen sind tot. Und du bist für ihren Tod verantwortlich. Sandor war Zeuge deines Gesprächs mit Nicolai. Es hat keinen Zweck mehr zu leugnen. Nicolai wird den Bullen sicher erzählen, dass er in deinem Auftrag gehandelt hat.“

„Ich habe sie nicht ermordet. Ich bin unschuldig an ihrem Tod ...“, beteuerte Horst Woratsch weinerlich und in einem fort. Seine Augen verengten sich jedoch und blitzten feindselig.

Ich konnte seine falschen Beteuerungen nicht länger ertragen.

„In der obersten Schublade in der Bar liegt ein Klebeband. Hol es mir bitte“, sagte ich zu Toni.

„Nicolai hat sie kalt ge... macht...“, stammelte der Kapitän. „Dieser Moldawier hat dabei geholfen, die Kisten mit dem Kaviar an Bord zu bringen. Als ihm eine runtergefallen ist, platzte sie auf und er sah, was drin war.“

„Hatte der Moldawier auch einen Namen? Ich nehme an, du sprichst von Adrian.“

„Ja, ich glaube, so hieß der Idiot.“

„Danke, das wollte ich nur hören! Mich interessiert auch dieser Negrescu. Was weißt du über ihn? Ist er dein Boss?“

Schweigen.

„Er hat die Kaution für dich bezahlt. Und sein Chauffeur hat dich gerade hierher gebracht.“

„Das war ein Freund von früher.“

„Weißt du was, ich habe deine Lügen satt! Von mir aus kannst du hier verrecken!“

Toni kam mit dem Tesaband zurück.

Ich klebte Horst den Mund zu.

„Du hast recht gehabt, wir werden ihn nicht zum Reden bringen“, sagte ich zu Toni. „Er hat mehr Angst vor seinem Boss als vor uns oder der Polizei.“

Da wir nicht wussten, was wir mit dem gefesselten Kapitän anfangen sollten, rollten wir ihn zum Beiboot und legten ihn auf die Rettungswesten, die sich darin befanden. Er lag dort sehr bequem.

Wir bedeckten das Boot zur Hälfte mit der Plane, damit er genügend Luft zum Atmen haben würde und verließen dann dieses unsägliche Schiff.

„Woher kennst du den Käpt'n eigentlich?“

„Aus dem Spielcasino in Budapest. Ich hatte dort einen Job als Alleinunterhalter und er war Stammgast. Ich habe ihn einmal bei mir zuhause versteckt, als ihm einer seiner Gläubiger knapp auf den Fersen war. Aber das ist eine andere Geschichte. Wir sind jedenfalls so manche Nacht im Casino miteinander abgestürzt.“

38. Wien

Auf dem Weg zu meinem Wagen stürzte sich Toni auf mich. Bedeckte mein Gesicht mit Küssen und streichelte gierig meinen Körper. Er schien es nun gar nicht mehr eilig zu haben, von hier wegzukommen. Hastig zog er mich ein Stückchen in den Wald hinein. Wir landeten schließlich hinter einem Gebüsch.

Toni entkleidete mich in Windeseile und entledigte sich ebenso schnell seiner eigenen Kleidung. Ich bemühte mich, den Disteln und Brennnesseln auszuweichen, während wir uns auf der feuchten Erde wälzten. Vergaß jedoch schnell auf die lästigen Sträucher, als ich in Tonis hellbraune Augen blickte, deren Farbe sich je nach Lichteinfall änderte, von bernsteinfarben bis dunkelbraun. Im Moment waren sie allerdings blutverschmiert. Sanft strich ich über sein Cut und küsste es zärtlich.

Ich sehnte mich nach seinen schmalen, sensiblen Händen. Kein anderer meiner Liebhaber hatte so begnadete Hände gehabt wie er.

Auch jetzt brachte er mich ohne großes Theater ganz schnell zum Höhepunkt.

„Ach Toni", flüsterte ich. „Wie sehr habe ich dich vermisst!"

Er fuhr fort, mich zu liebkosen. Glitt von mir hinunter und schrie plötzlich leidenschaftlich auf.

Verwundert sah ich in sein schmerzverzerrtes Gesicht.

Als ich zu begreifen begann, musste ich mich schwer zurückhalten, nicht lauthals loszulachen.

Der Arme hatte seinen Schwanz soeben in einem Brennnesselbusch versenkt.

Die Brennnesseln hatten sein Glied in Sekundenschnelle in ein rot gesprenkeltes, schrecklich juckendes und erbärmlich aussehendes kleines Elend verwandelt.

Ich konnte mein Lachen nicht länger unterdrücken.

Toto fiel in mein Gelächter mit ein und schloss mich erneut in seine Arme.

Das knirschende Geräusch von Kies ließ uns aufschrecken.

Mein Gefühl sagte mir, dass etwas nicht stimmte. Ich schaute mich um. Es war nichts zu sehen, das irgendwie verdächtig schien. Vielleicht war es nur ein Tier, das den Kies in Bewegung gebracht hatte?

Plötzlich war ein Zischen zu hören, ein eigentümliches Geräusch, gefolgt von einem dumpfen Schlag. Eine Schar Vögel stob mit hysterischem Gekreische auf.

Intuitiv wälzte ich mich auf die linke Seite, bedeckte meine Blöße mit meinem T-Shirt und schlüpfte in meine Jeans.

Als ich aufstand, vernahm ich wieder dieses metallische Geräusch und spürte sogleich einen heftigen Schlag gegen mein linkes Bein. Ich knickte sofort ein.

„Lauf, Katharina, lauf!“, schrie Toni.

Auto oder Schiff? – überlegte ich eine Sekunde lang.

Meine Bewegungen konnte man nicht als Laufen bezeichnen. Mein Bein tat mir weh. Ich humpelte mehr oder weniger zum Schiff. Es war näher als zu meinem Wagen.

Ein zweiter Schuss ließ auch die restlichen Vögel im Dickicht auffahren. Mit lautem Gezwitscher flogen sie gegen den dunklen Himmel.

Jetzt erst registrierte ich, dass ich einen Streifschuss am Bein abbekommen hatte. Ich verlor Blut. Mein Blut tropfte auf die weiße Gangway. Ich musste herausfinden, wo sich der Angreifer befand, woher die Schüsse kamen. Er konnte nicht allzu nahe sein, sonst hätte er sein Ziel nicht verfehlt.

Ich drehte mich um und entdeckte zwei Männer auf der Böschung. Es war bereits zu dunkel, um ihre Gesichter erkennen zu können.

Wieder dieses hoch frequentierte Geräusch und wieder ein dumpfer Einschlag. Nicht weit von mir. Dieses Mal hatte mich die Kugel nur um ein paar Zentimeter verfehlt. Ich hatte etwas an meiner linken Schulter gespürt. Ich hatte keine Zeit zu verlieren. Fluchend humpelte ich weiter, schleifte mein verletztes Bein hinter mir her wie ein Sklave seine Eisenkugel. Meine Wunde blutete nicht sehr stark. Dennoch hinterließ ich eine deutliche rote Spur.

Sowie ich endlich den festen Boden des Schiffes unter mir spürte, wagte ich erneut einen Blick zurück.

Toni war nirgends zu sehen.

Ein Mann in einem dunklen Anzug betrat gerade die Gangway. Er sah Toni ähnlich. War etwas kleiner als er, schlank und sportlich gebaut und hatte kurz geschorenes Haar. In seiner Rechten hielt er einen Revolver.

Das musste dieser Negrescu sein, der sogenannte Big Boss. Er war nur mehr ein paar Meter von mir entfernt.

Ich hievte mich mit letzter Kraft über die Reling, hörte noch, wie eine Kugel auf das Geländer traf.

Statt im Wasser landete ich im Gras der Uferböschung. Direkt unter der Landungsbrücke. Nur meine Beine fühlten sich feucht an.

Ein weiterer Schuss.

Ein paar Sekunden lang lag ich regungslos da und rang nach Luft.

Frierend und mit nassen Füßen, aber dankbar, dass ich am Leben war, presste ich mein Gesicht ins Gras und sog den schweren, lehmigen Geruch der Erde ein.

Auf meinen Armen bildete sich Gänsehaut. Ich fror. Spürte jedoch meinen Körper fast nicht mehr. Das verletzte Bein fühlte sich steif an.

Ich starrte auf den Laubwald am Ufer. Kristalliner Raureif hing zwischen den Bäumen.

Ein Vogel landete weit draußen auf dem Wasser. Die kalte Luft trug das Aufklatschen des Vogels bis zu mir. In der Abenddämmerung leuchtete die Wasseroberfläche wie Quecksilber.

Die gekräuselten Wellen brachen sich zu braunem Schaum. Treibgut aus alten Blättern und Zweigen sammelte sich zwischen meinen Beinen. Ich hielt die Luft an. Blieb in meinem Versteck.

Und wieder durchbrach ein Schuss die abendliche Stille.

Ich wälzte mich auf dem schlammigen Boden zur Seite und schrie: „Toto!“

Keine Reaktion.

Mit letzter Kraft rappelte ich mich auf, fiel aber gleich wieder hin und geriet dieses Mal mit dem Kopf unter Wasser.

Die Kälte verschlug mir den Atem.

Als ich kurz hochkam, um Luft zu schnappen, sah ich, wie der dunkel gekleidete Mann auf der Gangway zusammensank.

„Toto, wo bist du?“ Mein Schrei hörte sich an wie ein heiseres Krächzen.

Ein paar Minuten später wurde ich aus der Donau gezerrt.

„Du lebst, Liebste“, flüsterte mir Toni ins Ohr und strich über mein nasses Haar. „Es ist vorbei.“ Er redete noch eine Weile beruhigend auf mich ein und streichelte mich ganz sanft, bis ich endlich wieder zu Verstand kam und den Notruf der Polizei wählte.

Toni bestand darauf, dass ich auch die Rettung anrief.

Der Notarzt meinte, dass ich in vielerlei Hinsicht großes Glück gehabt hätte. Die Patrone war eine 22er, niedrige Geschwindigkeit, abgefeuert aus weiter Entfernung. Bei einem größeren Kaliber oder einem Schuss aus nächster Nähe wäre mein Bein völlig zerfetzt worden. Die 22er gehörte Negrescu, wie sich später herausstellte.

Es war nur ein Streifschuss, er hatte oberflächlich die Muskelfasern erwischt, an sich eine harmlose Wunde.

Durch meinen Sturz hatte ich mir mehrere kleine Schürf- und Schnittwunden sowie schmerzhafte Prellungen eingehandelt. Auch mein linkes Sprunggelenk hatte ich mir verstaucht. – Alles Peanuts!

Vladimir war tot. Toni hatte ihn mit seiner Glock mitten ins Herz getroffen. Markos Tod also gerächt. Zum Glück war mein Liebster selbst unverletzt geblieben.

George Negrescu hatte leider nur einen Bauchschuss abbekommen. Der Gedanke, dass er womöglich in dasselbe Krankenhaus gebracht werden würde wie ich, behagte mir nicht.

Die Polizei vernahm Toni und mich kurz an Ort und Stelle. Zum Glück bestand der Notarzt darauf, mich möglichst schnell ins AKH zu bringen.

Während ich in den Krankenwagen gehievt wurde, sah ich, wie die Bullen Toni abführten. Seine Hände waren mit Handschellen auf den Rücken gebunden.

Kein Wunder, nachdem wir beide reichlich verwirrende Aussagen gemacht hatten. Es wäre klüger gewesen, die Aussage zu verweigern.

39. Wien

Theodor Spiridon besuchte mich am nächsten Tag im Wiener AKH. Er brachte mir einen riesigen Strauß roter Rosen mit. Legte die Rosen eingepackt auf die Fensterbank.

Orlando, der auch gerade zu Besuch war, sprang sofort von meinem Bett auf und machte sich auf die Suche nach einer Vase.

Der Erste Offizier küsste mich auf den Mund und sah mich lange schweigend an. Erst als Orlando mit einem plumpen, giftgrünen Gefäß zurückkehrte, begann Theodor zu reden. Er sprach stockend, doch er sprach. Zwar erzählte er uns nichts Neues, sondern bestätigte im Grunde nur, was wir ohnehin bereits wussten, aber immerhin redete er.

„Nicolai hat ein Geständnis abgelegt. Er brachte Adrian um, der die Kaviardosen als Erster entdeckt hatte. Als Daniela herausfand, warum Adrian sterben musste, versuchte sie, Nicolai zu erpressen. Daraufhin wurde auch sie von ihm beseitigt. Den neugierigen Touristen, diesen alten Herrn Professor, hat Nicolai ebenfalls auf dem Gewissen. Angeblich stürzte der alte Herr unglücklich. Aber einige der Kisten waren aufgerissen worden. Vielleicht hatte der Professor den Kaviar entdeckt ..."

„Das waren Orlando und ich. Erinnerst du dich nicht? Wir wollten diese verfluchten schwarzen Körner ja alle aufessen."

Theodors Lächeln gefiel mir. Er sah gleich ein paar Jahre jünger aus, wenn er lächelte.

Mit ernster Miene fuhr er fort: „Den Leichnam des Professors warf Nicolai mit tatkräftiger Hilfe von Horst in den Fluss."

„Ich wusste es", stöhnte ich.

„Nicolai machte übrigens Nebengeschäfte auf eigene Faust."

„Das hat Daniela auch behauptet", warf Orlando ein.

„Luca hat ebenfalls ausgepackt. Er gestand, mit Crystal Meth gedealt zu haben, bestritt aber, am Kaviarschmuggel beteiligt gewesen zu sein. Er half Nicolai, dem er anscheinend blind ergeben war, nur den Kühlraum zu überwachen. Professor Funke hat den Schlüssel für die Lagerräume von ihm bekommen, als er unbedingt den Bauch des Schiffes filmen wollte. Luca hatte sich nichts dabei gedacht. Er ist eben ein Dummkopf. Außerdem hat Funke ihn bestochen. Weil ihn aber das schlechte Gewissen plagte, hat Luca seinem Freund und Kabinengenossen Nicolai noch am selben Abend erzählt, dass Funke sich dort unten mit seiner Kamera herumtreibt."

„Nein! So blöd kann nicht einmal dieser Luca sein. Da steckt mehr dahinter", unterbrach ich Theodor.

„Gut möglich. Aber er blieb bei seiner Aussage. Luca hat auch zugegeben, seinem Freund die Mädchen, die den männlichen Passagieren zu Willen waren, besorgt zu haben. Eigentlich waren beide Zuhälter. Luca kassierte für Nicolai bei den Kunden ab. Horst kümmerte sich nicht um diese Geschäfte seiner Leute. Vielleicht wusste er nicht einmal davon."

Ich war total perplex, weil Theodor soviel redete.

„Luca ist ein Volltrottel. Du hast ausnahmsweise recht gehabt, Kafka", unterbrach schließlich Orlando den Redefluss des Ersten Offiziers.

Ich freute mich, dass Orlando so cool und vernünftig reagierte.

„Wie auch immer. Luca war, wie gesagt, nur Handlanger", fuhr Theodor fort. „Ein kleines Licht. Er machte alles, was ihm Nicolai, auftrug. Aber er hat niemanden umgebracht. Allerdings hat er der armen Daniela das Tortenstück mit dem verdorbenen Schlagobers in die Kabine gebracht ..."

„Als ihr übel wurde, ging sie wahrscheinlich auf die Toilette", unterbrach ich ihn. „Dort muss Nicolai sie gefunden haben. Er schleppte sie in die leerstehende Kabine und erstickte sie mit einem Polster. Ja, so muss es gewesen sein. Hoffentlich hat man ihre Leiche in Belgrad ordentlich obduziert."

„Wenn man Luca glauben kann, war also nicht der Kapitän, sondern der Chef de Service der Big Boss auf der MS Kaiserin Sisi", sagte Orlando.

„Auf jeden Fall war er viel brutaler als Horst", warf Theodor ein.

„Luca ging als einziger mit Nicolai immer ins Lager und in den Kühlraum, begleitet höchstens vom Koch, das ist mir schon früher aufgefallen“, sagte ich.

„Und dieser schreckliche Kreuzfahrtdirektor hatte mit all dem nichts zu tun?“, fragte Orlando.

„Nein. Bernhard wusste weder über den Kaviarschmuggel Bescheid noch über die Morde“, meinte Theodor.

„Wie man sich täuschen kann“, sagte ich zu Orlando. Und ich meinte es nicht ironisch. Hatte ich ja selbst den Kreuzfahrtdirektor lange Zeit verdächtigt.

„Der Chef dieser kriminellen Organisation lebt übrigens in Wien und ist ein feiner Herr mit guten Manieren, der in den besten Kreisen verkehrt“, fuhr Theodor fort. „Angeblich hat er gute Kontakte zu den Regierungsparteien. Einer seiner Berater ist ein ehemaliger österreichischer Minister. Er ist der eigentliche Besitzer der MS Kaiserin Sisi. Ihm gehören die Mehrheitsanteile an dieser rumänischen Schifffahrtsgesellschaft.“

„Meinst du George Negrescu? Der wurde aufgrund der Aussage meines Freundes Toni ebenfalls verhaftet. Negrescu liegt auch in diesem Spital. Zwei Zimmer weiter auf der anderen Seite des Ganges. Toni hat ihm einen Bauchschuss verpasst. Leider wird er ihn überleben. Außer jemand besucht ihn des Nachts und bringt ihm einen zweiten Polster.“

Orlando kicherte.

„Bitte mach keinen Blödsinn. Er ist es nicht wert“, sagte Theodor.

Er schien mich tatsächlich für fähig zu halten, dieses Schwein umzubringen.

„Ich fürchte, er wird bald wieder frei kommen. Er hat bestimmt die besten Anwälte der Stadt.“

„Nicht, wenn dieser Toni bei seiner Aussage bleibt.“

Theodor wusste anscheinend mittlerweile über Toni und seinen ermordeten Kumpel Bescheid. Was er nicht wissen konnte, war, dass ich Toni liebte.

„Für Toni war es wichtig, den Tod seines Freundes Marko zu rächen. Deshalb hat er Vladimir erschossen. Es war aber Notwehr, das kann ich bezeugen. Mir wäre es wichtig, dass der Big Boss zur Rechenschaft gezogen wird. Er war der Auftraggeber für all diese Verbrechen und auch für den Mord an Marko. Vladimir war nur das ausführende Organ, sein verlängerter Arm, sozusagen."

„Toni ist ein alter Freund von dir?", fragte mich Theodor und sah mich traurig an.

„Ich kenne ihn seit meiner Kindheit. Und ich habe ihn gebeten, sich als Kronzeuge zur Verfügung zu stellen. Er wusste nichts von dem Kaviar. Ich werde ihm einen guten Anwalt verschaffen. Der soll dann versuchen, einen Deal mit der Staatsanwaltschaft auszuhandeln. Bestenfalls bekommt er nur zwei Jahre aufgebrummt."

„Du willst zwei Jahre auf ihn warten?"

„Wer weiß?"

„Ich werde eine Zeitlang in Wien bleiben. Mir gefällt es hier. Vielleicht suche ich mir sogar eine Wohnung und heuer bei einer österreichischen Kreuzfahrtgesellschaft an."

„Ich würde mich freuen", sagte ich förmlich. Aber ich freute mich wirklich.

Endstation

Orlando stand vor der Tür meiner kleinen Wohnung im Margaretner Schlossquadrat. Er hatte eine Flasche Krimsekt und eine Flasche Wodka im Arm und drei Dosen Kaviar in der anderen Hand.

„Hey, woher hast du das Zeug?“, fragte ich ihn, als er sich auf dem Sofa niederließ und seine Schätze auf meinem Couchtisch ausbreitete.

„Na, woher schon? Habe ich mitgehen lassen. Hast du das nicht bemerkt?“

Ich schüttelte den Kopf.

„Hab mir gedacht, wir feiern das glückliche Ende dieser mörderischen Donaukreuzfahrt und deine Heimkehr aus dem Spital.“

Er öffnete den Sekt und eine der kleinen Dosen.

Wir stießen miteinander an.

„Es muss nicht immer Kaviar sein“, zitierte ich vergnügt einen Romantitel von Johannes Mario Simmel.

„Oh doch. Manchmal muss es sogar weißer Kaviar sein!“

Mit einem unverschämten Grinsen hielt mir Orlando die offene Blechdose unter die Nase.

Beeinflusst von Sandor, starrte ich wie gebannt auf das Häuflein kleiner blasser Kügelchen. Ein Kilo dieser weiß schimmernden Eier eines Albinostörs kostete, soviel ich neuerdings wusste, sechzehntausend Euro.

„Willst du im Ernst jetzt achthundert Euro auf einen Sitz aufessen?“ Ich war schockiert und belustigt zugleich.

„Keine Angst, ich habe ja noch die anderen zwei Dosen. Die öffnen wir aber erst, wenn dein geliebter Toni wieder auf freiem Fuß ist. Oder macht er sich womöglich gar nichts aus diesen kleinen, hässlichen Körnern? Dann können wir ja auch die zweite Dose heute leer machen.

Die dritte möchte ich mir für mein nächstes Rendezvous mit Daniel aufsparen."

Weißer Kaviar! Oh, mein Gott. Mittlerweile war mir klar, dass lediglich acht Kilo dieser Luxusware jährlich auf den Weltmarkt kommen. Die kleinen Perlen haben, laut meinem Onkel Sandor, nicht nur einen wundervollen sahnigen Geschmackston, sondern sind auch sehr intensiv und gleichzeitig milder als ihre grauschwarzen Geschwister.

Fachmännisch verkostete ich, wie ich es von Sandor gelernt hatte, die Köstlichkeit von meinem Handrücken.

„So ist das unter Kaviarkennern üblich", sagte ich zu Orlando, der mir erstaunt dabei zusah.

Da uns der Krimsekt nach wie vor nicht schmeckte, machten wir eine Flasche von dem geschmuggelten Wodka, den Orlando dem Koch der MS Kaiserin Sisi abgeknöpft hatte, auf.

„Willst du im Ernst auf diesen Toni warten? Warum ist er dir so wichtig? Liebst du nicht im Grunde nur die Erinnerung an ihn?"

„Ach Orlando, ich weiß es nicht. Ich bin momentan total durcheinander. Weiß absolut nicht, was oder wen ich will."

„Theodor liebt dich wirklich. Ich finde, er sieht jetzt viel besser aus, seit er sich nicht mehr hinter seinem Laptop versteckt. Außerdem kann er auf einmal ganz normal reden. Ich finde ihn schwer okay. Er würde gut zu dir passen. Ihr seid ein schönes Paar! Und vor allem ist er ein wohlhabender Mann mit einem ordentlichen Beruf und kein solcher Versager wie dein Toni. Er könnte dir was bieten und würde dich auf Händen tragen. Du müsstest nicht länger als Barkeeperin jobben. Theodor bleibt nur wegen dir in Wien, das ist dir hoffentlich klar."

„Du klingst wie meine Mutter."

Ich mochte Theodor sehr gern. Aber liebte ich nicht Toni?

Zwei Jahre oder länger zu warten, war allerdings nicht unbedingt meine Sache. Außerdem war meine große Liebe ein Krimineller.

Unwillkürlich musste ich an meine letzte missglückte Liebesnacht mit Toni und an unser beider schallendes Gelächter denken, als sein Schwanz in den Brennnesseln gelandet war. Gleichzeitig fiel mir ein, wie herzlich Theodor gelacht hatte, als ich ihm vorgeschlagen hatte, den geschmuggelten Kaviar an die Fische zu verfüttern. Und ich sagte zu Orlando: „Wie hat es Čechov so treffend ausgedrückt? Frauen erinnern sich am liebsten an Männer, mit denen sie herzlich lachen konnten.“